案件現場直播

01・模仿犯的真相

The truth about copycats

退戈 著

目錄

CONTENTS

第一章　凶案解析

『嘟……嘟……』

『喂。』

「喂，你好，方起醫生。」

方起：『是我。』

賀決雲：「你好，這裡是三天總部，我是《凶案解析》的負責人。」

『你們遲到了。』方起的聲音聽起來沒什麼波動，似乎早就在等這通電話，『預告的直播時間是上午九點半，現在已經九點四十五分了。穹蒼的精神測試持續了將近半小時，我認為這不合常理。』

「臨時收到一些新意見，我們正在加緊查證。你知道《凶案解析》是比較特殊的全真模擬遊戲，影響範圍廣大，標準一向很高，我們不希望場景裡出現一些不可控制的發展。」賀決雲點出穹蒼的相關資料，調整一下畫面大小，「你是她的心理醫師，現在需要依照穹蒼的情況，再次和你做確認。」

方起幾不可聞地嘆了一聲，隨後又吸了口氣：『請說。』

賀決雲的視線在右上角的人物照片上多停留了一會兒，用食指點擊，將畫面放大。

照片上的人長得很漂亮，然而讓人第一眼注意到的不是她的五官。或者說她生人勿近的冷淡氣質，很容易讓人忽略她的長相。

她的皮膚是略顯病態的蒼白，在高畫質的畫面上，還能看見她眼睛周圍的淡青色筋脈。半闔著的眼皮顯得人好像很沒精神，但身上莫名帶著一種讓人難以忽視的危險氣質。

當然，這可能只是他的心理作用。

這是一個沒有姓氏的人，擁有一個奇怪的名字，「曾使用過的姓名」一欄上寫著「祁無」，聽起來並沒有好到哪裡去。

「穹蒼，女性，二十六歲。」賀決雲照著資料念道：「無業。」

方起補充道：『一個月前還在A大教學，剛辭職。』

賀決雲繼續道：「無犯罪記錄，但警方給出的評價是『要再觀察』。」

『不合理且無根據的評價。目前看來她只是很聰明而已，沒有反社會傾向。』方起說，『從大數據上來說，智商高低跟心理變態沒有任何關係。也不該從穹蒼身邊的人來推斷她的品行，他們根本沒有了解過她。』

「她做過三位心理醫師的測試。其中兩位都表示測試通過，但無法肯定結果的有效性。只有你——」賀決雲抬高眼皮看向半空，這個動作讓他原本就上挑的眉眼顯得更加凌厲，「你給的評價是測試通過，健康無異常，可參與遊戲。」

方起：『有什麼問題嗎？她完全按照三天的要求進行了測試。出題目的是他們，說沒用的也是他們，這樣也太要賴了，對吧？自己制定的規則，人家都已經遵守了，你還要額外加個備註，這就沒意思了。我不是那樣的人。』

賀決雲：「她在測試的過程中，有什麼異於常人的表現嗎？」

方起頓了頓，如實地說：『她很冷靜。』

「嗯？」

『過於冷靜。無論我談及什麼話題，她都沒有過多的情緒波動。她會從各個角度的利潤極大化和你交流看法，很少帶有主觀情緒。』方起補充道：『哪怕是在聊自己的事。』

賀決雲：「你能保證你的評價是準確的嗎？」

方起：『我能保證的是，穹蒼人格健全、智力超乎常人、自我認知清晰、擅於控制情緒。唯一能被攻擊的點大概是不太喜歡交際，但那不算什麼，很多高智商的人都有這個問題。她的測試結果表明她非常適合《凶案解析》這個專案。』

賀決雲又看了資料上的照片一眼，感覺對方的眼神有種特別的穿透力，微微失神，突然問了句連他自己都沒搞懂的話：「如果她在偽裝呢？」

方起聲音拔高：『這位先生，如果你要跟我探討人類本性中的自私與陰暗的話，那麼多數人在極端條件下，都可能會做出不太符合大眾價值觀的事情。如果真的出現那些情況，相信我，她絕對會比多數人更加冷靜、可靠。你們不能從最壞的角度去揣測她，進而判定她是一個壞人。在沒有證據的情況下，她就是一個遵紀守法的「好人」！』

「我知道，咳。」賀決雲低下頭說，「我沒有別的意思，我只是轉述別人的問題而已。」

方起的語氣緩和了一些，繼續說：『其實你們可以不用那麼緊張，她只是能看見普通人看不見的東西而已。』

賀決雲被他冷不防冒出的這句話嚇了一跳：「你說什麼？」

『不要誤會，我是說人類的大腦是很神奇的，它會影響你看見的世界。』方起發現自己的話有歧義，解釋道：『就像有些人有著絕佳的動態視覺，能捕捉到高速移動物體的運動軌跡，讓一個沒有接受過任何訓練的人，輕易打中時速超過兩百公里的發球。他們的世界就像擁有放慢功能。也有人對幾何形狀有著天生的敏銳，跟開了自動畫線的外掛一樣，即便不依靠任何工具，也能對圖形做出最精準的分析。』

賀決雲問：「那穹蒼的世界是什麼樣的？」

『誰知道呢？』方起笑了下，『她對任何細微的變化都十分敏感。位置、形狀、距離、表情，乃至顏色。她也沒告訴過我她眼中的世界究竟是什麼樣的，也許就跟網友說的一樣，天才的世界裡早已寫滿了答案。』

賀決雲也笑了起來：「這麼說來，她確實很適合《凶案解析》的設定。」

『說實話，她很難得會對一款遊戲產生興趣。她是個無可替代的人才，你們可以任用。也不用擔心她會做出什麼過激的行為。』方醫生說：『除非……』

賀決雲挑眉：「除非？」

『打她的頭？』方醫生說：『她很討厭別人打她的頭。』

賀決雲：「啊？」

方醫生笑著戳了戳自己的額頭：『她的大腦受過傷，可能覺得自己被打一下就會變笨。跟有人討厭吃香菜一樣，特別討厭有人打她的頭。如果有人找死的話，我無法保證對方的安全。』

賀決雲笑道：「真是幼稚的習慣。」

『不要覺得她幼稚，很多習慣確實是從小培養的。』方醫生說：『還有什麼問題嗎？』

賀決雲：「沒有了。」

方醫生說：『我很期待這場直播。』

「很遺憾讓你久等。打擾了。再見。」

『再見。』

賀決雲關掉所有畫面，拿起東西走出房間。

皮靴踩踏的清脆聲在安靜的走廊裡有節奏地敲擊，不急不慢，不輕不重。來到「直播六〇三號」室前的時候頓了下，拉開房門走了進去。

「老大！」裡面工作的人抬起頭，見到是他，立刻問道，「還要直播嗎？她已經在裡面等很久了。」

一個年輕人小跑著把手上的資料遞過來，上面寫著「由系統測出的玩家評價」。

「這個副本是她自己挑的，人物吻合度不到百分之四十，但是玩家評分有九十二。」年輕人很激動地說：「太厲害了，我第一次見到這樣的人才！」

要知道，《凶案解析》的入門門檻本來就非常高，能通過它測試的已經是百中無一。而正式玩家的評分大部分在六十上下浮動，能到九十的寥寥無幾，基本上都是專業的內部人士。

「開始吧。」賀決雲掃了一眼，把東西還回去，往辦公室的深處走去，同時道：「多開一個帳號，我也進去。」

穹蒼保持著一貫的姿勢，耐心地等待系統讀取完成。即便那個據說從來不會遲到的三天，已經晾了她將近半個小時，她也沒有流露出任何不耐煩。

遊戲開始前的測試題已經連續更新了三遍，在第四次題目更新出來的時候，她終於不再理會。目光焦點上移，落在上方的某個紅光處。

她的臉上沒什麼表情，眼神也很平靜，身上卻有股令人毛骨悚然的寒意，化作實質，穿過不透明的類比機艙，刺在螢幕之後的技術員身上。

在她抬起手指，即將按下結束按鈕的時候，進度條終點處那個不停轉動的標誌終於下載完畢，出現綠色的標示。

系統顯示正在下載副本場景，隨即一陣眩暈的感覺朝穹蒼襲來。

穹蒼不喜歡昏昏沉沉的感覺，等不適感過後，勉強睜開眼睛，視野內已經被一片朦朧的灰霧籠罩。

她能看見周圍有模糊的人影在走動，也能聽見遙遠的談笑聲，周遭的環境表明她此刻身處的地方是一間教室。

一排黑色的字體在半空中浮動，迫使她注意。

歡迎玩家來到全真模擬直播遊戲《凶案解析》（新人資格測試），您申請的身分是「受害者」。案情相關記憶已封鎖，請根據人設提示，努力逃離死亡結局，或協助「凶手」與「緝凶者」，完成情景還原。

身分：王冬顏（化名）

死亡方式：自殺（已入檔）

玩家評分：92%（天才如你一定能破繭重生吧）

與角色契合度：36%（你與死者是截然不同的兩種人）

自殺進度：87%（你的角色已在精神崩潰邊緣）

註：本遊戲基於大數據與刑事檔案自動生成，請積極探索各種劇情！

〔點此查看副本詳情〕

穹蒼的記憶有一點模糊。

她點開詳情，視線從簡略的幾行文字描述上面掃過。

《凶案解析》不會在開場給出太多資訊，只有提供背景而已，甚至連人物設定也不會直接告知，需要自己探索。但周圍的人物會對此作出回饋，提醒玩家進行調整。

異常應該是從一個秋天開始，只是當時誰也沒注意到。

高三第一學期，高三一班一位學生跳樓自殺。

學生跳樓不是什麼罕見的事情，尤其是高三生。警方、學校、家長在經過三方溝通後，確認該名學生長期精神不穩定、家庭經濟條件不寬裕、近期成績大幅下跌，判斷應該是出於精神壓力選擇自殺。

現場沒有可疑跡象，家長也沒有追查的想法。在商討好賠償款項及後續處理後，事情就被平淡地解決了。

一個多月後，同班的另一位女生跳樓自殺。

隨後到了春末夏初，第三位學生選擇在同一個地點跳樓。

根據通訊記錄顯示，第三人曾經撥打過兩次報案電話，可是最後什麼都沒說。

一直到高三畢業，不到一年的時間，前後一共有五名學生死亡，這個數量實在不能說正常。

穹蒼現在的身分是第三位死者——王冬顏。通關的條件就是弄清王冬顏自殺的原因。

穹蒼快速閱讀完資料，按下關閉。

〔副本載入完成，直播正式開始。歡迎 ID：QC1361 號玩家。〕

〔請在死亡條件正式觸發前，積極探索副本劇情。〕

最終的提示結束後，所有霧氣褪去，聲音跟畫面瞬間清晰起來。穹蒼能感受到從窗外吹拂過來的暖風，以及赤裸在外的手臂上微微的熱意。

講臺的黑板上方，時鐘的指針指向九點五十分。

她站在書桌後方，位於教室最後一排。

穹蒼轉過頭，視線在室內的每一個角落掃過，想要記住教室裡所有細節，以及每個學生的面部特徵。

下課時間，這間學校一片嘈雜。明亮的陽光從側面的窗格照進來，染出一種名為懷舊的情緒。

穹蒼正觀察到一半，腦袋突然被橫空飛出的物體擊中，連身形都被衝擊力帶著趔趄了下。伴隨著沉悶的撞擊聲，視野內劃過一顆橙黃色的籃球。

穹蒼嘴唇微張，臉上第一次出現愣住的表情。她半闔著的眼皮朝上掀起，轉動著眼珠，以緩慢的速度轉頭看向門口。

始作俑者站在靠近門的位置，嬉皮笑臉地看著她，旁邊還有幾個男生，與他勾肩搭背地站在一起，顯然沒有太大的歉意。

螢幕之外，方起一口水噴了出來。

這……這麼勁爆的嗎？

穹蒼抬手摸了下自己的後腦。

雖然三天的系統並不會給她帶來太強烈的痛感，但一旁由系統標示出來的疼痛等級，和大腦眩暈的提示，證明她剛才收到了來自同學的挑釁跟傷害。

穹蒼用腿將椅子推向後方，聽著金屬在石板上滑出的雜音，面無表情地轉過身，朝門口走去。

眾人以為她會像往常的參與者一樣，悶不吭聲地走去某個角落龜縮起來，不料她停在動手的那個男生面前，直勾勾地盯著他。

她的眼神陰森，或者說令人不適。被她盯著的男生逐漸感覺到不妙，臉上的笑容凝固，最後變成了尷尬的弧度掛在嘴邊。

正當他準備說兩句話糊弄過去的時候，穹蒼猝不及防地抓住他的頭髮，猛地往旁邊一按，撞到一旁的鐵門上。

「砰」的一聲巨響，猶如一道驚雷落地，教室陷入萬籟俱寂中。

數十道驚悚的目光，一齊朝著這邊掃來。

「啊？誰、准、你，」穹蒼一字一句，聲音平緩地往外跳，「撞我的頭？」

方起喉結滾動，吞咽了一口唾沫，希望大家不會因此懷疑他身為心理醫師的專業性。

直播間的留言瞬間呈現爆炸式的增長。

『來了來了！終於開始了！』

『我才剛退出準備去讀書，結果這邊就開始了。我只錯過了一分鐘吧？這場面怎麼這麼奇怪？』

『這個案件我好像看過一次。上個玩家低調得令人窒息，一直跪著做人，結果連一半的劇情都沒探索出來。新人竟然有膽識選這個副本，厲害。』

『眾所周知，這是一款搞笑遊戲（doge.jpg）。你永遠不知道玩家會如何做死。』

『這男的就是這次的玩家嗎，怎麼感覺有點弱啊？開場就是校園暴力現場？那後期努力翻身做主不就能贏了？』

『好好看看副本資料。什麼男的，人家只是一個可憐的NPC罷了，慘！』

『九十二分？從來沒出現過這麼高分的新人吧？是不是刑偵類的專家來了？』

在幾次沉重的喘息之後，少年終於反應過來，震顫的瞳孔再次聚焦。

他粗魯地抬高手臂，朝旁邊抽了過去。

穹蒼快一步鬆開手指，腳步後撤，堪堪躲過。

沉默被打破，教室裡的尖叫聲爆發，通過走廊，驚動了遠處的老師。奔跑的腳步聲響起，一群人聞聲後倉皇趕了過來。

穹蒼的情緒在無數的雜訊中再次冷卻，擺出一副比誰都置身事外的無辜表情。

「妳瘋了吧？妳打我？」一名叫許由的少年滿臉難以置信。

穹蒼力氣不大，他又身強體壯，雖然撞擊的聲音劇烈，但額頭的傷口並沒有很痛。

他抬手抹了下，果然沒有出血，可仍舊被氣得打了個哆嗦。

穹蒼用餘光掃了角色的自殺進度一眼。

「王冬顏！」許由見她沒有反應，暴跳如雷，上前抓住穹蒼的衣領，「妳這什麼態度！」

「都住手！」尖細且帶著點崩潰情緒的中年女聲，阻止了對方的動作，「你們在幹什麼？」

人物提示上寫著來人是班導。在確認穹蒼已經看清後，浮空的黑字一閃而過。

許由被打斷，猙獰的表情放緩了些，指著穹蒼控訴道：「她打我！」

班導見沒人出事，冷靜下來，隨後溢起滿腔的怒火。她瞪了周圍的人，吼道：「你們兩個到我辦公室來！其他人都散了，幹什麼呢！看什麼看！」

五月初，辦公室裡已經開了空調，只是冷氣吹不散眾人心頭的那股煩躁。

穹蒼一直沉默著，眼睛在各處游移，觀察周圍老師的表情和桌上的資訊。

許由嘴唇快速張張闔闔，翻來覆去地講述自己挨打的心情，順便展示自己額頭上紅腫的傷口給班導看。

或許是穹蒼的安靜在這種時候過於突兀，在許由的聲音停下後，那莫名出現的空檔，讓空氣瞬間瀰漫起讓人無法忽視的尷尬。

班導與許由一起看過來，問道：「妳有什麼想說的？」

穹蒼張開嘴，淡淡地吐出三個字：「是意外。」

班導用手指敲桌：「妳說這叫意外？」

穹蒼皺眉：「他用球砸我的頭，這是個意外，為什麼我用手砸他的頭，就不能算是意外？」

班導氣道：「妳不要強詞奪理！」

她看著穹蒼的眼神，透著濃濃的失望：「妳到底還想幹什麼？王冬顏，妳鬧夠了沒？」

穹蒼：「妳對我很失望？」

班導：「妳說呢？」

穹蒼問：「為什麼？」

班導激動道：「妳說呢！」

不肯給出劇情訊息。

穹蒼頓了頓，還是說了句：「是他先開戰的。」

班導嚴肅道：「他的球意外打到妳，和妳故意撞他的頭，是兩件性質完全不同的事情！妳看班裡的同學都被妳嚇壞了！」

「是不是意外，大家心裡都有數。判定意外的標準也很難裁決，但是，」穹蒼說：「在教室裡面玩球，這是已經確定的錯誤，對吧？」

班導被氣得說不出話來，因為確實無法辯駁。

「你們兩個這有來有往的叫『互毆』，誰都別想跑！」班導說：「這個月的廁所，你們兩個包了。要是繼續打架，樓上和樓下的廁所也給你們包了！我想你們的學弟妹應該會很高興！」

見從班導這裡問不出有用的資訊，穹蒼隨意應了聲：「哦。」

許由不太樂意，畢竟眾所周知，男廁比女廁髒多了，可他當下也不敢說。

兩人獲准回教室的時候，已經開始上課了。穹蒼安靜地坐下，整理桌上堆疊成山的試卷跟書本，隨後在一個拱起的空隙裡，發現一小包柳丁口味的硬糖。

穹蒼稍仰起頭，在四周巡視一圈，移動到窗邊時停了一下。那裡坐著一個女生，五官出色，且很有特點，是讓人過目不忘的類型。在一群不善打扮又滿臉倦容的高中生裡，漂亮得有點突出，像是三天自動幫她附帶了高級的美顏特效。

穹蒼只看一眼就收回了視線，從口袋裡摸出手機，在桌子底下偷看。

通知欄有一則最新訊息。

『十二點半，學校操場左側的超市等妳——正義伙伴周警官。』

穹蒼：「……」

有毛病。

她退出主頁，查看手機當中的留存資訊。

網友目睹這情景，紛紛在留言區哀號。猶如看著一個勤奮的劣等生，在錯誤的道路上策馬狂奔，令人心痛不已。

『進入遊戲的第一天基本上是安全的，但後面就不一定了。這個女生根本是在浪費時間，我看她即將達成「死得不明不白」成就。』

『妳這樣是不行的啊，手機不會留下太多證據，哪有那麼簡單？』

『玩家不跟NPC打好關係的話，怎麼套消息？』

『真的不去對話觸發劇情嗎？這個女生很優秀，但是太菜了。』

『感覺她在五分鐘內，得罪了所有的NPC。』

『無數的經驗教訓告訴我們，社交障礙在這個遊戲裡是進展不下去的，她根本拿不到推進劇情的證據。』

『九十二分？就這？』

『留言區大型自我膨脹表演。』

方起看著留言，聲音低沉地笑了出來。

他的快樂，就是如此簡單。

學校的福利社旁邊有一條昏暗的走道，裡面只設了幾盞年代久遠的日光燈。雖然空氣潮溼，但比別處陰涼。天熱的時候，很多學生喜歡蹲在這個地方吃飯。

午休時間，穹蒼一手拿著食物，一手舉著優酪乳，腋下還夾著一包洋芋片，背靠著牆面等待正義伙伴。

此時正是人流量最多的時候，學生來來往往，絡繹不絕。

穹蒼吃得正高興時，頭頂照下一片陰影。許由和他的幾位兄弟停在她面前，用複雜的神色瞪著她，或許是想用氣勢來震懾她。

幾人眼神裡有著不加掩飾的憤怒、不屑、厭惡，乃至同情。

她……她亂說的。

一群長時間沉迷讀書的高三生，不是死魚眼就是雙目無神，能表達出那麼豐富的情感，可以跑去幹大事了。

穹蒼咀嚼著嘴裡的食物，似笑非笑地同他對視。

許由本想說些什麼，但在面對她詭異的反應時，聲音又哽在喉頭難以出口。最後只放了句堪稱莫名其妙又必不可少的狠話。

「王冬顏，妳等著！」

穹蒼被他害怕的樣子逗笑了：「那你得快一點，我不喜歡等人。」

許由幾人惱怒離開，不久後，正義伙伴姍姍來遲。

賀決雲其實一直在旁邊看她，從她出現開始就在觀察，直到許由等人離開，才從暗處走出來。

對比起穹蒼本來的面貌，遊戲裡「王冬顏」的長相明顯普通很多。這也讓他確定，穹蒼身上懾人的氣質，不是因為她的長相。

「妳好。」賀決雲友善地笑道：「等很久了嗎？」

穹蒼瞥了他一眼，那道視線飛快掠過，沒有任何停留，如同在看周圍那些沒有生命的物品一樣，快到賀決雲以為她看的根本不是自己。

那種極度疏離又極度平靜的眼神，讓賀決雲前所未有地緊張了下。

他忽然明白自己那個好友對穹蒼諱莫如深的原因。人類當然會對自己看不懂的人保持戒心。

對方的語氣同樣沒有起伏，如同亡者的心電圖。

「玩家？」

「準確來說是三天的工作人員，兼免費陪玩。當然，不該知道的資訊我也不知道，我是一個公平的玩家。」賀決雲將遊戲裡的工作證展示給她看，告知她自己現在的身分，「周奇。警察。」

穹蒼說：「今天就是你遲到了，對吧？」

讓她被晾在模擬器將近半個小時。

「不好意思，一點意外。」雖然賀決雲嘴上這麼說，臉上卻沒有太多抱歉的意思。他笑了下，說：「沒想到副本才剛開始，妳就玩得挺愉快。」

穹蒼用同樣的話回覆他：「一點意外。」

賀決雲指了個方向，兩人朝著人少的地方走去。

等確定附近沒人能聽見他們的對話，賀決雲才問道：「所以，王冬顏自殺，跟剛才那些人有關係嗎？」

穹蒼：「沒有。」

「這麼肯定？」賀決雲問：「是沒有關係還是非主要關係？」

「沒有關係。」穹蒼說：「無論是他打我，還是我打他，是老師質問我，還是我回嗆老師，角色在自殺傾向的數值上都沒有任何變化。說明王冬顏想要自殺的欲望，跟這些無聊的事情沒有關係。而且，我的身上並沒有明顯的傷痕，證明這些人平時最多只是小打小鬧，暴力情況不常發生。」

賀決雲點頭。

他發現跟方起說的一樣，這個人比他預想的還要冷靜，而且跟她站在一起，心境會跟著變得平和。

這樣的人可能會帶來安全感，也可能帶給你恐懼。

「隨意討論一下，出現這種集體自殺的原因可能有哪些？」賀決雲自問自答道：「信仰洗腦。」

穹蒼接了句：「暴力壓迫。」

賀決雲：「環境壓力過大引起的連鎖反應。」

穹蒼：「寄生蟲或藥物導致的大腦病變。」

賀決雲：「或者謀殺。」

「這個猜測不錯。」穹蒼點頭，難得讚許道：「最好抱著像這樣求知的態度去解題。」

賀決雲突然被誇獎，受寵若驚：「謝謝。」

他問：「那麼，請問妳有什麼線索要告訴我嗎？」

「暫時沒有。」穹蒼去旁邊把手上的垃圾扔了，順便問道：「我想知道，前兩個自殺學生的情況。」

賀決雲：「妳想從哪裡開始聽？」

穹蒼：「盤古開天闢地吧。」

賀決雲一時沒反應過來，因為在他的想像裡，她應該是一個不會開玩笑的人。以致於當穹蒼說完這句話後，他的大腦因為混亂而沉默了。

穹蒼轉過身：「自殺地點和時間。」

風輕雲淡得彷彿剛才的一切只是賀決雲的錯覺。

賀決雲回神，抬手朝前一指：「前面就是他們跳樓的地方。」

穹蒼順著望去。

這棟大樓的位置不尷不尬，樓層高度不高不低。介於宿舍大樓跟教學大樓交界的位置，又被擋在一間福利社的背面。這是一棟老舊的宿舍，學校一直在考慮要不要進行翻修或重建，苦於沒錢。

由於這棟大樓的水電系統經常出問題，住在裡面的學生其實不多。後來一中將它單獨劃分出來，有想要住單人或雙人宿舍的學生，可以申請住在這裡。

此外，這是一棟男女混住的宿舍。

穹蒼看著樓頂，又看了旁邊的大樓一眼，突然問道：「一個想要自殺的人，會在意儀式感嗎？」

賀決雲偏過頭：「妳指的是什麼？」

穹蒼：「沒什麼。我是說，為什麼偏偏是這棟大樓。」

賀決雲沉默了。

穹蒼：「往年跳樓自殺的學生都是在哪棟大樓？」

「按照往年記錄來看，是在後面那一棟，叫『雲霄樓』。從它建成開始，大部分想要自殺的學生都會選擇那裡，連附近的外校學生也曾慕名而來過。」賀決雲指著遠處冒出半截的樓層道：「那也是一中最高的宿舍大樓，裡面還有電梯。」

「如果是我的話，我會選擇死亡率最高的大樓。」穹蒼比了下舊樓的高度，「這棟大樓的下面還有一個停車棚，從這裡自殺，先不說會損壞他人財產，還可能因為緩衝摔得半死不活。那是最恐怖的事情。連續五個人都選擇在這裡自殺，不太合理。除非是有什麼特別的緣分。」

「第一位死者，死於今年二月份，隨後放寒假。三月底的時候，第二位死者跳樓。

隨後就是王冬顏，現在距離王冬顏原定的自殺時間不到一個星期。」賀決雲說：「目前警方沒有查到三人——我得到的資訊只有三個人，後面的人物情況需要等妳『自殺』後才能讀取——目前沒有發現三人之間的自殺有什麼重要關聯。」他回憶了下，繼續道：「我翻看了警局留存的筆錄跟訊息。如果非要找關聯的話，一號死者和二號死者是同鄉人，二號死者跟王冬顏是室友。一號死者跟王冬顏，關係普普通通，沒什麼交集。因為當時警方沒有起疑，當作普通的自殺案件處理，所以只留下了這些零散的資訊。」

穹蒼點頭：「我知道了。」

賀決雲勾起唇角，笑道：「聽說妳很厲害，那我這次是不是能跟著妳通關這個副本？」

穹蒼聞言也笑了下：「你可以試試。」

這是賀決雲第一次見她笑。還不等他回過神，穹蒼已經轉身離去，賀決雲立刻跟上。

兩人又走了一段路。

穹蒼一直不說話，賀決雲以為她是在思考案情。

突然，穹蒼腳步一頓，開口道：「就快要到女生宿舍了，中年怪叔叔就留步吧。」

賀決雲：「……」

他這個年齡頂多叫青年。

這位朋友肯定是沒經歷過金錢的抽打。

第二章　校園暴力的真相

一〇三號宿舍。

這間宿舍本來住著五個人，二號死者自殺後，變成了四個。

二號死者名叫周南松。

她的東西還放在原本的位置上，包括床褥跟課本。家屬過來取走一些重要物品，其餘的都留下了。

在幾位室友的強烈要求下，校方沒有處理這些遺物，而是讓它們存放在原處，準備等學生全部畢業後再做處置。

穹蒼進門的時候，宿舍裡空無一人。午休時間短暫，室友應該是在吃過午餐後直接回教室進行自習。

穹蒼找到王冬顏的床鋪，在小格子翻找了一會兒，從顯眼的位置抽出一把小鑰匙，打開一旁的衣櫃。

學校的木櫃裡帶著一股潮溼的霉味，與此同時還有強烈的樟腦丸的味道。兩種氣味混合起來，帶著令人上癮的刺鼻感。

穹蒼將櫃門大開，讓裡面的氣味散掉一些。

王冬顏的物品擺放得很整齊，可謂一目了然。女性用品放在最下面那層，衣服按照春秋款式一件件疊放好放在左側，褲子擺在右側。櫃門上掛了一袋零食。可見王冬顏平時應該是一個相對自律、喜歡整潔的女生。

靠近櫃門的位置，有個水晶收納盒，裡面有各種髮夾、髮帶、手鍊和吊飾。

穹蒼從裡面翻出一串用紅繩編織的手鍊，手鍊上綁著一個小小的金屬方塊，方塊正面刻著兩個字母「XY」。

穹蒼用手指撫了下褪色的金屬方塊，腦海中第一時間閃過的想法是：是道格拉斯的XY理論，還是染色體？

穹蒼：「……」

她知道，她活該單身。

人類的潛意識真可怕。

穹蒼掏出手機，對著紅繩拍了一張，用圖片搜尋功能找出同款。

倒沒有多稀奇，只是一間月老廟的姻緣紅線手繩。

穹蒼：「……」

可以。說明王冬顏喜歡漂亮，且有生活追求。

穹蒼把首飾盒放到旁邊，開始翻找裡面的衣服。

王冬顏的私服不多，畢竟一中要求穿制服。在穹蒼將東西搬到一半的時候，看見一個紅色的小包包。

打開包包後，發現裡面竟然放著一張黃符。

她不知道黃符上畫的是什麼，但符紙的背面寫著「安息」，它的作用不言而喻。

穹蒼再次用手機搜尋了下，發現一件不得了的事情。

這東西居然是某個購物網站的熱賣商品，一百塊一張，月銷萬件。而賣得最好的，是祈求發財的符。

人類的本質還真是相通。

不過這符大概對賣家最有效。

穹蒼唏噓了一聲，把東西全部放回原位，再去正對面的周南松的座位上查看。

她這次沒有動手翻找，只是站在旁邊，在桌上跟床底掃視了一圈。

周南松的桌上擺著一張照片，照片裡的兩位女生穿著一模一樣的衣服，靠在一起比手勢大笑。

正是前兩位自殺者。

其餘似乎沒什麼顯眼的東西，書、試卷、一堆筆。

穹蒼神色如常地對著它拍了張照。

此時的直播間非常熱鬧。最讓網友興奮的就是這種初露端倪又欲蓋彌彰的場景。

『我本來還想說她到底在幹什麼，連衣服都翻，又不是來拾荒的。沒想到居然真的翻到了關鍵線索（是我太年輕.jpg）。』

『我記得這個副本。上個玩家在NPC那裡裝了兩天孫子，問出了重要劇情，結果居然是錯的，自殺進度直接爆滿。這個副本奇怪的資訊很多，照目前來看，我有預感，這個玩家也會踩中陷阱（先知者的同情.jpg）。』

『周南松死了，王冬顏還為她祈福安息，說明兩人關係應該挺好的。』

『學校不做科學思想教育嗎？王冬顏怎麼還買符這種東西？』

『名偵探上線了！王冬顏跟周南松是好室友，而周南松跟田韻是好姐妹，三姐妹關係好，相繼自殺，一個也沒逃過，絕對是場陰謀。說不定是她們目睹了什麼違法現場，然後遭到對方威脅報復。』

『校園生活猜得簡單一點不好嗎？你們怎麼還往驚悚片發展啊？』

『不是所有的名偵探都叫小五郎，也可能叫臭皮匠。說的就是你們。』

在網友們將注意力放在那張照片上的時候，穹蒼已經轉身去了陽臺。

她半靠在陽臺的欄杆上，用手按著後脖頸，大幅度地轉動腦袋。活動完脖子，用力按動自己的手指，讓關節傳出清脆聲響。

做完準備工作，穹蒼摸出手機，傳訊息給賀決雲。

她手機上的內容，被投放到直播間螢幕的右側，方便觀眾查看。

穹蒼：『關於三位死者之間的關係推斷。』

穹蒼：『（照片）一號死者田韻，與二號死者周南松，關係親密。』

穹蒼：『而周南松與王冬顏，室友，關係不佳。』

前兩行字出現的時候，網友還覺得確實如此，然而當第三行字出現的時候，好些人愣了下。

『啊？』

『我就說吧！哪個接受過教育的學生，會因為姐妹情去買安魂符？太邪門了！還不是因為自己心裡有鬼！大神，英雄所見略同！』

『沒有明確證據可以證實吧？只因為符咒的話站不住腳。很多人就隨便買買，那個小錦囊做得挺好看的。很多所謂的「迷信」都是隨便信信，不會當真。』

賀決雲那邊很快回覆。

賀決雲：『怎麼說？』

穹蒼：『兩人桌面上的文具、雜誌、擺飾、杯盆等物品，沒有任何重疊或相似的地方。但兩人分別與其他室友有同系列商品。』

穹蒼：『（照片）王冬顏的涼鞋和其餘幾位室友是相同風格、相同材質的產品，推斷來自同一間店鋪。周南松的水杯，與其餘幾位室友的都屬於自印水杯，圖案自繪，風格相近。』

穹蒼：『根據兩人身處同一間宿舍，卻刻意錯開同款的這種行為，推斷她們關係十分緊張。王冬顏喜歡拍照，但相簿中沒有任何與周南松的合照，可以以此佐證。』

賀決雲：『說得過去。』

穹蒼：『（照片）沒有在王冬顏的私人物品中，發現其他與宗教相關的物品，手機當中也沒有相關的資訊。黃符出自某個購物網站的暢銷款，造型別致，王冬顏應該是玄學式信仰，順手式購物。』

賀決雲：『同意。』

穹蒼：『在兩人關係交惡的情況下，王冬顏購買這種功能敏感的符咒，並存放在自己的衣櫃裡，行為反常。或許是下意識尋求心理安慰。大膽推測，王冬顏與周南松的自殺有一定關係，且王冬顏心懷愧疚。或許直接相關，或許只是知曉內情。』

賀決雲：『確實有道理。』

相比起兩人聊得火熱，直播間的留言速度逐漸放緩，剛才大聲說過的話猶在眼前，瞬間就被「啪啪」響的打臉聲代替。只有一些人傳著大笑的表情，無聲地嘲諷剛才說得信誓旦旦的觀眾。

不過很快，網友就從難堪的情緒中抽離。

掩飾自己錯誤最好的方法，就是誇獎你的對手。於是留言區裡的網友開始敷衍地吹噓起穹蒼的明察秋毫，然後當作無事發生，繼續預測局勢。

都是多年老網友了，怎麼能沒一點心理抵抗能力？

螢幕裡的兩人還在交流。

賀決雲：『還有嗎？』

穹蒼：『還有，等我看完作業再告訴你。』

賀決雲：『什麼作業？』

穹蒼：『參考書。』

多數人都有寫寫畫畫的習慣，尤其是在枯燥無聊的時候。既然王冬顏已經有強烈的自殺欲望，又沒有可傾訴的對象，那麼多半會在不經意的地方留下一些線索。而注意力或者計算紙，是很能反應學生心理情況的東西。

尤其是計算紙。

人在無聊的時候，什麼都幹得出來。

高三生的參考書很多，各個科目，各個版本。穹蒼在桌面的書海中挑選了下，從裡面翻找出理科相關的參考書，一頁一頁地尋找起來。

穹蒼翻看的速度很快，每隔幾秒就會翻動一次，像是在走馬看花，卻又認真地把每一頁都看過了。

遊戲中的時間流速，在沒有劇情發生的時候會加快。在太陽下山時，穹蒼終於翻完了手上幾本參考書的內容。

她的表情太過平靜，網友也不知道她花費了大半天的時間，究竟查出了什麼。然而她沒有停止自己的舉動，又開始翻找其他課本。

她在桌上找到了一本批改過的作文本，是寒假要求的十篇作文。

這是一段完全安靜的影片，穹蒼看書的時候幾乎投入了所有注意力，僅有少許的小動作，導致畫面就跟反覆重播一樣，毫無變化。唯一的休息時間，是中途她出去吃了頓飯。導播還將參考書上的題目放到了大螢幕上，讓觀眾一起體驗學習的快樂。

網友們從來沒有體驗過這麼枯燥的凶案直播，也是嘆為觀止，更加神奇的是，居然還有不少無聊人士真的堅持了下來。

如果說為了應付作業而寫的流水帳日記，還有可能看出一點端倪的話，那麼當穹蒼開始翻找計算紙的時候，在苦海邊緣掙扎了無數遍的網友，再也不能淡定了。

『看她放下書的時候，我大大地鬆了口氣，我想我勝利了。然後她把剛才清理到角落的計算紙拿了出來。這是什麼苦修行？』

『真是狠人，我服還不行嗎？』

『我就是來看個直播，想放鬆一下而已，為什麼要這樣對我（憔悴.jpg），說好的搞笑遊戲呢？妳不去攻略NPC嗎？』

『搜查證據要搜得這麼細緻嗎？居然還得從計算紙下手？』

『靠對話取證對方可能會說謊，這樣的物證可信度確實更高。』

『她看書的速度也太快了，要不是她評分那麼高，說真的，我還以為她是在耍帥。』

『我怎麼覺得沒用呢？她搜集線索的速度太慢了。』

網友一片哀嚎，穹蒼自顧自地快速翻動計算紙。

她的耐心簡直足到令人恐懼。

高中生的計算紙用得隨性，沒什麼規律可言，穹蒼翻動的速度也比剛才快了很多。

在她進展到一半的時候，從一疊裝訂好的白色計算紙裡，看見一個鉛筆描出來的漫畫人物。

那個人物線條勾勒得很粗糙，但神態十分靈活，正鼓著嘴在吃飯。可見是王冬顏無聊時畫的東西，對作品又有那麼一點喜歡。

穹蒼手指頓了下，從畫裡感覺到莫名的熟悉，對著計算紙上的人物畫像多看了兩眼，然後將紙撕下來放到手邊，繼續往後面翻找。

沒過多久，她又看見一個在打哈欠的男生的半身像。

穹蒼加快速度，在本子的最後面看見第三張圖——幾個在玩疊高高的男生，然而只有一個人的臉部是有五官的。

後面兩張圖的人物動作比較有標誌性，穹蒼馬上就回想起來了。

穹蒼一一拍攝下來，傳給賀決雲。

穹蒼：『（圖片）。』

賀決雲：『這是什麼？能說明什麼？王冬顏喜歡漫畫？』

穹蒼：『你知道什麼是XY嗎？』

賀決雲：『染色體？』

賀決雲：『難不成……王冬顏是個男的？』

穹蒼愣了下。

穹蒼：『？』

穹蒼：『你很敢想啊。』

賀決雲：『沒有……以前辦過一個幫自己隆乳、常年偽裝成女人，然後進行性犯罪的男性罪犯。印象有點深刻。』

穹蒼將賀決雲的回覆來來回回看了三遍，大腦有點放空。她突然知道了一個能讓人生閱歷變得很豐富，卻又沒用的知識。

她現在也印象深刻。

穹蒼將腦海裡奇怪的東西甩掉，切到手機的相簿畫面。

今天她在教室裡翻看手機的時候搜尋過相簿。裡面一共有五百多張照片，一部分自拍，一部分截圖，還有一部分是在教室裡抓拍的照片。

當時穹蒼著重關注了幾位被抓拍的同學，推測應該是與王冬顏關係較好的朋友。畢竟王冬顏不太可能會拍自己討厭的人，還把他們一直存放在相簿裡。

但她那時沒發現不對勁的地方，覺得這些只是普通高中生的日常生活記錄。

穹蒼：『（照片）。』

穹蒼：『看背景裡的那個男生。』

穹蒼連續傳了三張照片給他。

每一張照片，都是以別的女生為主角，鏡頭卻總會「不經意」拍到半截男生的身影。

那個男生就是許由。

許由打哈欠。

許由吃飯。

許由跟別的男生玩疊高高。

與那個漫畫風格的男生動作一模一樣。

許由的眼尾有一顆痣，而漫畫角色臉上相同的部位也有一顆痣。

無數細節證明，這是一個女生在隱晦地表達自己的暗戀。

穹蒼：『許由，就是今天中午堵我的那個男生。我剛才進入副本的時候，他還砸了我的頭。』

穹蒼：『（照片）王冬顏買了同款。』

穹蒼：『XY。』

網友被這發現弄得異常興奮，萎靡了許久的精神終於抖擻了起來。

『她也太早發現這個劇情了吧？我看的那個玩家到死前才知道這件事。』

『唉，年輕人啊。』

『想想許由對她的態度……這是個才剛開始就已經BE的故事啊。』

『那麼多張照片裡占了不到四分之一畫面的人物，她也能看得出來（瞳孔地震.jpg），她是人形系統嗎？還能自動進行圖片分析？』

『確實有九十二分的感覺了！』

『當我以為這個副本是以校園暴力為題材的時候，妳突然告訴我，它其實是一部青春戀愛劇？』

『等一下，可是玩家之前不是推斷過，說王冬顏自殺跟許由的行為沒關係嗎？』

『可能是因為已經習慣了，所以資料沒有及時出現波動。《凶案解析》裡出現前後推斷錯誤，很正常啦。』

賀決雲馬上問了跟網友一樣的問題。

賀決雲：『可是妳說，今天許由打妳的時候，妳的自殺進度沒有變化。』

穹蒼：『是啊。』

穹蒼：『可能是王冬顏終於看穿了情愛的扭捏，回歸科學的懷抱了吧。畢竟照片的拍攝時間，都在周南松自殺之前。』

賀決雲又驚了一下。

這個人究竟是從哪間冷笑話學校進修畢業的？

賀決雲：『？』

穹蒼：『如果她沒什麼特殊癖好的話，應該不會喜歡上一個惡意欺負自己的男生，而且許由對王冬顏的厭惡表現得十分真實、明確。說明許由對她的欺凌，很可能是近期才開始的，開始的原因與她自殺的傾向有直接關係。王冬顏的精神壓力很大，已經沒有餘力去在乎同學或許由對自己的看法。』

穹蒼：『當然不能完全排除其他可能。也可能是因為自殺進度無法展示小數點的變化。』

思緒很清晰，分析也挺客觀的，沒有基於智商高的驕傲或獨斷。

穹蒼比賀決雲想像得更可靠一點，與傳聞有些許不同。

過了一會兒，穹蒼經過反思，又傳了一則不太衷心的訊息過來。

穹蒼：『哦，也可能只是他們之間互相吸引注意力的一種情調而已，我反應過激，搞成了暴力傷害。難怪當時許由的表情跟見鬼一樣。畢竟我不太懂高中生的愛情。』

賀決雲：『……』

直播間裡的一些人看見這則訊息內容，也後知後覺地反應過來，頓時感受到無比的憔悴。

『愛情產生的要素：文明、含蓄、委屈。』

『這裡會考，請大家記住。』

『這個發現聽起來真令人心酸。』

『這對BE了BE了，大家放棄吧，這對CP是沒希望的。』

賀決雲等了很久，卻沒等到後續。對方就這麼戛然而止，連個招呼都沒有。

賀決雲：『然後呢？』

穹蒼似乎沒了聊天的興致，過了四、五分鐘才回。

穹蒼：『就一個小發現而已，你要什麼然後？』

賀決雲：『基於現有資訊的預測推斷。大膽猜測，小心求證嘛。』

穹蒼：『我求證了，就是不知道什麼樣的猜測才能算大膽。』

穹蒼對愛情類問題的預測分析一向不太準確，因為戀愛中的人大腦好像會轉彎，她永遠無法知道對方下一步的操作是什麼，轉彎點又在哪裡。

穹蒼：『兄弟，你單身嗎？』

賀決雲胸口一悶，感覺被暗諷了。

他詭異的遲疑，給穹蒼傳遞了這個訊號。

穹蒼：『我懂了，那我不問你了。』

賀決雲：『……謝謝妳的體諒啊。』

穹蒼：『不用客氣。』

賀決雲再次語塞。

這人是真的不客氣。

賀決雲把手機放下，繼續忙手頭的事。

他的手上還有著從前兩期自殺案件中搜索出來的證據沒有翻閱，比如監視器畫面。

他已經看各種口供記錄和影片看到身心疲憊，感覺淚腺都快被螢幕榨乾。

等他忙了半個小時，手機再次一閃。

穹蒼：『再給你一條線索吧。』

穹蒼：『我剛才翻看了王冬顏的各科參考書跟課本。她應該是個認真讀書的學生，前期她的作業字跡清晰，運算過程完整，且正確率高達百分之九十以上。但是從三月二十三日開始，她的字跡明顯變得潦草，過程簡略，無運算過程，部分習題的錯誤率也大幅提高。根據我的經驗，她有多科作業是抄寫完成。說明王冬顏在三月二十三日遭遇了什麼變故，受到重大的精神衝擊。』

穹蒼：『周南松的自殺事件發生在三月二十五日。所以王冬顏的自殺焦慮，在周南松跳樓之前就開始了。兩人最終選擇自殺的原因是否相同，等待進一步求證。』

還在閒聊的網友瞬間被拉回主題，腦袋跟被敲了一棍似的。

『天啊？這算不算是重大發現？對啊，其實還是能用參考書來梳理時間線，這是個人才啊！』

『所以還是殺人滅口，幾個人知道了她們不該知道的事情。周南松因為討厭王冬顏，故意將她拉下水。後續可能會往靈異片或科學的方向發展。我真是天才，哈哈哈！』

『她解題的過程和步驟，怎麼跟之前的人不太一樣啊？這線索明顯跳了一個階段啊，上一期的玩家好像是在蹺課三天後，才從班導的對話得到線索。』

『這個副本的迷惑性線索太多，一不小心就會掉進坑裡，NPC也很會騙人。所以她直接翻找物證，才是最正確的。』

『我為我居然敢質疑九十二分的高級玩家而感到羞恥。我錯了，但下次還敢（doge.jpg）。』

別說網友，賀決雲也是虎軀一震。

賀決雲：『兩個時段靠得很近，妳確定無誤？』

穹蒼：『確定。根據理科授課進度，以及國文課文的背誦日期，英文的默寫批改進行推斷。不可能三個都錯。』

賀決雲：『這難道不是很重要的情報嗎？為什麼只是順便一提？』

穹蒼：『在沒有更多證據之前，無法推斷出有效結論。我沒想明白的線索，就只配得上順便。有問題嗎？』

穹蒼：『不是我要帶你通關嗎？我知道就可以了。』

賀決雲：『沒有問題，就是想問還有什麼不重要、可以順便說說的線索嗎？』

穹蒼：『其實也沒什麼了。』

穹蒼：『今天收到一包柳丁口味的水果硬糖。』

賀決雲那邊很快回覆。然而他關注的點也如此與眾不同。

賀決雲：『糖，鑑識科？』

穹蒼：『這倒不用。』

賀決雲：『為什麼？』

穹蒼：『吃了。』

賀決雲：『健在嗎？』

穹蒼：『活著。』

賀決雲：『……』

穹蒼跟賀決雲胡扯完，宿舍外面正好傳來了嘈雜的談話聲，是晚自習結束的學生陸續回來了。

她們的宿舍在一樓，一向是比較吵的地方。

王冬顏的三位室友在不久後出現，幾人疲憊地拉開門，走了進來。

穹蒼將桌上的東西整理好，然後換上睡衣，半坐到床上。

如果沒有案件相關的劇情，夜晚這段時間很快就會過去。

幾名室友把書本搬到床上，坐著休息了一會兒，等精神放鬆，再次活躍起來。互相開起玩笑，排著隊漱洗準備就寢。

三人之間的關係看起來很好，同為室友，卻沒人來跟穹蒼搭話。

或許她們不想表現得太過明顯，但那種眼神閃避的行為，在穹蒼的眼裡，刻意到難以忽視。

這麼狹小的空間，她們居然不會往她所在的方向瞟上兩眼。

不過王冬顏自殺前這段時間的表現的確很反常，與朋友處不好也沒什麼奇怪的。普通玩家這種時候應該會去和室友打探消息，試圖修復彼此關係。穹蒼卻沒有這個打算。

她被子一蓋，倒頭躺下。

過不了多久，宿舍熄燈了。

穹蒼這兩天原本就沒怎麼睡，在環境的影響下，真的開始犯睏。她閉著眼睛，意識迷糊，無法正確感知時間的流逝。

不知道過了多少，平靜的夜裡，突然多了特殊的聲音。

那聲音細碎，從最開始的模糊，到後來逐漸清晰。

穹蒼才剛積攢起來的睏意，成功被那沒有規律，卻越來越響的雜音驅散。

她集中精神，聽出聲音是來自她床尾的位置。

可能在床底，也可能在她的腳邊。或者其他臨近的地方。這個發現讓她呼吸停了一下。

那是近似磨牙的聲音，分辨不出究竟是什麼材質互相摩擦而產生的。在它的掩蓋下，周圍的一切細節都被放大，傳送進穹蒼的五感。

任何細微的聲響，都讓她有一種危險正在靠近的緊張感。

穹蒼緩緩睜開眼睛。

宿舍很昏暗，走廊上的燈光已經關掉了，但窗外仍有光色透入。

那是一道淡黃色的光線，不知道由什麼光源射出，穿過玻璃，正好將影像印在防盜門上。

穹蒼躺的位置角度，在睜開眼睛後，可以直直看見那道人形的斑駁光影。

穹蒼被嚇到，感覺胸口沒呼出去的那口氣，現在憋得生疼。

靠窗上鋪的女生突然用氣音小聲問道：「妳們睡了嗎？是誰在磨牙啊？」

一人回應：「我沒睡。」

「也不是我。」

穹蒼沉默。

片刻後，有人主動發問：「喂，冬顏，妳醒著嗎？」

穹蒼：「醒著。」

她說完後，角落裡的聲音出現不自然的停頓，而後又加快了咀嚼的速度，還多了些晃動聲。就差沒明白地表示，這個地方鬧鬼了。

那熟悉的聲音猶如一條引線，點燃了多年不曾引爆的炸彈。穹蒼感覺自己的腎上腺素瞬間激增。心跳加快、血壓上升，起雞皮疙瘩，寒毛直豎。身體陷入強烈恐懼的狀態。

夜色在她眼中變得過於幽深，像深淵巨口一樣籠罩了周圍的世界，不露一絲縫隙。

光怪陸離的記憶再次從大腦的各個角落裡冒出，快速占據她的視野與聽覺。

她最討厭的、失控的感覺又出現了。

黑暗裡，穹蒼舔了舔嘴唇，將情緒壓下，等待全身僵直的錯覺過去，沒有表現出任何異常。

「嚇死我了，這到底是什麼聲音啊？」對床女生壓著嗓子叫了下，說：「冬顏，就在妳那個位置，妳爬過去看一下。」

「不會是鬼吧？」

「也可能是老鼠。」

一人低聲笑道：「我們宿舍能有什麼鬼啊？有的話也只能是南松啊。大家都是姐妹，她怎麼會出來嚇人，對吧，冬顏？」

幾人的對話聲讓她從失常的狀態裡恢復過來，穹蒼用力眨了下眼睛。

「從科學的角度來講，」她語氣涼涼地道：「只要不去動祂，祂就不會來找你。」

眾人愣住：「啊？」

其中一個女生問：「這是什麼科學啊？」

「偽科學。」穹蒼聲線愈加平緩，「就像有人相信這個世界上，居然有鬼存在一樣。」

幾人被她的話噎到，安靜了一陣。

這時，窗外的燈突然變了顏色。從原先的淡黃變成了紅光，閃動數次後澈底消失。

驚悚的變化發生後，幾個女生用力深吸一口氣，想要叫出聲來。但因為另外一面的穹蒼過於安靜，毫無反應，讓她們的表演無法繼續，最後只能突兀地發出幾個不太真誠的音節。

尷尬的氣氛在空氣中瀰漫開來，配合著磨牙的聲響，將方才的恐怖畫面擊得粉碎。

穹蒼被幾位室友氣笑了。

她餘光輕掃，終於注意到人物面板上的自殺進度，已經在短短的時間內，從百分之八十七激增到百分之九十二，最高數值達到了百分之九十五，隨後快速降下，現在正在不斷震盪。

好，她現在知道王冬顏為什麼要買安魂符了。

對床的女生沒安分多久，又叫道：「喂，冬顏，冬顏！妳聽我說啊！」

穹蒼側轉過去。

對方突然打開手電筒，朝上照著自己披頭散髮的臉。

女生抬了下頭，臉上光影交錯。她說：「要不然我們玩個遊戲。誰輸了誰出去看一下，怎麼樣？」

另外兩人快速回應。

「好啊。」

「可以。」

「冬顏，反正妳說妳不怕鬼，可以嗎？」

穹蒼一動也不動地盯著那個女生。

她並沒有刻意營造恐怖的氣氛，只是此刻的她臉色蒼白，神色也很憔悴，嘴唇幾乎沒有血色，配上她陰森的目光，對面的女生在她的逼視下不禁膽寒，心生退意。

穹蒼掀開被子坐了起來，幾人驚訝於她的大膽，以為她真的要出去了。

但是穹蒼並沒有進行下一步的動作，她把雙手放在膝蓋上，擺出了正坐的姿勢。調整好語氣，平和道：「要選人是嗎？玩遊戲並不公平，如果妳們事先進行串通的話，那麼選我出去的機率就是百分之百。」

女生拔高了音量：「妳什麼意思啊？」

「意思就是不信任妳們，聽不出來嗎？把我當笨蛋？」穹蒼冷笑了一聲，「真想選人的話，用排列組合的方式來選吧。兩兩對決，一局定勝負。贏的計分，輸的減分，平手記零。最後誰的分數最低就誰去，怎麼樣？妳們可以好好商量一下該怎麼作弊，讓我有更大的機率拿到低分。這是高三的簡單知識，不難吧？我可以吃虧一點，算作對妳們智商的補償。但誰要是出去了，就看看今晚我還能不能讓妳進來。」

穹蒼的語氣讓人完全聽不出她已經生氣了，然而沒有人懷疑那裡面夾帶著的威脅。

她是認真的。

無人搭腔，三人似乎被她爆發出來的氣勢震住。

穹蒼耐心地多問了一句：「都不想去，是嗎？如果不去的話，那就安分一點，不要再給我裝神弄鬼。」

她走到床尾的位置，在床墊下面摸索了一陣，翻出一個小型答錄機。在她拿到機器的時候，開關被從遠端按下暫停。

宿舍裡終於恢復安靜，只剩下幾人緊張的呼吸聲。

似乎有涼風從窗戶的縫隙裡吹進來，讓眾人的皮膚帶上冷意。

穹蒼握緊機器，抬高手臂，直接朝著對面的床鋪砸了過去。

東西撞在牆壁上，發出一聲巨響，又因為撞擊力道碎裂成多塊，反向彈往四面八方，散落在地上。

尖叫聲響起，對床女生驚慌失措，又很快意識到現在已經熄燈，趕緊把剩下的聲音咽了下去。她用被子捂住嘴，在壓抑中短促地抽氣。

穹蒼拂了拂手上莫須有的灰塵：「誰下次還敢這麼做，不管什麼原因，我一定讓她近距離聞一聞廁所下水道的味道，這樣不是更有趣嗎？怎麼樣？」

哽咽的聲音更大了一點，但是沒人敢再出聲。

早點聽話，多好？該睡覺的時候就要好好睡覺，摸黑找什麼黃泉路？

穹蒼扯開被子，重新躺下。

第三章　關鍵人物

直播間的畫面早就被一排留言覆蓋，緊接著就是各種大吼大叫。

『之前是誰說靈異片和走近科學的？你出來，我知道你是潛伏在這裡的企劃。』

『我差點嚇哭了！還好現在是白天，我還在宿舍耶。』

『說真的，有一剎那我真的信了這個大神，如果不是三天的情緒波動警告都要閃瞎了，我不敢相信她居然怕成那樣。』

『要素過多，我、我先打 call！』

『這宿舍是怎麼回事？這麼恨王冬顏嗎？居然還搞這一套。』

『峰迴路轉，掃除迷信之後，最終還是因為校園暴力？』

『周南松該不會是被嚇死的吧（沉思.jpg）。』

『也有可能是在為周南松報仇？我細品了一下她們剛開始說的幾句話，還蠻有意思的。還有，外面的燈是誰打的？』

『高中生的生活原來這麼豐富嗎？是在下太平凡了。』

方起有些詫異，穹蒼會出現那麼強烈的生理反應，顯然是進入到緊迫狀態，甚至已經不是普通的受壓心理反應。可是她的資料裡，沒有任何關於此的記錄。

穹蒼的壓力來源是什麼？是怕鬼還是怕黑？也可能是當時場景裡突然出現的某一要素。磨牙聲，或者光影。

遊戲裡的夜晚很快過去，日光從地平線上照出。眾人走出宿舍，感受晨間沁涼的早風，空氣裡多了股清新的微甜味。

人群從宿舍湧向學生餐廳，又從學生餐廳湧向教學大樓。

穹蒼提著裙子，姿勢不太雅觀地蹲在一塊石頭上，跟前來碰面的賀決雲講述昨天晚上發生的事情。

賀決雲摩挲著下巴：「妳說，妳宿舍的人聯合別的學生，在裝神弄鬼嚇唬妳……王冬顏？然後妳的自殺進度出現了明顯的漲幅變化。」

穹蒼點頭。

賀決雲嘗試接受並消化這個資訊，又問：「除了妳的室友，還有誰？」

穹蒼搖頭。

賀決雲驚訝道：「妳沒出去看嗎？」

穹蒼平靜地答：「被嚇傻了。」

她說這話的神態簡直跟「今天的菜太鹹了」沒有任何差別，讓人難以信服。

賀決雲認真地看了她兩眼，無法想像這張面孔會表達出任何關於恐懼的情緒。或者說，能讓她恐懼的，應該是什麼世界級的謎團。

他遲疑了一陣，還是說道：「妳開玩笑的時候太冷了，不太好笑。」

「哦，是嗎？」穹蒼抬起頭，乾巴巴地道：「我真是太失望了。」

賀決雲低垂著視線與她對視，穹蒼睜著一雙無辜的眼睛。

半晌，賀決雲驚道：「妳認真的？」

「嗯。」穹蒼說：「我怕黑。」

賀決雲：「……」

穹蒼補充說：「非常怕。」

賀決雲只能搜索枯腸地尋找形容詞安慰她：「就……挺正常的？」

穹蒼說：「是啊。」

一片死寂。

穹蒼忍不住道：「別想了，你的大腦很吵，只會不停地喊『哎喲哎喲』或是『怎麼辦、怎麼辦』。」

賀決雲有些慌張：「妳別誣陷我啊！」

穹蒼：「你都寫在臉上了，我看了很煩。」

賀決雲心想，這個女人怎麼那麼難搞？他長這麼大還是第一次有人說他煩，而且是在他半個字都沒說的情況下。

「直男的安慰嘛……」穹蒼吐槽著停不下來，「大概就是『黑有什麼好怕的』、『這世上又沒有鬼』、『鬼怕妳還差不多』、『沒事沒事，心理作用而已』，諸如此類。」

「那已經不是普通的直男。」賀決雲深吸一口氣，「我申請幫直男分個等級，妳這是對我的汙名化。」

穹蒼吊著眼尾斜睨他。

她覺得這人可能腦子不太好。

賀決雲也覺得自己挺白痴的，手指朝下勾了勾：「妳能不能先下來說話？」

穹蒼從石頭上跳了下來，站到他對面。

兩人相顧無言。

賀決雲抬手撓了撓頭髮。

說真的，他見過許多脾氣古怪的天才，他手底下就有不少。但是沒有哪個像穹蒼一樣讓他心動。

只不過普通人的心動是觸動，他是哽動。心臟承受了它不該承受的疼痛。

穹蒼已經先走開了。

賀決雲跟過去問：「妳對室友的評價怎麼樣？周南松會不會也經歷過類似的事情？」

此時正是上課時間，學校裡閒聊走動的，除了他們兩個沒有別人。一眼望去，整間學校宛如空城。

穹蒼：「根據我之前的搜查，王冬顏以前跟室友的關係應該還算可以，會惡化到這種程度，明顯是有別的因素在誘導。」她想了想，又說：「昨天提到鬼的時候，她們說了周南松的名字。提起的語氣太過刻意，很明顯是故意說給我聽的。」

賀泱雲沉聲：「假設她們認為王冬顏就是殺害周南松的凶手，而她們是在行使正義。」

「嗯……」穹蒼說：「她們裝神弄鬼的把戲不算高明，不至於把王冬顏逼迫到自殺的地步。而且，如果真的只是室友的原因，以王冬顏的家境，她完全可以搬離宿舍，擺脫暴力。」

賀泱雲思忖：「除非……」

穹蒼：「除非王冬顏本身對周南松的死懷有強烈的愧疚感，室友的行為只是讓她不斷回憶起自己過去的行為，進而在精神上自我懲罰，並在長期的折磨後，選擇自我了斷。」

賀泱雲捋了一遍，覺得哪裡不對，穹蒼已經搖頭道：「但我不認為一個道德感那麼強烈的人，會在沒有緣由促使的情況下，做出過激且持續的舉動。王冬顏在周南松自殺前，明顯已經察覺到了什麼。整個邏輯裡有很多不對勁的地方。」

賀泱雲偏過視線，看向身邊這位完全褪去稚氣的女高中生。

誠然地說，跟穹蒼共事的話，是一件很享受的事情。只要她不突然開玩笑。

兩人在不知不覺間，又走到了通往那棟宿舍的道路前。

穹蒼抬頭看向那棟老舊的宿舍。

因為年代久遠，沒有清理，藤蔓爬滿了側面的高牆。深綠色的枝葉在背光處野蠻生長，並沒有顯出生命的美感，反而有點陰森。

賀決雲站在旁邊等她。

穹蒼看了許久，開口問道：「你看過周南松死亡那天，這棟宿舍附近的監視器畫面了嗎？」

「看過。當天周南松是一個人過來的，從時間上推斷，她上樓之後就去了天臺，沒有猶豫，直接跳樓身亡。王冬顏並沒有出現，她有完美的不在場證明。」賀決雲知道她想說什麼，肯定道：「周南松肯定不是被王冬顏直接殺害的。」

穹蒼問：「你查的是哪一個監視器畫面？」

「宿舍大門口前面的一個監視器，以及這條小路上，架在那根桿子上的一個監視器。兩個監視器都能拍到所有的出入人員。那棟宿舍也只有這一個入口。」賀決雲用手比劃給她看，又想起昨天翻監視器畫面時的痛苦，忍不住用手按住鼻梁舒緩，「不過說實話，那些監視器已經是好幾年前的產品了，畫面不清楚，只有單純的記錄功能。我看了很久，還是靠著時間線才把人認出來。想要找到什麼細節性的證據恐怕很難，需要別的技術和時間。」

穹蒼：「只有她們死亡那一天的記錄嗎？」

「對，物證裡只存了當天的影片。」賀決雲盡心解答，「一中的監視器畫面只保存半個月到一個月不等，王冬顏自殺的時候已經是五月了。就算警方發現不對勁，再去一中看監視器畫面，也已經拿不到，所以系統裡不會有。」

穹蒼點點頭，轉過身，看向一旁的福利社。

她說：「我先進去買點東西。」

賀決雲隨口問道：「買什麼？」

穹蒼：「打狗棒。」

賀決雲茫然：「啊？」

這家福利社是私人開設的，店面雖然不大，但是什麼亂七八糟的東西都有。

穹蒼先是去賣掃把的地方選了一根木製的掃把，放在手上試了試力道，發現太重了，影響自己發揮。又去賣晒衣桿的位置，挑了一根不銹鋼材質做的長桿。

輕巧易攜帶，這個不錯。

今晚誰要是還敢來，留他下來嘗嘗鐵鞭炒肉的滋味。

不，作為重要劇情，肯定會來。

穹蒼挑好武器，又去隔壁的走道拿了幾包零食，抱在懷裡過去結帳。

她把儲值卡放到刷卡機上，目光若無其事地轉動，聽著「嘀、嘀」的電子音，挑眉看向老闆。

這個老闆在掃條碼的時候，用餘光多看了她幾眼。目光不單純，帶著一點審視。

一般人的直覺可能不準確，但穹蒼的直覺通常是對的。

她試探性地說了句：「好久不見。」

老闆含糊道：「是啊。」

穹蒼頓了下，又問：「我常買的東西還有嗎？」

「整人玩具啊？」老闆說：「不多了，第一排貨架的下面。」

穹蒼順著他的指示過去看了一眼。

貨架上擺放的都是比較普通的小玩具，平平無奇的包裝，裡面加設一個小機關。

她只是看了一眼，沒有購買，又走了回來。

老闆把袋子遞給她，穹蒼接過，走出大門。

賀決雲百無聊賴地在空地上繞著圓圈。

穹蒼單手捏著優酪乳，說道：「你去那裡面，找那個老闆問一問。」

賀決雲：「嗯？問什麼？」

穹蒼說：「你先去問問看，我感覺他對我有印象。」

賀決雲多看了她背後那根金箍棒兩眼，甚至懷疑穹蒼剛才在裡面打人，騙自己進去善後。

他帶著懷疑的腳步走向福利社。

老闆是一個穿著短衫的中年男人。頭髮偏長，看起來有些邋遢，正端著碗飯，目不轉睛地盯著電腦。

賀決雲在裡面轉了一圈，隨後在櫃檯邊停下，彎下腰，用手指向鐵捲門的上方：「你好老闆，最近生意怎麼樣啊？」

老闆嘴裡含著東西，頭也不回道：「還行吧。」

賀決雲：「這裡有那麼多學生往來，很不好管吧？」

「還可以。」老闆終於放下碗打量他，「不是，你誰啊？」

「不好意思，打擾一下。」賀決雲從胸前的袋子裡拿出證件，「警察，隨便問兩句話。」

他說是隨便，但正常人在面對警察時，很難隨便起來。

「哦，我知道了。」中年男人從自己的沙發椅上站起來，清了清嗓子，說：「你來查那兩個女生自殺的案子，對不對？」

賀決雲把證件收回去：「對，雖然案子已經作為自殺結案了，但死者家屬還是很難釋懷，他們想知道自己的女兒選擇自殺的深層原因，懇求我們繼續調查。不正式，就隨便問問。」

中年男人深有體會地點頭說：「你們這樣的警察很負責，挺好的。好好的孩子就這樣沒了，對家長來說，是該給個交代。」

賀決雲問：「你有什麼線索嗎？」

老闆有些不好意思道：「其實也沒什麼有用的線索。之前你們的同仁來找我問過一次口供，可是我當時太緊張了，有很多細節都沒說清楚。你們離開後，我越想越覺得不應該，就把監視器畫面留下來了。我是看不出有什麼不對勁，但你們說不定可以？如果你要的話，我可以現在就給你。」

為了防止偷竊，確保能拍到學生的正臉，他在捲門的內外都裝了監視器。根據擺設位置，能拍到外面半條街的範圍。

由於這家福利社位於通往宿舍的必經道路上，屍體剛被發現的時候，閱遍刑偵片的他非常自覺地把監視器畫面保存下來了，後來就一直保存在電腦裡。

老闆笑了一下，眼角堆起密集的皺紋，顯得有點憨厚：「雖然我的監視器拍不到你們想看的地方，但我的監視器畫質很好！比學校裡的那種好用多了！」

賀決雲驚呆了，沒想到還能有這種走向。

「周南松……不是，是第二位跳樓自殺的女生，你還留有她自殺那天的監視器畫面嗎？還有往前一段時間的監視器畫面，你還留著嗎？」

「兩個女生自殺那一週的監視器畫面我都留著！我沒見過這樣的大世面，一下子死了兩個學生，實在是太稀奇了！剛開始的時候，我還以為有什麼陰謀呢。」中年大叔說得激動，口水噴灑出來。他扯過一旁的衛生紙用力擦了擦嘴，繼續道：「很少有人在這棟宿舍跳樓自殺的，這次一連出了兩個，而且我對這兩個人的印象都挺深刻的，實在是太巧了。」

賀決雲立刻來了精神：「學校裡來往的學生應該很多吧？你能認得出她們？」

大叔說：「我其實不知道她們兩個叫什麼名字，但是眼熟啊。第一個跳樓的女生，她就住在這棟宿舍裡。她的經濟條件不太好，好像是清寒家庭，為了省錢，經常來我這裡買一些即期商品。我看她挺可憐的，也會主動留給她。」

賀決雲點頭，時不時「嗯」一聲給他回應。

「第二個學生的家境就好很多。女生不是都喜歡看起來漂漂亮亮的東西嗎？我經常會進一些好看的文具，她可是我的大客戶！什麼書、筆、膠帶、貼紙，她都很喜歡。」

賀決雲：「那自殺的前幾天，她們兩個有什麼不尋常的地方嗎？」

老闆說：「兩個人應該是好姐妹。長頭髮的女生比較大方，偶爾會請另一個女生吃飯。」

「人都打算自殺了，那肯定不會正常啊。第二個跳樓的女生，在自殺前幾天就不來我店裡了。我在路上遇過她，她整個人失魂落魄的，明顯有問題。」老闆搖頭唏噓道，「嘖嘖，高三學生的壓力太大了。我聽他們說，第一個女生的家境不好，爸媽給她的壓力也很大，成績一掉，受不了就跳樓了。第二個女生受她的影響，也很慘。聽說現在有好多學生都有憂鬱症，一不小心人就沒了。」

賀決雲：「你覺得呢？真像她們會說的話嗎？」

「我不知道，我要是能看出什麼，我就報警了！」老闆身體前傾，真誠地望著他的眼睛問，「同仁，你還有什麼想問的嗎？」

真是一個熱心的民眾。

賀決雲淺淺地笑了下，又問：「那有沒有其他讓你印象比較深刻的學生？」

「有，就是剛剛出去的那個女生。」老闆放低了聲音，透過玻璃門往外一看，指著穹蒼的位置說：「就是那個女生。她會來我這裡買些奇奇怪怪的東西，類似整人玩具什麼的。有一次我還看見她跟那個誰……就是第二個自殺的女生吵起來了。兩人吵得面紅耳赤，還差點動手，還好被一個長得很漂亮的女生拉住了。哎呀，那個女生長得真是漂亮，說話也柔柔弱弱的。」

賀決雲：「那你聽見她們吵什麼了嗎？」

「女孩子嘛，還能吵什麼？」老闆模仿得維妙維肖，掐著嗓子道：「妳不要臉，妳才不要臉，妳更不要臉！妳最不要臉！妳為什麼要這個樣子？妳管我啊？」

賀決雲被他逗笑了。

老闆做完表情，又快速恢復正經，嘆道：「我看外面那個女生最近也沒什麼精神，學校裡有些話確實滿不好聽的，老是針對她，要是能查清楚、說明白就好了，一中應該要加強對學生的教育，不要再有人出事了。」

賀決雲聞言很是感慨：「希望吧。」

老闆說：「你在這裡幫我看一下店，我進去把檔案拷貝給你。」

「好。」賀決雲揮手，「謝謝大哥。」

五分鐘後，老闆拿著一個硬碟走出來。他走到一半的時候突然放緩腳步，抬頭瞥向賀決雲，抿了下唇，看臉色似乎有點猶豫。

賀決雲笑道：「你說吧，想到什麼就說什麼，沒事。說不定線索就在裡面。」

老闆道：「我剛才提到那個很漂亮的女生，長頭髮，輕聲細語，真的很漂亮的那個。她每次過來都會有男生跟在旁邊偷看，所以我印象特別深刻。我想起來，她跟幾個人的關係挺好，你可以去問問她，她知道的肯定比我多。」

賀決雲：「跟誰？」

「就門口那個，還有跳樓的那兩個。」老闆說：「兩個人出事之前，跟她走得滿近的。不過聽說她們本來是同班同學，走在一起好像也挺正常的？」

賀決雲眉心一跳，隱隱有了一種抓到關鍵的預感，嚴肅道：「那個女生有什麼特徵嗎？」

「校花呀，」老闆說：「公認的，隨便去問一下就知道了。」

「好。」賀決雲笑說道：「謝謝大哥，很有幫助。」

老闆連連點頭：「有幫上忙就好。」

三天直播間裡的網友很糾結。

『老闆說得挺直接的，現在看來，就是王冬顏整周南松，忘了分寸，導致周南松精神崩潰選擇自殺。她是校園暴力的加害者，最後又成了受害者，唉。』

『大家都猜到的話，說明它肯定是錯的（doge.jpg）。』

『玩家的要求是逃離死亡結局，這種情況下，怎麼消除王冬顏的愧疚才是最難的吧？去找受害者的家屬跪下道歉？』

『別，我求求你們。上個玩家就是這麼搞，最後看得我身心不適。這什麼報復社會的劇情？最大的問題是最後也沒通關。』

『你們覺得這個會打狗棍法的神級玩家，會幹出下跪道歉這種事情嗎？我覺得如果真的走到那種地步，她寧願直接跳樓。』

『目前證據指向性太明顯，想不出第二種答案。但是憑我多年蹲直播的經驗，又覺得沒那麼簡單。』

不久後，賀泱雲從店裡走出來，出門就看見穹蒼坐在地上，一動也不動地對著面前的小花和小草發呆。她身後的晒衣桿垂直朝上，像根天線似的。

賀泱雲把手往她面前一晃：「喂。」

穹蒼眨了下眼，保持著姿勢不動，問道：「怎麼樣？」

賀決雲說：「拿到監視器畫面了。」

穹蒼總算有了反應，仰起頭驚訝道：「還有監視器畫面？」

這個視角下，賀決雲的身形顯得特別高大。他揚了揚手中的硬碟，說：「老闆看起來是個懸疑劇愛好者，還挺細心的，把當週的監視器畫面保留了下來。三天會把這份資料載入進來，說明裡面會有關鍵性的證據。」

穹蒼點頭，然後又陷入跟之前一樣的麻木狀態。

賀決雲繞著她走了半圈，斟酌片刻，開口說道：「對了，王冬顏可能不是個完美受害者。裝神弄鬼的那個人，或許是她。」

穹蒼平靜地接過話題：「準確來說，是上一任裝神弄鬼的人。更準確來說，整人，跟裝神弄鬼之間，還是有著一定的差距。」

「對。她的室友可能算是……青出於藍而勝於藍的正義使者？」賀決雲說：「老闆曾看過王冬顏和周南松兩個人發生爭吵，學校裡有針對她的相關流言。她身邊的人也因為周南松的死亡而排擠她，事情脈絡還是挺清晰的。」

賀決雲扯了扯嘴角，露出略帶諷刺的微笑：「不管從哪方面想，都是一筆爛帳。」

穹蒼沒有回應。

賀決雲盯著她看了一會兒，實在讀不出她此刻的情緒，乾脆在她身邊坐下，陪著她一起發愣。

不知道過了多久，校園裡的鐘聲響起，四面八方的喇叭都播放起同一段旋律。

教學區離他們很遠，這一片依舊安靜。

賀決雲忍不住問：「這位朋友，妳在想什麼呢？」

「我在想，好像到目前為止，各式各樣的證據，都將原因往校園暴力的方向引導。」穹蒼挪動了下，將身體稍稍傾斜向他，說：「不管是周南松的自殺，還是王冬顏看似自食其果的贖罪，本質都是因為校園暴力。哪怕所有人都沒有預料到這個最糟糕的結果。」

「證據還能引導？」賀決雲擰著眉毛道：「證據就是證據啊，除非它偽造。」

穹蒼緩緩搖頭：「不能這樣講。這是一款全真模擬的遊戲，參與者的線索，是從NPC的身上找到的。所有玩過遊戲的人，都會下意識地認為NPC負責劇情指引，它們不會說謊。但其實NPC扮演的角色是人，人會說謊，會犯錯，會被迷惑。」

賀決雲覺得她的想法很大膽，甚至有點跳脫：「所有的NPC一起犯錯？」

穹蒼：「嗯。我整理了一遍案情。目前來說，我們獲取證據的兩個途徑。人證和物證。從物證上看，沒有任何細節明確表明，這是一起校園暴力事件。所有關於校園暴力的猜測，都是周圍人的反應回饋出來的。會出現這種情況，是因為在這種氣氛裡，多數人真的認為王冬顏直接或間接導致周南松的死亡。起碼認為她應該占據最主要的原因。然後把這種想法傳達給我們，對吧？」

賀決雲表情凝重地點頭：「對。」

穹蒼順著他的話尾問：「為什麼？」

賀決雲不解：「什麼為什麼？」

「假使這些猜測都成立，」穹蒼說：「從周南松的人緣來看，她不是孤僻的人。一個進行著正常社交的人，會因為同學整人似的玩笑，而激進地選擇自殺嗎？她不應該是個逆來順受、沒有反抗能力的學生。」

賀決雲說：「因為她的好朋友跳樓自殺了，給了她強烈的心理刺激。我是說，她可能本身就有心理疾病。王冬顏的整人，只是一個誘因而已。」

「對啊！」穹蒼說：「從周圍學生的反應看來，他們懷有一定的正義感，且沒有多少的愧疚心，說明他們打從心底認同自己的行為。如果王冬顏的整人做得太過分的話，她的室友跟同學應該會趁早阻止。可是如果她做得不過分，只是一個誘因，為什麼大家又會把最主要的錯誤，歸結到王冬顏的身上呢？不應該是一號死者自殺帶來的精神衝擊嗎？還是說普通的高中生就是這麼偏激？」

賀決雲被她一說，終於抓到了直覺中讓他覺得詭異又難以言說的地方，思緒瞬間通暢起來。

他炯炯有神地看向穹蒼。

「王冬顏又為什麼要懷有那麼強烈的愧疚感呢？只是因為惡意整人？可是根據之前的

推斷，她在周南松自殺之前，已經出現了強烈的焦慮情緒。這似乎無法解釋。擺在明面上的邏輯看似通暢，但更像是利用了學生的某種焦慮心態。這沒辦法說服我。」

穹蒼換了個姿勢，單手托著下巴，咋舌道：「我真的搞不懂，難道是因為我沒正經地讀過高中？」

賀決雲喃喃道：「妳說得對，妳是對的。只要將周南松的死引導到校園暴力上，再等王冬顏自殺，事情似乎就能結束了。這是一個最簡單、最可信，又最有噱頭的理由。校園暴力這個詞，光是聽起來，就有足夠的討論度去吸引人的注意力。」

如果從陰謀論的角度去分析的話，這件事背後隱藏著的惡意，簡直令人遍體生寒。

事實是，它並沒有因為王冬顏的自殺結束，它以眾人毫無所覺的方式，先後埋葬了五個人的生命。

穹蒼的語氣始終平淡。她以最冷靜的姿態做著最清晰的判斷：「而且到目前為止，這明明是三個人的電影，卻有一個人一直神隱，沒有任何關於她的資訊跟證據。」

賀決雲瞇起眼睛：「一號死者，田韻。」

穹蒼：「這裡面肯定缺少了某個關鍵人物，一個能將所有人連接起來的角色。」

賀決雲喉結滾動：「有，有一個。」

他看向穹蒼，幾不可聞地鬆了口氣：「你們班上最漂亮的那個女生。福利社的老闆說，那個女生跟王冬顏三人的關係很好。田韻和周南松自殺之前，曾跟她走在一起。」

穹蒼腦海中立即浮現出一個窈窕的身影。對方靠坐在明亮的窗邊，披著半身陽光，有著能一眼吸引他人視線的美貌。

系統關於她的介紹很簡單。

「項清溪。」穹蒼垂在兩側的手指緊了緊，直起上身，「她也是清寒生。」

直播間裡的一眾網友深感震撼。

『我跪了。』

『男人沉默，女人流淚，網友沉默著流淚（卑微.jpg）。』

『下次能不能別這麼快打臉？很不好意思的，給點面子啊大神。』

『原來相同的試卷、相同的題幹，真的能得出兩個截然不同的答案，受教了。』

『雖然我跟九十二分大神之間的推理，有著九彎十八拐的差距，但我們得出的結論是一樣的！四捨五入，我是個大神（超棒的.jpg）。』

『我就說吧，建模那麼精緻的NPC，肯定不是一個跑龍套的角色。』

『我懷疑她提前拿到劇本，而且我有證據。』

第四章　水落石出

項清溪。

穹蒼仔細咀嚼了一下這個名字，胸口產生出一點異樣的情緒。反常的感覺當然不是因為這個虛假的名字，而是人物背後的原型。

本場凶案解析的副本劇情，是根據一樁多年前的真實案件改編而成的。全部的人物都是化名，外貌做了大幅調整，部分背景也做了模糊修飾，卻還是能很好推斷出它所處的實際年代跟地點。

這應該是三十多年前的虛擬世界了。

項清溪這樣的年齡、這樣的條件，哪怕三夭為了遊戲公正而遮蔽掉穹蒼相關的記憶，她依舊能輕易推測出項清溪的原型。

在穹蒼的潛意識裡，並不希望這個美麗的女人被查出不堪的過往，同時又覺得這樣的想法太過天真，會影響她的思緒，使她無法保持清醒。畢竟她並不了解這個女人，應該說是陌生，不應該做出太多預判。

穹蒼很難得會產生這種矛盾又無用的想法，偏偏對方出現的時間很短暫，給她留下的影響卻太過深遠，如影隨形一般地存在於她漫長的生命歲月裡，甚至扎根成一種固化思想，讓她無心改變。

不管她有多聰明，依舊有著人類該有的劣根性。哪怕穹蒼第一眼見到項清溪的時候，就有一種對方會是關鍵NPC的直覺，卻還是下意識避開了她。

所以當穹蒼在宿舍門口撞見這個不斷在她腦海中出現的女人時，還是閃過了一絲不自在。

項清溪同樣看見了她，快速走過來問道：「冬顏，妳沒事吧？」

穹蒼第一次在遊戲裡聽見她的聲音。清澈柔軟，和她本人的形象非常貼合。詢問的時候語氣中帶著急切，能讓人清晰感受到她的關心。

看起來像個性格溫柔的人。

穹蒼愣了下，搖了搖頭。

項清溪盯著她瞧了一會兒，又問：「妳今天怎麼沒去上課啊？」

穹蒼說：「不想上課。」

項清溪：「昨晚發生什麼事了嗎？我聽見隔壁傳出很大的動靜。」

穹蒼：「沒什麼。」

項清溪遲疑了下，又說道：「妳的室友沒問題吧？妳今天沒去上課？我去問她們，她們的反應都有點奇怪。」

穹蒼依舊搖頭。

項清溪的眉頭輕輕皺起，臉上帶著愁容：「妳真的沒事嗎？」

穹蒼的視線越過她的肩膀，往後方貼著海報的防盜門上看了一眼，問道：「妳宿舍今天有人嗎？」

項清溪：「沒有啊。」

穹蒼：「那我能不能在妳宿舍裡睡一會兒？」

「可以是可以……」項清溪小聲問道：「妳中午也不去上課啊？」

穹蒼說：「我累了。」

項清溪擔憂的神情不似作偽，嘴唇張闔，欲言又止。最後像是想起什麼，在口袋裡摸出一小把柳橙口味的硬糖。

她抓起穹蒼的手，將東西塞進去。

項清溪跟穹蒼記憶裡的人截然不同。不知道是三夭對這個角色的人設做過太大的調整，還是那時的母親就是這樣的人。

然而就算如此，她還是很難不把這兩人聯繫起來。對方也總是喜歡用這樣的方式安慰和獎勵別人，一度讓她覺得敷衍又幼稚。

穹蒼低頭看著手心裡橙黃色的糖果，問道：「妳很喜歡吃這種糖果嗎？」

「對啊。」項清溪笑道：「妳不覺得這種口味的糖果很好吃嗎？吃了就能讓人心情變好，價格也滿便宜的。」

穹蒼握緊手，揣回口袋裡，說：「謝謝。」

項清溪說：「我要去上課了，妳好好休息吧。如果不想回去，晚上留下來也可以的。」她把鑰匙留給穹蒼，揮了揮手道：「我先走了，燕子還在外面等我呢。」

項清溪一路小跑著離去，而直播間裡正因為她的出現，不停冒著與往常不同的粉色泡泡。

『這是什麼小天使？看起來不像是壞人。』

『只要永遠跟著網友反押，我肯定是對的，凶手就是她！』

『這建模建得太偏心了，是其他人不值得嗎？你看連三天的工作人員都只能拿到中年怪叔叔的外觀，美術沒有心。』

『她是關鍵人物，可以肯定她多半知情。但是不是凶手不一定，是不是好人也不一定。』

穹蒼捏著鑰匙，進了項清溪的宿舍。

她拉開椅子，在桌前坐下，粗略翻看對方桌上的物品。

她本意是來找線索的，出乎她意料的是，項清溪的宿舍非常「乾淨」，幾乎沒有留下任何與劇情相關的資訊。

留在宿舍的課本跟參考書數量稀少，字跡清晰、成績穩定。物品擺放得十分整齊，且都是生活必需品。衣櫃中的服裝皆是大眾款式，帶著一股肥皂香。抽屜裡存放著的是最普通的髮圈，沒有昂貴的飾品。

所有的細節都符合她清寒生的人設，讓人找不出違和感。

穹蒼提起自己的袋子，坐在桌前認真地吃零食。

這樣的結果，連她都要忍不住懷疑，項清溪只是一個單純的NPC而已了。

穹蒼拿出手機看了時間一眼。她搜索得很快，但現在已經是遊戲時間的下午三點。宿舍裡的下一條線索，可能要等晚上才會出現了。正當穹蒼考慮著要不要去教室逛一圈，門上的鑰匙孔突然傳來一陣扭動的聲音。隨即一個女生走了進來。

對方看見她在屋裡，臉上稍顯驚訝，又很快褪了下去。

一行小字在她身邊浮動：〔徐蔓燕，二班同學，分班前同學，清寒生。〕

穹蒼將唇邊的餅乾屑舔乾淨，朝她點了點頭以作招呼。

徐蔓燕問：「冬顏？妳怎麼在這裡啊？我聽小溪說妳今天早上蹺課了？」

穹蒼慢吞吞道：「不想上課。」

「是不是因為許由？」徐蔓燕翻了個白眼，冷笑道：「他要是還發瘋，我找人幫妳教訓他！還沒完沒了了！」

穹蒼說：「不用，我只是不想上課而已。妳呢？現在還沒下課吧？」

徐蔓燕：「體育課呀，自由活動了。」

她將手裡的其中一個袋子放在項清溪的桌上。穹蒼看著，問道：「這是什麼？」

「這個月的清寒補助啊，我順便幫她領了。」徐蔓燕懷疑地看著她，問道：「妳真的沒事嗎？」

穹蒼：「沒事。」

徐蔓燕小聲嘀咕了一句，上前拍了拍她的肩膀，安慰道：「想開一點，跟妳沒關係的，別管她們怎麼說。」

穹蒼抬起頭，注視著她，說道：「他們說得也算對吧。」

「對什麼對？我說你們——」這句話似乎戳到了徐蔓燕的怒點，她的表情瞬間激動起來，但說到一半，又強行壓了下去。

她抿了下唇，重新調整好情緒，只道：「我先走了，等等老師還要點名。」

穹蒼：「好。」

徐蔓燕走到門口，又回頭看了她一眼，然後才關上門離開。

穹蒼打開袋子，清點了一下裡面的東西。

一個紅包。

穹蒼拆開來數了，裡面有四千多塊現金。

一張商品卡。看卡片的面額，是兩千多塊錢。

一疊學生餐廳的抵用券。粗略估算一下，在兩千塊到三千塊之間。

兩件換季的衣服，不是太昂貴的品牌，但布料摸起來挺舒服的。

還有幾本書。看起來是舊的，但保存得還算完整，幾乎沒有損毀。

穹蒼拿起手機，在手心裡轉了兩圈，點開螢幕，傳送訊息給賀決雲。

穹蒼：『一中的清寒補助很高啊。』

賀決雲：『多高？清寒補助差不多就是提供個溫飽，難道能發家致富？』

穹蒼把袋子裡的東西傳送過去。

賀決雲看完後震驚了。

這生活費比普通的高中生還要多。

賀決雲：『這是不是一個學期的？A市政府給的高中生清寒補助好像是一學年六千多塊。』

穹蒼：『送的人說是這個月的。宿舍的櫃子後面放著幾個類似的袋子，應該是按月發放的。』

賀決雲：『怎麼可能？福利社的老闆說，田韻為了省錢，經常去他那裡買一些即期食品，有時候還要靠周南松請吃飯。如果她的清寒補助也有這麼多的話，根本不需要這樣。』

穹蒼：『所以一中的清寒補助分等級，而且等級差距很大？那麼判定的標準是什麼？成績？個人喜好？』

賀決雲那邊安靜了一會兒。

賀決雲：『剛接了通電話。』

賀決雲：『因為妳之前說田韻跟項清溪都是清寒生，我回來後特地查了下相關的資訊。』

穹蒼：『這間學校有很多清寒生嗎？』

賀決雲：『很多。為了響應號召，一中特地招了一批清寒生，校方打過多次宣傳廣告，教育局也拿他們做正面案例，給了很多優惠（新聞截圖）。』

賀決雲：『一中是A市不錯的高中，跟好幾間大學都有保送合作。這兩年為清寒生多爭取了幾個名額，去年和前年都有清寒生被保送進名牌大學，還吸引到不少社會人士的愛心捐款。』

穹蒼：『今年的呢？這個時間保送名額應該出來了吧？』

賀決雲：『我剛才聯絡了教育局的人問了下，等結果出來再告訴妳。』

穹蒼在看見項清溪的清寒補助後，才覺得宿舍裡的情況有些奇怪。

項清溪有那麼高的清寒補助，卻過得很樸素。一般的小女生在經濟條件允許的情況下，很難忍住不買些漂亮的東西，除非她有非常強烈的危機意識或理財觀念。

穹蒼準備向項清溪借點錢試探一下，但是向清寒生借錢的理由又很難找，還在思考措辭。

此時，賀決雲那邊傳來了最新消息。

賀決雲：『有了。』

賀決雲：『吃飯了嗎？建議妳先吃飯。』

穹蒼：『不餓。』

賀決雲：『那我說了。』

賀決雲：『今年保送名校的清寒生裡，有一個人叫徐蔓燕。她的過往成績一直很不錯。項清溪差了一點，沒拿到名額。但從項清溪的月考成績來看，她憑自己考上好學校的難度也不大。』

賀決雲：『（圖片）對方還給了我一份清寒生的名單，有點意思。』

賀決雲：『一中特招的清寒生，男女比例差距很大。今年的高三生，男女比例是一比五，往年大概在一比六到一比七之間浮動。』

賀決雲：『按照一中校方的說法來看，在清寒生中，女性的處境要比男性艱難得多，而在義務教育中，女生的成績普遍比男生好，所以出現了這樣的情況。』

穹蒼：『這倒是說得過去。』

穹蒼並沒有覺得上面的內容能影響到她的食慾，而後面才是最關鍵的內容。

賀決雲：『因為牽涉到了學校，我剛剛找了一下我們局裡的出勤記錄。在前年八月份的時候，警局曾經接過一通報案電話，來自一中的畢業生。對方聲稱自己受到了學校上層的威脅跟性侵害，多年來遭受不正當的關係困擾。還檢舉學校的保送機制造假，校方上級長官涉嫌利益交換。』

賀決雲：『報案人沒有留下姓名，警方順著電話號碼找到她本人，可是她的表現很慌亂，幾次修改口供，之後又反悔說要撤案。最後她說自己是因為沒有拿到保送名額，所以惡意陷害校方上級長官，不想讓他們好過。』

穹蒼：『警方沒有接著查證嗎？』

賀決雲：『警方詢問了另外幾位清寒生，那些人都說沒有遇到類似的情況。又詢問了學校裡其餘老師和學生的口供，他們都表示不相信這樣的指控。又因為實在沒有證據，就沒有繼續了。』

穹蒼：『哦。』

賀決雲：『一中清寒生補助的來源，除了政府撥款以外，還有社會熱心人士的捐款和學校自己的補貼。如果有人指定捐贈給某位學生的話，項清溪拿到這個數目的錢款也不奇怪。』

賀決雲端過桌上冷掉的咖啡，猛灌了一口。

當事情從學生之間的校園暴力，牽扯到社會底層的清寒生，最後又扯上學校本身的時候，敏銳的直覺和豐富的經驗讓他下意識產生了抵觸心態。

越往深處想越覺得噁心，彷彿挖出了一潭冒著氣泡的腥臭黑泥，只要涉足，就令人不住作嘔。

這裡面是階級的差異和跨緯度的打擊，是未成年人的低微與社會人士的狡詐。

賀決雲本身是不抽菸的，但是出於人物設定的需要，他的身上總會帶著一包菸。此時他看著桌角的紅色菸盒，也有一種想要點上一根的衝動。

他需要做點什麼來分散自己的情緒，讓自己保持冷靜。

賀決雲：『大膽假設。假使報案內容真實存在，且田韻就是因此而自殺——也可能不是自殺，那麼今年的保送生徐蔓燕很可能與案件有關。周南松與田韻的關係很好，或許她從田韻的口中知道了什麼，又因為田韻的死亡受到刺激，憂鬱症發作，選擇在相同的地方自殺。校方為了遮掩，故意將焦點跟責任轉移到了王冬顏的身上。』

賀決雲：『項清溪長得非常漂亮，且周南松和田韻死前都與她有過接觸，我猜她應該知道詳細的內情，只是不知道她是什麼立場。』

穹蒼：『邏輯上可行。』

賀決雲：『妳怎麼看？』

穹蒼的訊息在片刻後傳送出來。

穹蒼：『不要想太多，預測得越長遠，出現錯誤的可能性越高。在證據不完全的情況下，不必強行推斷出所有因果，更不要試圖去推敲細節。』

賀決雲看見穹蒼的文字，腦海中自動浮現出對方波瀾不驚的臉。那張臉彷彿有種特別的力量，讓他劇烈的心跳緩和下來。

憤怒只會影響人的判斷，他需要更加清醒。

不管是多沉重的帷幕，已經被田韻跟周南松的鮮血灼燒出一個坑洞。他們要做的就是從縫隙裡窺探真相，並將幕後的荒誕表演搬到臺前，讓所有雙手染著罪惡的「演員」

面對現實的評判。

賀決雲：『妳覺得應該從哪裡開始分析？』

穹蒼：『王冬顏的自殺。上一個提出後還沒有解決的問題。』

穹蒼：『為什麼學生普遍認為，是她害死了周南松。』

穹蒼：『學校的權威性的確很容易引導學生間的思想跟風向。王冬顏為什麼被當作校園暴力致人死亡的元凶？是誰在做輿論引導？推測出主導的人，才能有進一步的進展。』

賀決雲：『輿論引導必然是有痕跡的。如果真的是學校做的，應該很好查到。』

學校想要引導校園風氣，簡直是輕而易舉。

周南松自殺之後，他們肯定會在第一時間去詢問周南松的室友。

如果一個平時關係還算不錯的室友，某天突然跳樓自殺，任何人都會深受觸動。死者家屬、警方、校方，無數的人盯著她們，想從她們的身上得到答案，在那種情緒下，人的思緒很容易陷入混亂。

在外界的多次詢問下，她們說出了王冬顏與周南松之間的交惡關係。

哪怕她們起初並不認為王冬顏的整人手段，是多麼嚴重的校園霸凌，或者說，她們並沒有發現。但是因為對校方的信任和家屬的同情，她們會下意識想尋找一個可以寄託無措情緒的對象，而一直與周南松不合，且對她施行過冷暴力，又正好失魂落魄、看似心虛愧疚的王冬顏，就成了必然的選擇。

環境的影響是很強大的。在多方不斷地暗示下，幾名室友將王冬顏做過的事情擴大化，並對此深信不疑。同時，她們並不知道周南松憂鬱症的情況有多嚴重，下意識地認為王冬顏看似傷害不大的整人舉動，會對周南松造成莫大的影響。

「看吧，她自己也心虛了，說明就是她做的」、「看吧，學校上層和老師也是這麼認為的」、「王冬顏都敢當著大家的面整人，背地裡肯定做過更過分的事」、「周南松有憂鬱症，精神很脆弱。她太可憐了，受不了刺激，其實就是王冬顏害死的」……諸如此類。

穹蒼用手機點開一中的校園官網，又點開活動欄位下面的「more」。

穹蒼：『首先，將事情宣傳出去，對學生做不點名的公開批評。雖然不點名，但是學校裡所有人都會知道校方說的是誰。』

穹蒼：『實施相關內容的思想教育、作為反例屢次在校園內提及。』

穹蒼：『當有學生對王冬顏做出報復行為時，帶有偏頗地進行處理，讓學生潛意識中認為，校方是在默認他們行為的正義。』

穹蒼：『緬懷死者，為她默哀，讓人銘記，不斷正面化死者的形象。』

穹蒼把圖片截下來傳送過去。

穹蒼：『（截圖）田韻死於今年二月，校方壓下了相關資訊，做低調處理。同時段的活動公告只有寥寥幾則。』

穹蒼：『但是周南松死的時候，從官網的活動記錄上看，他們舉辦了兩次緬懷活動。還專門從醫院聘請了心理專家到校開展講座活動。順應教育局發布的「關注高中生心理健康」的號召，在學校裡舉行了一次重大的家長研討會。』

穹蒼：『你再去查一下相關的新聞報導數量，可以作為參考證據。』

賀決雲按照她說的，進行了精準搜索。

局裡還留有近期的報紙，但他覺得沒有必要去看了。

賀決雲按著滑鼠的指尖有些發白，在看完網頁下跳出的搜索結果後，無力地傳送了一則回覆。

賀決雲：『妳是對的。』

穹蒼：『想要逼死一個人，有時候還是挺簡單的。』

她說得平靜，網友已為逐漸暴露出來的惡意感到無比憤慨。

『事情突然朝著噁心的方向發展了。』

『好氣哦！』

『盲猜一波，像項清溪那麼漂亮的人，如果真的要選，沒必要為了每個月幾千塊錢出賣自己。而且她成績不錯，可以靠自己，又沒有拿到最終保送名額，生活相對獨立。但是她的好朋友可能不太清白，她也因此受到限制。她對王冬顏很好，因為她知道王冬顏只是一個背黑鍋的人，所以她是這個副本最關鍵的NPC，唯一的突破口。』

『雖然是上帝視角的說明，但是連續死了五個人，校方必然有著不可推卸的責任，只是我沒想到責任這麼大。』

『真的是……惡人做過的一切必將留下痕跡。』

賀決雲整理了一下情緒，再次傳送訊息給穹蒼。

賀決雲：『目前來看，真正的突破口是項清溪跟徐蔓燕。徐蔓燕有明確利益相關，或許不會告知。項清溪的立場比較存疑，她為什麼能拿到那麼高額的清寒補助？』

穹蒼：『她的清寒補助是徐蔓燕幫她領取的，可能是徐蔓燕為她謀到的福利。也許是封口，也許只是純粹關係要好，不一定。項清溪性格不太強勢，我猜兩者都有。』

穹蒼：『另外，項清溪沒怎麼用這筆錢，她的日常生活極其樸素。』

穹蒼：『之前我猜測她在存錢，可能也只是不想用。不知道她把錢用到什麼地方了。你能查出她的資金流向嗎？』

賀決雲：『所以妳對項清溪保持正面看法？』

穹蒼：『不確定，我盡量中立。』

賀決雲茫然了下。

什麼叫盡量中立？

哦……懂了，因為要保持對世界的懷疑，才能足夠謹慎。

賀決雲又起身去泡了一杯咖啡，然後坐在螢幕前盯著今天從福利社拿到的監視器畫面。

過了一個小時後，他重新拿起手機，發現穹蒼還回覆了一則莫名其妙的訊息。

穹蒼：『柳丁硬糖挺好吃的。』

「柳丁硬糖？」賀決雲想了想，小聲道：「柳丁口味的糖果哪有鳳梨口味的好吃？」

第五章　道德綁架

穹蒼梳理完已知的資訊，又在原地出神地坐了一會兒，然後才從項清溪的房間出來。

夜色快速暗下，學校的晚自習正式結束，學生們緊跟著鐘聲回到自己的宿舍。

穹蒼的幾位室友也相繼出現。

由於昨天發生的事情，寢室的氣氛極其尷尬。

幾個女生原本說說笑笑的，推開房門的那一剎那，瞥見穹蒼的存在，一致選擇閉上嘴巴。而後踩著碎步跑向自己的床位。

穹蒼也沒有要和她們處好關係的打算，穿著白天的衣服，雙手環胸，一副高深莫測的姿態，坐在桌子前面。

不久後，宿舍隨著熄去的燈火，陷入暗沉的夜色。

穹蒼眼皮半闔，無神地看著手機上不斷跳動的時間。在值班老師的腳步逐漸遠去後，和昨天一樣的一束燈光從窗戶打了進來。

穹蒼動了一下，準備起身。椅子在地上滑出一道極度刺耳的聲音，對床的女生先行失態叫道：「不是我！跟我沒有關係！」

穹蒼還沒被窗外的人嚇到，倒是先被那個女生叫得一個哆嗦。她去門邊抓過今天剛買的晒衣桿，又把手電筒打開後塞進口袋裡，走向陽臺。

她的宿舍在一樓。底下有一個小小的臺階。翻過小陽臺，就能直接跳到後面的草地上。

穹蒼調整一下手電筒的位置，循著光源看過去。在光的背面清晰地捕捉到一個黑影，對方站在不遠處，正擺弄著手裡的照明工具。

穹蒼橫空出現的時候，黑影的動作明顯頓了一下，似乎沒料到她會露面，有些錯愕地轉身逃跑。

此時兩人之間的距離不超過兩公尺，穹蒼的反應比他更快，縱身撲了上去，同時握著手中的棍子頂向對方的後背。

這一塊草地不平坦，背對著主幹道，平時也少有人來，學校就沒派人仔細修理。過長的雜草裡藏著不少的碎石。

黑影顯然也對這一塊不熟悉，在逃跑的過程中，腳步不慎被絆了下，緊跟著後背又被穹蒼擊中，差點摔跤。只是一個趔趄的功夫，穹蒼已經追了上來，又一棍子抽在他的腿上。

「好痛！」

穹蒼從短短的二字中聽出了熟悉的音色。

「許由！」

許由見躲不過，乾脆轉過身，把頭上的帽子扯下，光明正大地暴露在她面前。

他先發制人地問了句：「妳想幹嘛？」

穹蒼被他逗笑了：「這話還要你來問我？那你要不要臉，是不是也得由我來問？」

許由：「妳不知道我想幹什麼嗎？」

「說話的時候少用反問句，多用陳述句。」穹蒼坦然地說：「我不知道。」

她拿出手電筒，避開許由的眼睛，在空中晃了一圈：「老實點，自己說。」

許由紅了眼：「妳別告訴我，妳不知道南松是怎麼死的！」

穹蒼：「跳樓。」

「是妳逼的！如果不是妳故意排擠恐嚇她，她也不會憂鬱症發作，然後跳樓自殺。學校幫妳賠了錢，道了歉，安撫了家屬。但是我告訴妳，沒那麼簡單。妳以為只要寫兩份悔過書就算了？所有人都知道這件事情，妳一輩子都不會好過！」許由冷笑著說：「怎麼，這就受不了了？我只是讓妳體驗一下她生前的感覺而已，那是妳應該負責的！」

穹蒼思考了一遍，好笑道：「你做的事情我可沒做過，別把你升級後的錯誤扣到我身上。」

許由：「我都聽見了！南松死前跟她媽媽打電話，說她受夠了擔驚受怕的生活。妳明裡暗裡地嚇她，誰知道妳背地裡還做過什麼？」

無數個好奇的人頭從陽臺上探了出來，躲在深夜的暗處，朝著這邊窺視偷聽。

穹蒼笑道：「你這個蠢貨。」

許由用力咬著牙關，聽到她的指責，激動地顫抖道：「我蠢貨？我蠢貨怎麼了？我告訴妳，凶手就是凶手，不管妳怎麼遮掩它都無法改變！妳就是凶手！」

「罵我兩句凶手，你就可以輕鬆了？」穹蒼的語調在黑夜裡聽著甚至有點輕佻，「你的正義就這麼廉價、這麼容易得到滿足啊？」

許由帶著不敢置信的震驚：「妳就沒有一點愧疚感嗎？」

「我為什麼要對你感到愧疚？」穹蒼問道：「我有做對不起你的事情嗎？還是周南松委託你向我尋仇了？」

許由咆哮一聲，衝上來狠狠地揪住她的衣領。

穹蒼為了扒開他的手，手電筒掉到地上，滾向一旁。

兩人的面容混在夜色裡變得模糊，唯有憤怒異常清晰。周圍是一圈看好戲的抽氣聲，甚至還有人在慫恿著許由快點動手。

所有躁動的情緒，都在刺激著這個少年的神經。

穹蒼平坦的聲線在這狂躁的洪流裡，顯得有些格格不入。她說：「錯得荒謬。」

許由吼道：「我哪裡錯了！」

「誰都覺得自己沒錯，然後誰都沒有做對的事情，是吧？」穹蒼扯起嘴角，臉上的肌肉僵硬地扯動，她是真的被氣笑了，「好，我們來算一下。如果我做過的事情已經是死不足惜，那你和你們現在做著比我更過分的事，該用什麼來還？啊？用你那完全站不住腳的正義？」

許由：「就算妳覺得我站不住腳，妳也沒有辦法否認妳自己幹過的齷齪事！」

穹蒼一寸寸拉開對方的手：「你覺得你自己師出有名，所以沒有錯？」

她拉住許由的手腕往前一推：「你去監獄裡問一問，有多少人天生就是殺人犯、是暴力狂。你讓他們說給你聽，他們是怎麼被生活逼到最後一步，又是怎麼成為一個普世意義上的罪人。他們每個人都能說出比你更深刻、更合理的過去。像你這樣的，連個冠冕堂皇都算不上！但是那又怎麼樣？法律放過他們了嗎？他們的罪行被原諒了嗎？他們的責任可以一筆勾銷嗎？你會覺得那些人就是對的？這個社會的穩定跟對錯，是由你個人的道德標準來衡量的是不是？這麼多年的義務教育就教了你這個？」

許由用力掙脫手臂，大聲喝道：「妳別推我！」

穹蒼直接一巴掌甩了過去。

許由瞪大雙眼，無措又驚駭地看著她。半晌後才緩緩抬手，捂住了臉。

世界安靜了。

許由：「妳……」

「對，是我。」穹蒼說：「我要是你就俐落一點，找出證據，然後甩到別人的臉上，要打要罵來個痛快。別靠著所謂的猜測和推理，又要道德，又要報仇，私下做一些登不上檯面的醜事，手裡舉著昭彰正義的牌匾。你還真是厲害啊，厲害到只能欺負老實人了，要是碰上一個跟你不死不休的人，還只是一巴掌的事？王冬顏要是個狠角色，第一天就報警抓你了！」

兩人的吵鬧聲驚動了舍監，得知消息的值班老師終於趕了過來。

「你們在幹什麼！」

兩道微弱的光線晃動著打過來，穹蒼瞇起眼睛，鬆開自己的手。

「不准動！」兩位值班老師跑得氣息紊亂，怕兩人逃跑，大喊道：「報上名字和班級！你們的班導是誰！都不准動！」

穹蒼扭了下脖子，感覺手上有一點溼意，皮膚上也有火辣辣的痛感。

在剛才的爭執裡，許由的手被穹蒼抓撓出了好幾道傷口，她的脖子也留下了痕跡。她可以想像自己此時的狼狽，但應該比蓬頭垢面的許由要好很多。

一陣兵荒馬亂後，許由滿臉怨憤地被人拽走，尖銳的目光還落在她身上。值班老師在穹蒼後面催促道：「妳也跟我過來！一個個都學會造反了，是吧？所有人睡覺！等一下查寢，哪個宿舍還有聲音的班級就加倍扣分！」

一道道遺憾的嘆氣聲在樓道裡響起，穹蒼看見人物顯示的自殺進度在不斷攀升。NPC之間的交流，穹蒼基本沒有插手的餘地。

之後的畫面就像看劇情一樣，快速被敲定。

已經睡著的班導與校方上級從被窩中被喊了出來，趕到學校。一群中年人在值班室裡探討著對學生的處置跟解決方法。兩個犯案的學生則坐在隔壁房內的冷硬木椅上，在教師的看守下，等待著校方的處理結果。

穹蒼後仰著頭，聞著空氣裡細微的霉味，對著牆角的蜘蛛網發愣。

在牆上的時鐘轉過凌晨兩點的時候，一群人湧到他們面前，冰冷又不容置疑地宣布道：「明天早上在升旗典禮上做檢討。還有，叫家長過來，我要好好和他們談談。」

穹蒼坐正，將視線轉過去。

在已經連續兩人跳樓自殺，學生整體情緒躁動，且本次爭執又跟前兩件事件密切相關的情況下，校方最尋常的做法，應該是安撫學生，大事化小，將後續影響全部壓下，以免引起不冷靜的跟風行為。

可是他們卻讓許由和王冬顏上臺做檢討。

她沒有看出校方想要息事寧人的欲望，反而是在準備把校園暴力這件事情告訴全校學生。

當事人的情緒都那麼不穩定，怎麼可能好好做檢討？怕不是會趁機搞事才對。

這一段大概就是推動王冬顏自殺的主要劇情。

穹蒼按照他們的要求，打了通電話給通訊錄上標注為「媽媽」的人，然後把手機交給幾位老師，讓他們進行溝通。

天亮，升旗桿旁邊的司令臺。

數千名學生站在操場的塑膠跑道上，目不轉睛地看著許由在臺上念檢討書。

許由拿著麥克風，清了清嗓子，對著眾人道：「我叫許由，周南松是我的女朋友。」

穹蒼勾唇笑了一下。

校方那邊出現騷動，值班老師朝中間走了兩步，遲疑片刻，最後還是退了回去。

「不久前，她跳樓自殺了。」

「跳樓之前，她打了通電話給她媽媽。她說『我很疲憊，我受夠了擔驚受怕的生活，我沒想到學校有一天會變成這個樣子。我不是勇敢的人，我辜負了田韻對我的信任。我可能沒有辦法再繼續下去了。希望你們能為我報仇』。可是她死了以後，應該負起責任的人卻還在逍遙法外。而我今天站在這裡，要向她道歉。」

一瞬間，無數的視線朝穹蒼的位置湧了過來。

「對不起。」許由敷衍地說了一聲，然後走下臺。

穹蒼接過他手裡的麥克風，緩步走上司令臺。

穹蒼走上去的時候，底下響起了一陣噓聲。

起先只有三兩聲，到後面跟風的人越來越多，連成了一片。

幾位老師在一旁試圖打斷，拉下率先惹事的幾人。無奈人數太多，他們止不住大勢所趨的「民意」。

等穹蒼站到司令臺中間的時候，那些噓聲又變成了哄笑。

各種意味不明的笑聲蔓延在空氣中，恐怕連他們自己都不知道在笑什麼。

穹蒼站在高處，從人群的一端看向另一端。

她的瞳孔被光色照得顯淡，襯得她的臉色越發蒼白。

原來，當被無數雙帶著惡意的眼睛盯住的時候，會有一種毛骨悚然的驚顫。當密密麻麻的嘲笑聲一起湧來的時候，會有一種心驚膽寒的恐懼。

荒誕的景象如同一張巨網鋪在她面前。

穹蒼靜靜地看著，最後竟然笑了出來。

一眾師生被她突然的笑意弄得發毛，叫囂的聲音漸漸變小。

直播間裡的觀眾也是。

『我不怕大神生氣，但我好怕她笑……』

『R.I.P，提前祝他們一路好走。』

『這鏡頭拍下去太嚇人了，讓人覺得好不舒服。』

『換作是我，我只想打爆他們的頭。這群人氣得我無法思考！』

『歡迎收看大型連續劇：傻子們的世界。』

『我希望它的後續劇情是：傻子們的懺悔。』

其實從穹蒼上臺到現在，沒有經過多長的時間。臺下一道男聲已經高亢地喊道：

「神經病啊！瘋了就滾下去！」

另外有人快速接道：「對啊！下去！誰要看妳！」

「道歉！」

「滾！」

穹蒼舉起麥克風，對著眾人徐徐開口。

「我很討厭學習心理學。因為我很討厭去揣摩別人的心理，那是一件會令人不高興的事情。但是很多時候，人類本能的直覺，還是會讓我迫不得已地感受到別人不經意流露出的情緒。」

穹蒼說著頓了一下，眼尾掃向站在角落裡的幾位中年男人。

「比如說，站在我身後的這些人，雖然他們臉上露出嚴肅的表情，但是心底正在竊喜。竊喜他們招了一群如此愚笨，不能獨立思考的學生。」

原本就不太安分的學生，在接受到她的嘲諷後變得更加躁動。

穹蒼轉過頭，朝著另一面的小房間道：「廣播室的同學，我建議你們不要切掉聲音，一中已經接連有兩位學生自殺身亡了。剛才你們放任一名同學在全校師生的面前控訴我的罪行，如果你們不給我澄清的機會，我想大眾和警方都有絕對的理由懷疑，是你們在蓄意挑唆學生關係，縱容乃至引導校園暴力。那我就直接報警，順便聯絡媒體。我想學校的長官們應該很害怕這兩者介入。」

騷動越來越大，噪音甚至隱隱蓋過了穹蒼的談話。

穹蒼笑了一下：「謝謝。我要說的其實很短，未必能說服你們，或者說……說服了你們，也未必能讓你們承認。」

「許由指責我逼死周南松，我當然不接受這樣的指控。理由很簡單，因為從來沒有確切的證據可以證明，周南松是因為受不了我的霸凌而死，都是一些捕風捉影的推測而已。」

她的聲音很透澈，不急不緩的速度讓原本吵嚷的學生安靜了大半，聽起她的發言。

「迄今為止，所有人，包括我的同班同學和室友，甚至是我的老師，他們都沒有實際看過我有什麼過激的行為，否則心懷正義的他們早就出手阻止了。可是在周南松死後，他們卻下意識地認為，我曾在私底下對周南松做過更過分的事情。為什麼？」

「私底下這個詞，是一個很有意思的詞。好像我總是能違背自然科學規律，找到一個沒有人的地方，對周南松進行非身體接觸的精神暴力，同時還能逼迫她不向任何人吐露這個消息。即便其中存在強烈的不合理性，他們還是這樣認定。他們究竟是憑什麼來認定的呢？」

穹蒼在司令臺上踱了兩步，低著頭，看著自己的鞋尖。

「我來告訴大家。在座的所有人，凡是說過髒話、打過架、罵過人、起過衝突、開過過分的玩笑，曾經有過失控偏激的想法，因為私心而討厭、孤立排擠過一個人的。那麼你們，做過這件事的各位，都犯下了和我一樣的過錯。你們也應該站到這個臺上來，接受群眾的批鬥，懺悔自己的過錯。讓上千人當著你的面罵你『滾下去』。」

穹蒼停下腳步，朝前伸出手，詢問道：「怎麼樣？到底是哪一邊的人更像一個瘋子？」

有些人的表情依然帶著不屑，有些人是漠不關心，還有人則是動搖不定。

穹蒼：「你們很喜歡用群體的道德去綁架別人。要正義，要善良，要無畏無懼，要勇往直前。可是，自私雖然不是什麼值得提倡的事情，卻也是人之常情。」

「因為害怕而不敢向前；因為珍惜而不想捨棄；因為重視而不能謙讓；因為渴求而無法釋懷。這些是什麼不可原諒的事情嗎？需要你們，舉著武器，非要將她砍死？非要你們，瘋狂地集結在一起，讓她進行討伐？」

穹蒼微抬著下巴，用譏諷的目光睥睨著所有人。

「你們的最終目標是什麼？一命還一命？看著王冬顏，我，死在你們的正義追求之下，為這場革命獻上生命作為祭奠？是嗎？」

她的語氣突然變得冷冽：「這不就是殺人嗎？值得你們這麼開心嗎？」

學生群體裡沉默了片刻，然後有人憤怒地吼道：

「妳胡說，我不會對一個得了憂鬱症的病人，做那麼過分的事情！」

「妳不要偷換概念，是妳先害死妳室友的！」

「妳太無恥了吧！妳想說自己做的根本算不上什麼，還是想說受害者的心靈太脆弱？妳怎麼有臉說那樣的話！」

音響裡傳來一陣刺耳的噪音，將那幾個學生的聲音掩蓋下去。

穹蒼從口袋裡拿出手機，發現賀決雲在不久前傳了十幾則訊息給她，但是她沒有看見。而最新的一則，就在剛剛。

她轉過身，抬眼望向遠處。

一道高大的身影，正在快速穿過階梯和操場，朝著她這邊狂奔而來。

賀決雲脫下外套抓在手裡，不知道跑了多久，已經滿身大汗。瀏海溼答答地黏在他的臉上，形象全無。他原本就是一個中年普通警察的模樣，現在變得更加不起眼了。

他走到穹蒼能看見的地方，用手指了指手機，又指了指學生，朝她比了個鼓勵的手勢。

穹蒼認真閱讀完訊息，勾唇露出意味不明的笑容。

她挺直脊背，提高音量。

「看來，還是有些人聽不懂我說的話，那我直接幫你們做一下解析好了。」

「在周南松的遺言裡面，她完全沒有提到我。她話中的主語是學校。她的描述詞是『沒想到學校會變成這樣一個地方』、『堅持不下去了』。說明她無能為力，說明她已經嘗試了各式各樣的辦法卻沒有突破。可是按照你們所說，在學校裡，除了我以外，沒有人對她實施過暴力，為什麼她要擴大到整間學校的範圍？她想要反制我也很簡單，只要告訴老師就可以了。」

「許由那個蠢貨說，是因為周南松有憂鬱症。我沒有得過憂鬱症，所以我不去斷言憂鬱症會對人類產生的影響。但是我想，相比起一個一直討厭自己的人，依舊還是那麼討厭自己，自己最好的朋友死亡，才會讓她難以接受吧？」

穹蒼舉起手機，對著眾人道：「田韻死亡當天，警方向學校要了監視器畫面。現在已經有明確的證據證明，監視器畫面存在作假的行為。校方透過修改時間和畫面，造成田韻回到宿舍後直接跳樓自殺的假象。」

「而周南松，應該是知曉了這件事情。」

「我想也只有這件事情，才能抵得上周南松遺言中提到的嚴重指控。」

人群因為她的話瞬間沸騰起來，連同一旁的上級長官也出現了倉皇失措的神情。

穹蒼和緩地質問道：「是誰修改了監視器畫面的時間？又是誰裝作中立地對我進行處分，好迫不及待地告訴你們，周南松是因為不堪校園暴力而自殺的？而你們，又在其中扮演著什麼樣的角色？」

學生們跟無頭蒼蠅一樣哄鬧起來，茫然無措地朝旁邊的人求證剛才聽見的訊息。場面紛亂如麻，失去控制。

後面一位老師快步衝上前，想要從穹蒼的手中搶過麥克風。

「我勸你們不要亂動，警察就在下面。」穹蒼退了一步，與面前的人拉開距離。

而賀決雲一手拎著外套，已經一步兩階地飛上司令臺，擋在她面前。

「我的話還沒說完。」

穹蒼繞了一圈，走到司令臺的邊緣，面向一眾深陷愕然，正在積極地左右求證的學生。

對王冬顏來說，這群人何其可惡。

「我確實錯了。」

「是我太天真，起先我真的以為你們不過是群迷途羔羊而已。原來不是。」

「你們只是沉浸於自我滿足的正義感。那種正義感，不過是一種病態的虛榮，可以幫助你們宣洩自己無處安放的壓力。而這種病態，隨著謠言的傳播與潛意識的加深，從個體蔓延至群體，互相影響，最後成了你們可笑的信仰。」

「你們覺得自己的抵制和欺凌變成了正義。你們覺得自己特立獨行，是在彌補法律無法填補的社會漏洞。」

「你們這些人，不過是依仗著人多就不必承擔責任的慶幸，享受著高人一等的批判他人命運的法官地位。所以拚命掩飾自己內心的卑劣，不願意承認自己的錯誤，不願意正視自己那些行為的後果。說到底就是無知又不負責任。或許在幾年以後，你們能發現自己的錯誤，可是到那時候，你們又會找一個新的藉口來為自己辯解，『那時候我還年輕』、『那時候大家都這麼做，我只是說了兩句話而已』，哪有那麼簡單？」

「我告訴你們，越是愚蠢無能的人，越是需要他人的痛苦，來證明自己的強大。」

「你們其實就是那樣的人。在別人的引導下，輕易地成為了一個敗類。我希望你們永遠都那麼幸運，不會經歷和她們一樣的欺辱。好好記住這一課吧，蠢貨們。」

一番石破天驚的宣言之後，穹蒼把麥克風直接擺到地上。

她不理會周圍的喧嘩混亂，氣定神閒地走下臺階。

操場上的學生哄鬧不止，各班的負責老師正在拚命壓下。附近已經吵鬧到聽不清這些人究竟在叫嚷著什麼了。

今日負責主持會議的學校長官淌滿冷汗，扯開嗓子對臺下大聲吼叫，指揮教職員幫忙疏散人群，將所有學生帶回教室。

賀決雲沉著臉朝下看了一眼，對面前這群情緒極不穩定的學生嘆了口氣。

這個年紀的學生，說得好聽一點是年輕氣盛，好像隨便發生一點什麼，就能讓他們像點燃導火線的火藥一樣，進入爆炸預警的狀態。

他們需要保護，因為他們還很脆弱。

他們又需要防備，因為他們非常危險。

賀決雲收回視線，快速跟上穹蒼，問道：「妳今天是怎麼回事？怎麼會來這裡？我聯絡不到妳，還以為妳出事了。」

穹蒼說：「我昨晚跟許由打了一架。」

賀決雲驚得深吸一口氣，認真地問道：「贏了嗎？」

穹蒼遺憾一嘆：「兩敗俱傷。」

賀決雲咋舌：「妳這樣不行啊。」

穹蒼乾巴巴道：「我不擅長打鬥，爭取下次進步。」

她的語氣和神態中都透著一絲疲憊，可能是長時間的遊戲導致的。賀決雲多數時候都猜不到她究竟在想些什麼。

賀決雲問：「妳的自殺進度多少了？」

穹蒼掃了人物資訊一眼，心情還是因為不斷攀升的數字出現一絲波動，說：「百分之九十六了。」

賀決雲沉默片刻，問道：「妳要不要先去天臺上選一個好一點的位置？」

「不用，我就算要自殺也不會選跳樓。」穹蒼認真道：「跳樓是極其痛苦的一種死亡方式，先不說在降落的過程中，心臟、眼睛、耳膜、肌肉等都會因為高速落體而出現劇烈不適。落地後也不一定會直接失去意識，骨骼會……」

賀決雲的思緒徹底被她帶偏，又不想聽她講那些血腥的知識，趕緊打斷她問：「那妳想選哪種不痛苦的死法？」

穹蒼字正腔圓道：「如果能有機會選擇不要死，我當然要選活著了。」

賀決雲：「……」

好有道理，無法反駁。

兩人走得沒多遠，處理好疏散工作的學校長官終於有了喘息之機。

中年男人狼狽地追上來，氣急敗壞地喊道：「王冬顏——妳給我站住！妳還想去哪裡！」

第六章　現實的醜陋

半個小時後，一中思政樓會議室。

校長和其餘幾位主要長官都被驚動了過來，聚集在這個寬敞的空間，處理今天發生的意外事故。

穹蒼坐在會議桌的一端，賀決雲站在她身後，兩人面色如常地望著前方不遠處嚴肅凜然的十幾人。

深色長桌中間空著的幾排座位，將他們分成旗幟鮮明的兩派。

教務處的主任是一位中年禿頭的男人。

他戴著一頂假髮，可是那頂假髮因為太過茂密而假得明顯，蓋在他的腦袋上，猶如頂著濃黑的鍋蓋。

此時他情緒激烈，面色漲紅，看表情恨不得將穹蒼踩在腳下狠狠碾動。

他的手指不斷在木桌上敲擊，帶著一聲聲有節奏的脆響，訓斥道：「王冬顏，妳究竟想做什麼？能好好說的事，為什麼要搞成這個樣子？校方念在妳是高中生，想給妳一個懺悔的機會，才讓妳上臺做檢討，妳早上的舉動是想表達什麼？啊？妳知不知道現在學校裡的學生都在議論，妳這是在引起群眾恐慌！」

穹蒼被他當頭訓斥，沒什麼表示，低垂著頭，單手不停地翻轉著手機。

教務主任說得慷慨激昂，到後來聲音都沙啞了，「這件事情的後果很嚴重！影響極其惡劣！我在學校任職那麼多年，還是第一次看見有人敢做出這麼大膽的行為！一而再再而三地犯錯，不悔改就算了，還得寸進尺！妳以為學校會放縱妳嗎？妳不要以為妳年紀小，就可以不用承擔責任，我告訴妳，妳不小了，妳高三了！早就成年了！妳這樣抹黑我們學校的名聲，我們是可以告妳誹謗的！」

穹蒼認真聽他說完，發現他沒有要補充的，才和緩道：「誹謗和舉發之間的差別，就像莫須有與真實存在。我今天早上說的，都只是基於事實的分析，沒有任何虛假的地方。相比起來，許由說的那些才是毫無證據的汙衊。你們不去指責他卻來恐嚇我，我倒是可以跟你說理，就怕你站不住。」

「妳說我恐嚇？」

教務主任兩手重重拍下，手錶撞在桌面上，發出使人耳膜震顫的巨響。

「我看，妳是不會意識到自己的錯誤了，妳簡直太荒謬了！」

穹蒼點頭：「不好意思，我一直在努力跟隨您的思緒，好認知到我自己的錯誤。可是我也覺得您有點荒謬。」

賀決雲笑出聲來。

他這一笑，立即讓教務主任把炮火轉向他。

「還有你！你的證件呢？你是哪個單位的？你們長官有同意你把調查資料告訴一個普通學生，並讓她在事情還不清楚的時候就對外宣揚、造假誣陷嗎？你可以請我們配合調查，但不應該採用這樣的方式！」

賀決雲的手按在穹蒼的椅背上，站姿很是愜意，說：「按照規定當然是不行的，我是一個嚴格遵守紀律的警察，所以我並沒有向王冬顏同學透露過我的調查進度。只是她太聰明，在我向她取證的過程中，自己推導出了其中的過程。您要投訴的話，可以直接打電話，我們會進行內部考察。」

教務主任：「那她在升旗典禮上收到的訊息是什麼？難道不是你傳給她的？」

他說著大步衝了過去，想去爭搶穹蒼放在桌面上的手機。

賀決雲的動作更快，一雙大手率先按了下去，連穹蒼來不及收回的手也被他按住。

他手心的溫度滾燙，說出的語氣卻很冰涼。

「這位長官，容我提醒你一句，你沒有權力去翻查學生的手機，尤其是聊天記錄這類的個人隱私，連警方都不能隨意翻查他人的通訊記錄。你在一個警察面前做出這種不合適的事情，是不是有點太看不起我了？」

在座的都是社會成功人士，對待一個普通學生和一個基層員警，他們無疑是輕視的。在少量的耐心告罄後，就開始顯露自己的傲慢。

「王冬顏，妳這是什麼意思？找了個警察來挑釁學校長官？妳昨天打架的事情，難道還是學校的錯嗎？」

「我們一中收不起妳這樣的學生。念在妳是高中生，我們已經對妳很寬容了。如果妳非要這樣，我們必須和妳的家長談談！」

如果穹蒼真的是高中生，可能會畏懼這樣的威脅。畢竟升學考對於普通的高三生來說，是最重要的一道關卡。它代表著一個學生從出生開始，付出最多的努力和最高的追求。光是被提及，就足以讓人失去抵抗力。

可惜她是穹蒼，而這裡是遊戲。這樣的威脅比繡花針還要不值一提。

眼見局面僵化，坐在主座、一直沉默著的校長終於開口。

「都別吵了！」

他的聲音一出現，嘈雜的會議室瞬間安靜了下來。

穹蒼把目光直勾勾地投向他，露出饒有興致的笑容。

他是一個還算英俊的中年男人。五十多歲了，頭髮染得漆黑，看起來很顯年輕。

他的五官非常慈祥，氣質也很親和，說出的話毫無咄咄逼人的身分威壓在裡頭，比教務主任要好聽很多。

校長說：「汪主任，你剛剛的話有點過分了，冷靜一點，沒必要對一個剛成年的學生採用那麼嚴重的措詞，越是嚴厲，他們越是聽不進去。」

教務主任抽了口氣，表情不太甘願，卻還是忍住了。

校長又對著穹蒼道：「王冬顏同學，我希望妳也可以冷靜一點。大家爭吵起來，沒什麼好處，只是互相激化情緒而已。」

穹蒼點頭：「當然。」

校長繼續安撫地說：「我很理解妳的心情。汪主任是一位經驗豐富的教育家，但是他的教育風格比較強勢。他認為對學生的獎懲應該嚴厲到位，這樣才能讓他們認知到自己的錯誤。我相信，他的出發點是善良積極的，並不是挑起學生爭端，更不願意看見妳因此成為校園暴力的對象。只是在處理事情的過程中，出現了一些他沒有預料到的意外，這是妳的誤解了。對妳因此受到的傷害，我代他向妳道歉。」

穹蒼笑了下，說：「道歉，還是要有誠意一點比較好。」

校長：「妳覺得什麼樣的道歉比較有誠意呢？」

穹蒼：「最起碼不是為了息事寧人，你代替我，我代替你。誰能替代得了誰？又不是彼此的代言人，對吧？」

她隨意的態度讓剛才冷靜下來的幾人又憤怒起來。

校長抬手壓了壓，穩住他們，才繼續擺著一張笑臉道：「妳在升旗典禮上說的話，我都已經知道了。先不說監視器畫面的問題，那件事情我一定會查清楚，給大家一個交代。我覺得更嚴重的，是妳對校方的誤解。」

「在我管理一中的十幾年裡，一直遵循著一中的校訓，謙虛、篤學、仁愛。我試圖把這樣的價值觀傳遞給你們。我為一中做了很多事情，包括給像田韻那樣清寒的學生一個公平求學的機會，我不知道妳為什麼會產生那麼大的誤會，妳應該相信我們的善意。」

他的眼神與語氣都無比真誠。

穹蒼盯著他看了許久，隨後身體前傾，半趴在桌上，說道：「慈善家與資本家是不一樣的。慈善家當然值得尊重，但是資本家同樣會偽裝。他們會利用所謂的慈善，來偽裝自己光鮮的外皮，實際上卻在背地裡做著令人不齒的事。」

穹蒼往後一靠，翹起一條腿，話語變得犀利：「馬克思先生說得對，『資本來到世間，從頭到腳，每一個毛孔都滴著血和骯髒的東西』。是他們現在學聰明了，他們可以對大多數人好，對少部分人嚴苛殘酷。掌握住輿論的發言權，讓那些小部分人群，失去對外求助的能力。完成從征服、奴役，到掠奪、殺戮的全過程。只要沒有壓榨完對方的剩餘價值，他們就不會放下手中的屠刀。」

幾位長官從來沒有被學生這樣指著鼻子辱罵過，情緒很不冷靜。

「王冬顏——」

校長卻笑出聲來，像在看著一個不聽話的孩子，耐心道：「妳覺得，我可以從清寒生的身上得到什麼？」

「我只回答能從清寒生身上得到什麼這個問題，並不是特別暗指你。」穹蒼的手指來回敲擊，在桌上畫著，「能得到什麼，就如同您現在正在享受的。得到了社會地位，得到了多數人民的尊重。得到了事業升遷的機會，更得到了來自金錢無法滿足的精神愉悅。可能還有一些，變態噁心的精神需求，是正常社會中無法容忍的，所以不得不採用某種骯髒又隱晦的手段來補足。這種人只有在得到懲罰的時候，才會認知到自己的錯誤。正確來說，不是認知錯誤，是認知到損失。因為他們都沒有悲憫心。」

校長：「我是這樣的人？」

穹蒼點頭：「你是啊。」

校長很奇怪：「妳從哪裡看出來的？」

穹蒼仰起頭，稍頓片刻，然後道：「證據。」

校長：「什麼證據？」

「田韻的證據。」穹蒼說著，餘光從校長的臉上蔓延到周圍人的臉上，語氣十足堅定，聽不出任何動搖，「你們不會以為，她就那麼無聲無息地死了吧？她是一個清寒生，雖然對社會沒有足夠的認識，但是見過社會的惡意。她是個很謹慎的人，有時候也很大膽。」

坐在正中央的校長並沒有流露出異樣，只有交握的手指輕微抽搐，卻掩飾得很好。他旁邊的同事就沒有掌握好情緒，在聽見穹蒼這樣說的時候，多出了幾個心虛的小動作，又很快壓了下去。

會議室裡出現死寂般的空檔，就是那片刻的沉默，讓他們立刻察覺到自己的反應不對勁。

在一人想要開口說話的時候，穹蒼的聲音又先一步響起：「我跟周南松的關係一向很差，你們真的覺得，我會因為別人的三言兩語，而轉頭懷疑學校？我是個講求實際的人，你們覺得，田韻留下了什麼給周南松，而周南松又給我看了什麼？」

穹蒼站起來：「周南松說……她不能繼續了，那是因為她不想傷害其他無辜的人。可是她又說，希望有人能夠替她報仇。為什麼？如果毫無證據，她怎麼讓別人替她報仇？」

一人怒斥道：「妳到底在說什麼！證據在哪裡，如果真的有的話，妳就拿出來啊！」

「性犯罪的證據，能讓學生投鼠忌器，不敢言明，還能是什麼呢？」穹蒼緩步朝他走去，「我曾見過幾位心理變態，他們都喜歡將自己做過的罪行記錄下來，找到同好慢慢欣賞，那樣會有一種特別的滿足感……尤其是，以此來凌虐受害者的尊嚴，簡直是一種二次享受。想想，只需要用部分的權力、少量的金錢，就可以奴役侵犯多位年輕漂亮又聰明得體的女生，完全掌控她們的未來，同時享受世人的尊重，是多麼令人滿足的事情。時間一長，他們會在不斷遞減的愉悅感的催促下，做出更加瘋狂、踩線的事。而在群體進行犯罪的時候，他們會表現得更加大膽……」

穹蒼深深注視著之前說話的那個男人，最後近距離停在他面前。在話音剛落的時候，突然抬手，拍了下對方的手臂。

男人猛地抽了口氣，下意識按住口袋。

「妳——」

校長回過頭，眼神中帶著肅殺的冷意，掃向那人。

被他瞪的中年男人頭腦瞬間清醒，而後如墜冰窖，臉色刹那慘白。他無措地看向周圍的人，喉結用力滾動了下，又繼續重申道：「我不知道妳在說什麼！」

賀決雲：「……哇。」

穹蒼轉身走向門口，笑道：「我已經說完了，感謝配合。」

兩人相繼走出會議室，賀決雲回頭看了一眼。

幽靜的走道，厚重的大門。這條狹窄的道路，如同代表了那群成年人目空一切的狂妄，拉開了他們與學生之間的平等，讓他們忘記自己最初的使命與責任。

賀決雲轉回身，收拾好心情，問道：「妳怎麼敢確定，那些人會那麼大膽，敢留下明面上的證據？」

穹蒼說：「不是你說『大膽猜測，小心求證』的嗎？王冬顏的自殺進度已經百分之九十六了，不走點特殊的道路的話，要怎麼突破？」

「妳也太大膽了。」賀決雲將外套往身後一甩，掛在肩膀上，又用另一隻手搭著穹蒼，揚起壞笑道：「不過，幹得好！」

穹蒼敷衍地扯了扯嘴角，與他同慶：「其實我只是隨便詐一詐而已。開始的時候，我沒說是什麼證據，可能是關於田韻死亡的證據，或許是人證，也或許只是升旗典禮上說的監視器畫面。只有心裡有鬼的人，才會將別人語焉不詳的描述進行關聯想像，並給出不同尋常的反應。他們在面對我的試探，以及細節描述時，沒有出現明顯的情緒變化，說明他們心底戒備的和我假設的基本一致。」

「妳的洞察力和應變力也把握得很好。」賀決雲問，「聽說妳看見的世界是特別的，在妳眼裡，那些人是什麼樣的？」

穹蒼直接忽略了他後一個問題，帶著疲倦嘆了口氣：「只是今天來的人夠多而已。不是每個人在犯罪後面對質問都有那麼強悍的心理素質，第一次被試探總是容易出現漏洞。何況，一直以來，他們的陰謀進展得太順利了，順利到他們快要忘乎所以。以致於今天他們面對一個原本瞧不起的學生，以及普普通通的警察時，天生的傲慢讓他們放鬆了警惕。潛意識中，他們甚至覺得就算被我們發現，也沒什麼了不起。」

賀決雲冷笑：「他們終將被自己的狂妄埋葬。」

直播間裡的觀眾早就陷入瘋狂。

這個副本前期可說是非常枯燥，搜證階段極度單調，導致線上觀眾數量呈直線下跌。在剛好把觀眾的耐性磨到告罄的時候，又接連出現轉機，劇情開始飛速發展。

三天的論壇此時已經全被各種分析洗版，而再次慕名前來的觀眾，只能對著螢幕流下兩行清淚。

『我永遠抓不好時機，只是離開一下下而已，就什麼都看不懂了。』

『他們自帶的BGM快要讓我聾了！』

『學霸寫題目VS我寫題目。她自帶三十二倍速快轉功能，而我卻還是2G網路。』

『看得津津有味，原來這就是九十二分的力量！』

『是什麼讓我當初那麼高傲地認為她也不過如此？』

『這個妹妹是個悶聲幹大事的人啊！每一步的節奏都踩在我完全想不到的點上。』

『確定是妹妹？說不定大神年紀已經很大了？一看她氣場就不是個普通人。』

『謝謝大家對我老婆的肯定，我們會永遠幸福的。』

『可是接下去要怎麼查證？既沒有直接的證據，也沒有肯站出來的學生，哪怕知道他們是什麼樣的人，也不能隨意進行搜查。窺見龐然大物，只是一個開始而已。』

『躺平，坐等大神帶我通關。大神的自殺進度是我見過漲得最快的一個玩家，卻也是我最有信心的一個玩家！』

『多行不義必自斃，大多數的壞人，真的都死於高傲跟自滿。』

螢幕中的兩人，正從逃生梯往下走，沿著臺階一層層下去。

空曠的樓梯間迴盪著他們的腳步聲，同時也讓他們的對話變得更加清晰。

賀決雲：「目前還沒有足夠的證據，可以申請對他們進行搜查，而且還不知道他們留下來的證據究竟是照片、影片，還是日記一類的物品。」

他感覺有點發涼，甩了下外套，把衣服穿上：「下一步的線索，肯定藏在已知的情報裡。」

穹蒼問：「你說田韻死亡那天的監視器畫面造假，是指什麼？」

賀決雲聽她提起這個，表情嚴肅起來，也不賣關子，壓著聲音描述：「一是時間造假。一中給出的監視器畫面偽造了時間。在他們的影片裡，田韻從經過監視器鏡頭到跳樓自殺之間，只有七分鐘左右。警方按照田韻在監視器畫面中的行走速度實驗了幾遍，推斷她是在回到宿舍後直接上天臺跳樓，沒有時間接觸其他學生。這個發現成了判定田韻自殺的有力證據。」

「二是……二是在他們的監視器畫面中，田韻是獨自回到宿舍的。但是在福利社的監視器畫面裡，拍到了她當天和另外一人一起回到宿舍。」

穹蒼莫名有種不太樂觀的預感，眼皮跳動起來，問道：「誰？」

賀決雲不出意外地吐出了熟悉的名字：「項清溪。」

穹蒼一時間五味雜陳。

兩人說到這裡，已經快要走到思政樓的門口。

他們從空曠的樓梯口出來，轉了個彎，在瞬間開闊的視野裡，看見了剛剛在對話中出現的女生。

項清溪站在一樓的大廳，仰頭看著牆面上的黑白題字。牌匾上寫的是「大音希聲，大象無形」。她聽見聲音，回過了頭。

項清溪的語氣中帶著點悲涼的味道：「妳真的報警了？妳知道這樣的結果是什麼嗎？」

「我知道。」穹蒼平靜地問：「人是妳殺的嗎？」

項清溪大聲而急促道：「不是我！」

穹蒼看著她，似在審視。看得久了，眼神裡的失望跟著溢了出來。

項清溪受傷道：「妳這是什麼眼神？」

穹蒼冷不防說道：「所以妳知道是誰。」

項清溪愣住。

穹蒼垂下視線，說：「因為正常人的反應應該是『誰』，或者『她真的不是自殺的嗎』。除非，妳從一開始就已經接受，她不是自殺的事實。」

項清溪臉上的血色盡褪，身體像是被抽走了力氣，輕微地晃動了下，讓她看起來異常脆弱。

「我不知道妳在想什麼，但我要告訴妳，逃避永遠不是解決方式。它看起來好像很有用，可一旦爆炸，會造成更大的殺傷力。而且……」

穹蒼走近一步，直勾勾地望著她的眼睛，身上透出極強的壓迫感，「妳沒有那樣的抗壓性，妳承擔不了那樣的責任。繼續袖手旁觀，妳一定會後悔的。」

項清溪唇色發白，全身肌肉僵硬，想說什麼又說不出口。

賀泱雲肅然站在旁邊。

他看著搖搖欲墜的項清溪，再看著她身上從深處發出的顫慄，甚至對她產生了一點同情。正準備開口的時候，穹蒼先一步移開了視線，留下一句簡單的「好自為之」，就越過她，出了思政樓的大門。

賀泱雲抄了個手機號碼給她，說：「有事聯絡我，請相信警方。我們的目標其實和你們是一樣的。」

項清溪魂不守舍地接過，也不知道有沒有聽進去。

賀泱雲快步跑去追穹蒼。

穹蒼走得很快，不過耽擱一陣的功夫，已經與他拉開了十幾公尺的距離，絲毫沒有要等他的意思。

賀泱雲小跑著跟過去，問道：「妳覺得人是她殺的嗎？」

「我不知道啊。」穹蒼用腳踢了下路邊的石頭，「她嫌疑很大，難道不是嗎？」

賀泱雲說：「我覺得不是，她的心理素質根本不行。除非她是個戲精。」

穹蒼一聲不吭地盯著他。

半晌，賀泱雲支撐不住，投降道：「……相信我，妳以前講的笑話比這個要冷多了。」

穹蒼：「哦……」

傷害太大了，她覺得這根本是一種詆毀。

穹蒼被太陽直射得瞇起眼睛。

賀決雲看了她行走的方向一眼，發現她既不是去宿舍，也不是去教室，皺眉道：「妳接下來想做什麼？」

穹蒼：「找證據。」

賀決雲：「妳要去哪裡找證據？難道周南松的手裡真的有證據？那不是妳唬他們的嗎？」

穹蒼說：「我不知道，但我覺得很有可能，或許王冬顏還看過，所以在周南松自殺前的那段時間，她才會表現得那麼失魂落魄。就順著線索繼續找吧。到目前為止，還沒有發現決定性的證據。」

穹蒼摸出手機，在畫面上點了點，說：「如果真的有證據，周南松不會放在學校裡，因為她死後，學校很有可能會對她的東西進行搜查。應該也不會放在家裡。她的母親明顯不知情，如果她把東西留在了家裡，可能不會有人找得到，事情就沒了結果。」

賀決雲低聲呢喃：「那會在什麼地方……」

穹蒼說：「一個我們預料不到，但是肯定會被我們注意到的地方。」

賀泱雲覺得，這個描述實在是太玄幻了。他們又不了解周南松這個人，怎麼會知道對方把東西藏在什麼地方？

賀泱雲抿著唇，腦海中突然電光一閃，說道：「我想起來了。之前福利社的老闆跟我說，周南松很喜歡去他那裡買各種文具。本子、筆、膠帶之類的東西。如果她當時的精神情緒很不穩定，而她最好的朋友又已經去世了，妳說，她有沒有可能把自己的心事寫在筆記本上？這可是個好習慣。」

穹蒼腳步停了下，認真地看著他說：「她的書桌上沒有特殊的筆記本，也沒有成堆的文具。」

賀泱雲沉吟：「被她媽媽帶回家了？或者是為了避開外人的查證，藏在了某個地方？」

「她的課本和作業全都放在學校裡，她媽媽為什麼要單獨收走她的筆記本？」穹蒼說著，自己也疑惑起來，「她為什麼要買那麼多的膠帶跟筆記本？」

賀泱雲解釋道：「說不定只是單純的喜好。妳可能不知道，有個圈子叫『手帳圈』，一些愛好者會聚集在一起，討論怎麼裝飾筆記本，讓它變得更好看、更有特色。關注的人多了，經濟效應就會催生出相關產業。賣筆記本、膠帶、創意拼貼……」

他說話的聲音逐漸變小，兩人對視一眼，似乎想到了被忽略的細節。

穹蒼說：「我要回家一趟。」

賀決雲立刻道：「我送妳。」

穹蒼覺得無法理解：「你跟我跟那麼緊幹什麼？你可以去找項清溪和她身邊的人問話，也可以去找周南松的家屬申請一下，看能不能查看周南松死前的社交記錄。利用一下你的身分優勢，能幹很多事啊。」

「我目前最需要做的事情，就是確保妳不會自殺。」賀決雲不得不提醒她，「妳的自殺進度已經百分之九十六了，我要優先保證妳的人身安全。」

第七章　遲來的包裹

賀決雲將穹蒼送回家中，暫時離開去處理別的事情。他在離開前再三囑咐她先待在家裡，有什麼情況就及時打電話給自己。

他一個虎背熊腰的男人，性格突然變得婆婆媽媽，彷彿在面對一個絕症患者，弄得穹蒼很無語。

好在路程不遠，穹蒼下車之後，三兩步進了家門，跟他告辭。

王冬顏的房間和她的宿舍一樣，非常整潔。穹蒼進入臥室後，直接走向書桌，隨手翻找上面的東西。

穹蒼原本以為，周南松會把自己的手帳交給王冬顏，讓她帶回家。可是穹蒼翻遍整間屋子，都沒有發現類似的東西。

也是，周南松對王冬顏應該還沒有信任到這種程度。

她有點無奈，只能老老實實地從細節處開始搜尋。

王冬顏的書桌左側有一排櫃子，櫃子裡放著幾本畫冊。

從王冬顏的計算紙上也可以看出來，她本人應該對漫畫很感興趣。穹蒼直覺這會是突破口，就將那幾本畫冊擺到桌上，認真地看了過去。

穹蒼對漫畫並不了解，所以看得很仔細，以防王冬顏將資訊藏在構圖裡。

這又是一段靜止的時間。

翻看圖片，甚至比翻看混亂的計算紙還要浪費時間，尤其在不知道對方會以什麼樣的方式傳達資訊的時候。

好在王冬顏的畫冊並不多，過了大概一個小時，櫃子順利被清空。

穹蒼靜靜坐著發了會兒呆，把最後一本本子放下，又從最底下抽出第一本重新翻開。

看見這一幕的網友忽然有種崩潰的感覺，激動的心猶如被潑了一桶乾冰。

『又開始了？我剛來，又進入掛機搜索模式了？』

『看圖總比看參考書側好，別抱怨了。』

『畫得還挺好看的。』

『這個副本的資訊太零散了，線索藏得好深，難度太高。』

『連大神都毫無發現，是不是說明她找錯方向了？』

『最簡單的方法應該是從項清溪那裡入手，但是大神的自殺進度已經百分之九十六了，可能等不到項清溪醒悟。』

第二次翻找畫冊的速度快上很多，穹蒼其實已經把它們記在心裡了，只是再看一遍，看看會不會更加清晰。

半個小時不到的時間，第二遍翻查完畢。

穹蒼把東西放下，按著後頸，活動了一下身體。

她雙手枕著頭，靠在椅背上，目光毫無焦距地看著前方。

她已經隱隱感覺到線索就在自己眼前了，卻一直抓不住，那種撓不到癢處的感覺讓她極為不適。

穹蒼百無聊賴，再次拿出手機查看各個APP。

穹蒼之前就翻過王冬顏手機上的幾款社交軟體。在常用的帳號裡，有一個比較隱蔽的小帳。

王冬顏之前跟周南松關係不合，用小帳悄悄關注周南松的社交動態，簡直是再正常不過的事。許多人都會有關注自己「對手」的舉動，並不一定是想做什麼。

通訊軟體，兩人因為同班同學，是明面上的好友。

社群軟體，王冬顏的小帳只關注了系統推薦的帳號，再來就是一個疑似周南松的生活帳號，而對方帳號的更新時間也確實停留在了死亡前夕。

只有影音軟體，王冬顏僅有一個帳號，裡面沒有上傳過任何資訊，也沒有追蹤任何人。

穹蒼起初以為是王冬顏不喜歡玩這款軟體，現在想想，說不定是周南松自己註銷了。帳號註銷後，追蹤者不會收到任何提示，也就無法查證王冬顏原先是否追蹤過。

那麼周南松刻意註銷帳號的這個舉動，就變得很有深意。她是怕有人順著帳號找到什麼嗎？

穹蒼的手指在螢幕上敲了敲，沉思片刻後，重新翻開畫冊，從日期中翻找，找到最新的一幅畫作。

那幅畫作沒有完成，就連草稿都只打了一半，讓人看不出它的成品會是什麼樣子。而在畫的上方寫著一行字：「閣樓上的喵喵」。

字跡很潦草。

王冬顏的畫作內容幾乎都是人物，鮮少有動物。這個「喵喵」就顯得很另類。也許它並不是畫作的名稱，而是王冬顏順手記錄的資訊。

「閣樓上的喵喵……」穹蒼呢喃了句，在軟體裡進行搜尋。

結果欄位內真的出現一個ＩＤ相同的帳號。

穹蒼點進對方的主頁，發現這個人同樣是一位手帳愛好者。

這位喵喵朋友應該是個經濟條件比較寬裕的人，她偶爾會發一些開箱影片，告訴粉絲自己是從哪裡購買材料和手帳、品質如何，來推薦給大家。

穹蒼提起精神，在對方上傳的影片裡開始查找，很快找到一個疑似開箱的影片。

她把聲音放大，然後點開影片進行播放。

鏡頭中出現了一雙手和一個巨大的箱子，開了變聲器的網紅在背景裡解說。

『這是一個從A市寄過來的郵件，對方說自己要退圈，就把所有東西半價賣給我了。我沒想到箱子這麼大，現在就一起來看一下吧。』

她把裡面的東西一件件拿出來。

那些筆穹蒼不認識，但聽網紅的語氣好像很驚喜。

開箱到後面的時候，那位網紅的驚喜裡已經變成了惶恐跟懷疑。

『未免賣得太便宜了吧？這不可能啊，是不是裝錯了？』

畫面中的手又拿起一本本子，翻了一下，可以看見裡面密密麻麻寫滿了字。

她說：『這個本子都已經用過了啊，怎麼也寄給我？我現在肯定她是裝錯了，到時候我再聯絡一下她吧。』

她遲疑了下，又說：『其實這是我三月份的時候下訂的商品，但是前兩天才寄到。我之前以為她是騙人的，因為後來就突然聯絡不到她了，沒想到前幾天又接到物流通知。我再試試看吧，如果有認識這位女孩的，也請幫忙轉告一下。今天的開箱就到這裡啦，拜拜！』

穹蒼立刻私訊了對方。

穹蒼：『妳好，請問妳在前幾天上傳的那個開箱影片中的包裹，是不是從A市一中寄出的？』

穹蒼：『寄送包裹給妳的人，應該是一中的一名學生，該名學生已經在今年三月份自殺。現在警方正在調查她自殺的原因。如果可以，希望妳能在保守資訊的情況下，將包裹中記載著文字的那本筆記本寄到警察局。』

因為是遊戲設定，對方回覆得很快。

閣樓上的喵喵：『我要怎麼相信妳？』

閣樓上的喵喵：『最近冒出來好多無聊的人啊，都說自己是原主人，妳這個理由倒是編得很特別。』

穹蒼切換到訊息畫面。

穹蒼：『拍個警察的證件照給我。』

賀決雲：『？』

賀決雲：『（照片）不要仗著是遊戲就幹壞事啊。』

穹蒼把賀決雲拍的照片傳了過去。

穹蒼：『她已經把影音軟體的帳號註銷了，妳可以自行上網搜尋相關的新聞。關鍵字是「A市一中，自殺」。』

穹蒼：『她的郵寄地址和聯絡電話，是不是……』

穹蒼把學校的地址跟周南松的手機號碼傳了過去。

閣樓上的喵喵：『啊……我剛才搜尋了一下，居然是真的，我就想說怎麼突然聯絡不上她了。天啊，太可惜了。』

閣樓上的喵喵：『妳這個手機號碼的確是她之前留給我的那個，但是包裹單上的地址寫的是另外一個。（圖片）這個地方。』

閣樓上的喵喵：『還有，這個包裹其實是定時寄送的。對方特地推遲到現在才寄給我，是不是有什麼深意啊？』

穹蒼點開導航，把照片上的地址輸入進去，發現跳出來的定位結果，居然是A市XX街道派出所。

那行黑白色的字體標注印在穹蒼的眼睛裡，讓她迅速明白了周南松布置這一切的意圖，同時也感受到了這名陌生女生在做每一個安排時的溫柔與脆弱。

她曲起的手指停在半空，一時不知道該怎麼落下，最終若有似無地嘆了口氣。

周南松死前的精神狀態極度不穩，飽受心靈折磨，一直在掙扎與猶豫，到底要不要揭發學校這樁醜聞。以致於即便她最後選擇了自殺，內心依舊無法安寧，於是選擇把一份明顯有問題的包裹寄送給了陌生人，希望在自己離世後，能有人代替自己推動這個案件的調查。

她對這名網紅應該有所了解，知道這人不會因為貪小便宜而刻意忽略其中的違和，在長期聯絡不到她的情況下，或許會將包裹寄回原地址。

而派出所收到包裹後，如果對一中的兩起自殺案件有所疑慮，就會耐心查證，說不定能牽扯出幕後黑手。如果沒有，那她也已經盡了最後的努力，起碼可以給自己些許的安慰。

周南松會刻意將寄送日期定在五月初，本意也許是想推遲事情的發酵。哪怕警方真的按照她的計畫對事件進行調查，等所有結果出來，受害者們也已經畢業離開，不會受到太大的傷害。

她一定想像不到，在她死後，這起惡性事件不僅沒有結束，反而愈演愈烈。而她留下的東西，會成為勘破案情，證實謊言至關重要的物證。

這裡面唯一的意外就是，她為包裹寄送設了時間，導致它推遲了太長時間，才進入到公眾的視野。

如果今天穹蒼沒有發現它的存在，粗略推算，它被寄回A市的時候，可能恰好是在王冬顏自殺前後。

那個階段正好是官方對此事最為關注的階段，確保了這個包裹不會被當作普通物品忽視。

有時候，不得不承認命運的安排總是如此巧合。它出現得那麼恰當，又出現得太過遲緩。

……明明是一個那麼努力生活的人。

穹蒼壓下心頭泛起的惋惜。

穹蒼：『這個地址就是我們街道的派出所，可以用GPS搜尋到。』

閣樓上的喵喵：『我知道，我搜尋過。當時的我還想不通，以為是整人。』

穹蒼：『她應該是想報警又有所顧忌，所以在死前將證據寄出。麻煩妳將相關證物寄送到A市派出所，我可以原價買回，並為妳支付運費。感謝妳的配合。』

閣樓上的喵喵：『沒事，舉手之勞。我等等就找最好的物流公司寄出。對了，你們是只要那本寫了字的，還是全部都要？』

穹蒼：『最好全部都讓我們翻查一下。如果確認與案件無關，會將物品歸還給妳。如果方便的話，我希望妳能現在就將那本寫了字的手帳內容拍下來傳給我，我可以及時查看。』

閣樓上的喵喵：『好的，妳等等，我現在就去拍。』

閣樓上的喵喵：『其實我之前有掃過一眼，覺得裡面寫的東西滿恐怖的，不知道她在寫什麼，但怕侵犯人家隱私，所以沒仔細看。』

穹蒼：『謝謝，我們會查證的。』

穹蒼把手機放下，抬手按著額頭兩側的穴位放鬆心神，等待對方的回應。

直播間裡幾乎要放鞭炮，看穹蒼的直播似乎總是在經歷大起大落。你永遠不知道證據在什麼時候、以什麼樣的方式出現，卻從來不會讓他們失望。

如果在此時打開留言，螢幕上肯定都是密密麻麻的文字，幾乎看不見任何畫面。

『啊——偶像啊！這樣的人才不去當刑警可惜了！』

『她探索劇情的速度是用飛的吧？』

『我要是有她這份推理能力和情報搜索能力，何愁大業不成！』

『我就想問，這個副本的偵查員是不是又不見了？我第一次看見受害者獨自完成案件推導的全過程。』

『原來學神不會的題目，只要多看兩遍就會了，那麼問題來了，學渣該怎麼辦呢？』

不管直播間觀眾的心情有多麼澎湃，穹蒼只是平靜地整理著桌上的物品。

喵喵那邊的動作很快，她熱情地將圖片一張張按照順序排好，整理成一個資料夾後傳給穹蒼。

穹蒼將畫面放大，一頁頁閱覽過去。

周南松是個很謹慎的人，筆記本裡並沒有直接寫下她看見的世界，而是以零散的敘述方式，委婉地描述著一個真實的故事。

一無所知的人看見這些文字，大概只會以為它是個荒誕的恐怖故事。但知曉內情的人卻能輕易推導出它暗喻的內容。

『骯髒的惡魔，披著光鮮的外皮，降落在人類的社會裡。他們衣冠楚楚，擺出最親和慈祥的態度，靠近那些可憐弱小的人類。』

『貧窮的人因此感恩戴德，卻不知道，她們不過是對方眼中不值一提的娛樂，是早已被對方挑選出來的食物。惡夢在不知不覺中早已降臨……』

周南松寫得很細緻，由於情緒波動，部分地方還充斥著各種混亂的思緒。穹蒼將她的文字翻譯整理了一下，大致梳理出整個案件的經過。

一中從數年前開始，大力擴招清寒生入學，且以女性為主。

對於清寒生而言，這是一個可以改變人生的機會，她們懷揣著最美好的憧憬，來到了一中這所頗有名望的高中。

校方的上級長官，擺出最慈祥、最親和的姿態，細心地幫助並接納她們。主動為她們申請獎學金、減免學雜費、分發學生餐廳補助券等，他們的體貼出現在每一個細枝末節，讓所有人失去戒備心，對他們的善意表示感激。

然後，部分惡徒開始蠢蠢欲動起來。

他們以與學生談心、為學生規劃未來、帶領他們參加各縣市比賽，或者其他正當的理由，創造與學生單獨相處的機會。同時潛移默化地向她們展示自己的社會地位，從心理上創造上位者的印象。

最開始他們只是簡單的騷擾，以親近為掩飾，讓學生誤以為是自己的錯覺。而後慢慢侵入她們的生活，最終可能會以下藥、酒醉等藉口，對她們進行侵犯。

部分人還會拍下照片，在發現對方有反抗意圖的時候，用自己的權力對她們進行威脅，再以利益誘導，瓦解她們的防備。

清寒生是很好掌控的，因為生活環境的侷限，許多清寒生本身性格比較怯懦、害怕惹事，將長官的權威和能力放大化。對她們來說，如何安然度過高中三年是最重要的事，而校方的上級長官是頗有社會地位的精英人士，她們根本沒有反抗的餘力。

而且不是所有的清寒生都會被他們選中，惡徒會在不斷的觀察中，刻意選擇那些看起來沒有反抗能力的學生進行荼毒。

起初，受害的女生還天真地以為這只是一個意外，只有一個人參與。到後面漸漸出現第二個、第三個，乃至更多個。等到她們追悔莫及的時候，勇氣已經被恐懼蠶食。

所以她們選擇了妥協。

田韻是比較不幸的那類人。她不僅家境清寒，家人之間的關係也很惡劣。她家裡有重男輕女的父母，還有一個弟弟跟一個妹妹。家長毫不關心她的生活，甚至剋扣她的補助供養弟弟。

田韻因為不順從校方的安排，被校方多方壓迫。由於她的精神壓力過大，無處發洩，導致成績下滑，前景渺茫，最終陷入崩潰的邊緣。

此時田韻發現班上另一名清寒生也不堪校方的騷擾，她與那位女生的關係很好，於是勸說那個女生一起反抗。

她邀請了一直以來想要騷擾她的男人去了酒店，在下藥迷暈對方後，竊取了對方手機中的資訊。

她的本意只是想找到可以威脅對方的證據，卻沒想到居然在裡面看見對方多年犯罪的罪證。

留存的照片尺度極大，牽涉人員眾多，一經曝光必然引起軒然大波。跟她一起的女生害怕了，勸她放棄。

那一天，田韻跟那個女生一起離開，之後卻再也沒有回來。她出發前，將原圖留給了周南松，讓對方替自己保存。

之後傳出田韻跳樓自殺的消息，校方給出的監視器畫面有明確的時間造假，周南松知道事情不對勁，卻不知道該怎麼處理。

牽涉在內的有她的好友、同學，還有許多無辜又可憐的人。有些人已經畢業離開，開始了新生活，這場風波無疑會將她們重新捲入漩渦。

那些人卑微地懇求她，朝她哭訴，讓周南松陷入絕望。

她不希望再傷害那些人，又沒辦法漠視田韻的死亡，最終憂鬱症發作，用最殘酷的方式離開人世。

自殺前，她把田韻留下的照片，埋在了學校宿舍後面的空地上。

私心裡，她還是希望那些犯人可以得到應有的懲戒。

翻完筆記後，穹蒼深深吸了口氣。她把畫面切出去，將結果告訴賀決雲。

穹蒼：『我找到周南松丟失的筆記本了。』

賀決雲：『……我剛從物流公司出來。』

賀決雲：『不是，妳連這個都找得到？』

穹蒼把自己的翻找過程告訴賀決雲。

賀決雲陷入了對人生的懷疑。

穹蒼虛偽地謙虛道：『運氣好而已，不是說好了要帶你躺著贏嗎？』

賀決雲：『……』可是他真的只是說說而已。

穹蒼：『（圖片）那個女生的地址。她就住在隔壁的城市，驅車往返只要六個小時，等她寄回來再送到警局，需要一到兩天。』

賀決雲：『好的，我現在就開車去領筆記本。給我個聯絡方式，三個小時後我會出現在她面前，妳先讓她把東西帶在身上。』

穹蒼：『好，我去挖照片。』

賀決雲：『妳的自殺進度。』

穹蒼沒想到都這個時候了，他還掛念這件事。她掃了人物資訊一眼，發現它很給面子的只掉了百分之一。

穹蒼：『百分之九十五。』

賀決雲：『好，我盡快回來，妳自己小心一點。』

賀決雲決定驅車去拿筆記本，穹蒼背上書包，準備回學校取證。

她剛走出房間，就聽見大門處傳來開鎖的聲音。

穹蒼放緩腳步，隨後看見一個陌生女士走了進來。

一行簡單的介紹飄在那人身邊，系統提示，是王冬顏的母親。

穹蒼的眉毛微不可察地皺了一下，直覺這種時候出現新角色，不會是什麼好事，而且她並不習慣處理家庭關係。

「王冬顏。」王女士粗暴地將手提包往沙發上甩去，光著腳快速走過來，聲音裡是不加掩飾的憤怒，「妳到底要做什麼！」

她直接發飆，穹蒼就自在多了，被她一罵，連肩膀的肌肉都鬆弛了下來。

王女士衝到她面前，臉上帶著有些瘋狂的激動。化妝品的香味順著她的動作傳了過來，與此同時還有她狂風暴雨般的指責。

「今天學校連續打了好幾通電話給我，翅膀硬了是吧？蹺課、打架，還當眾跟學校長官頂嘴，甚至汙衊學校，引起校園恐慌。妳想幹嘛？妳想把大家弄得日子不好過，是不是！」王女士用手指梳了把瀏海，「我辛辛苦苦賺錢養妳，我對妳有什麼要求？我只想要妳安分地在學校裡上課，很難嗎？啊！很難嗎！妳體諒一下我行不行！」

穹蒼不著痕跡地退了一步，與她保持一定的距離，說：「我說的不是汙衊，是事實。他們反駁不了我，所以才來找妳。」

「妳還覺得自己沒有錯？從進入高三開始，妳搞出了多少事？妳有完沒完？能不能收斂一點？」王女士歇斯底里道：「妳知不知道，因為妳同學的事情，我在公司要忍受什麼樣的眼光！妳還鬧，妳是非得讓別人有話柄說妳嗎？」

穹蒼：「周南松不是因為我才死的，我就是要證明這件事，從頭到尾都是學校刻意的引導。」

王女士：「妳要證明什麼？妳什麼都不要證明，妳讀書就好了！妳根本說服不了所有人。妳越掙扎，他們只會越認為妳沒有同理心，覺得妳是在推卸責任，妳就讓事情好好過去行不行！」

穹蒼看著她的模樣有些出神，短暫的沉默後低下頭抿了抿唇，斟酌著措辭：「為什麼？學校裡有很嚴重的醜聞，周南松就是因為知道真相才死的。不是我不管它就可以過去。沒有人停止，那些人還會繼續。」

王女士似哭似笑地發出兩聲嘶吼，而後道：「就算是又怎麼樣？妳有證據嗎？沒有證據就只能叫誣陷！學校裡的長官全都是老狐狸，妳跟他們鬥，妳以為妳能得到好處？」

穹蒼：「我想要的是真相，不是好處。」

「妳要怎麼拿到真相？和他們打官司嗎？妳還要不要上學了？」王女士的胸膛起伏劇烈，手用力指著一側，「妳出去問問，看看街上那些人，是會相信那些看起來道貌岸然的讀書人，還是會相信有暴力前科的妳！」

穹蒼竭盡所能想讓她冷靜，清晰地說道：「我沒有實施暴力，妳應該相信我。」

「我相信妳有用嗎？我現在很累！」王女士根本聽不進去，在她沒有說完的時候就打斷了她。她豎起一根手指，在穹蒼面前晃動：「妳還有一個月，一個月！要是學校想整妳，別說一個月，一天的時間，他們就能毀了妳的一輩子！以後還有哪個學校敢要妳？妳可不可以不要那麼天真！」

「天真？」穹蒼也好笑道：「就算是不天真的人，知道他們在學校裡濫用職權，對清寒生進行性侵害，也不會保持冷靜的。」

王女士爆炸的情緒被生生扼斷，眼皮快速眨動，探究似地盯著穹蒼。在確定她不是在開玩笑後，下意識吞咽了一口唾沫。

「不是一個。」穹蒼一字一句道：「是多名受害者，長期、群體，極度惡劣的性侵事件。」

王女士猶如被抽掉了大半力氣，疲倦感瞬間襲來。她迷茫地在原地轉了一圈，隨後抬手，將頭髮揉得更加雜亂。

她思考的時間其實不長。或者說，她長期的生活經驗已經在第一時間給了她最佳答案。只是她內心的社會道德感，給她帶來了少許猶豫。

王女士再次面對著王冬顏，嚴肅道：「涉案的人那麼多，那些人為什麼不自己出來說？因為她們也不想讓這件事情曝光。妳以為妳做這樣的事，她們會感謝妳嗎？她們會恨妳！妳只是在自作多情，懂不懂！」

穹蒼：「我不知道她們會不會感謝我，但那些還沒被傷害的人，她們一定不希望將來會面對這樣的事。」

兩人的對話過程變得緩慢。王女士需要思考，才能說出下一句話。片刻後，王女士問：「妳怎麼知道？」

穹蒼似沒聽清：「妳說什麼？」

王女士的語氣變得肯定，像是說服了自己。她說：「妳知道貧窮有多可怕嗎？那些人有錢有權，指甲縫裡漏一點，就是別人一輩子都賺不到的。妳怎麼知道她們不情願？踏入社會照樣有這樣的規則，而且只會比這個更殘酷、更無情，付出都不會有回報。」

她說到後面，變得越來越堅定，聲音也大了起來：「妳天真，妳不懂。沒有這樣的機會，她們怎麼保送上大學？怎麼生活？怎麼讀書？怎麼能有光明的未來？就算妳把條件擺在她們面前，讓她們自己選，她們也未必不會做出這樣的選擇。」

因為太過荒謬，穹蒼反而笑了出來：「妳說什麼？」

王女士指著自己的胸口，說：「我說得難聽，但這就是現實！絕對不只有我會這麼想！妳不要多管閒事，聽我的。」

「真的？」穹蒼低頭輕笑，笑聲極具諷刺，說：「歷經風霜的成年人會喜歡將自以為是的人生道理，強壓在年輕人的身上，看著原本陽光積極的人，變得像你們一樣死氣沉沉，然後從中感到驕傲自滿嗎？」

王女士：「所以妳驕傲？妳驕傲是因為妳不懂社會！妳滿骨子裡都寫著天真！」

穹蒼問：「成熟代表著冷漠嗎？現實代表著正確嗎？人類那麼漫長的生存歷史，都是在跟什麼鬥爭啊？不是為了互相同化，然後一起沉淪吧？難道在妳眼裡，只有幸運的人才配活著？」

穹蒼搖了搖頭，覺得不能再繼續待在這個地方了，將背包往上一提，從側面穿過去。

「看來我們不適合交流，我走了。」

「妳走了就不要再回來！」王女士哽咽道：「妳不要威脅我。王冬顏，我告訴妳，妳只是一個高中生，這不關妳的事，妳不要淌這樣的渾水！妳不要出去胡說！王冬顏！」

穹蒼頭也不回，回答對方的只有一道沉重又乾脆的關門聲。隔著門板，王女士嘶聲哀嚎的聲音隱約從裡面傳了出來，而穹蒼只是緊閉雙眼。

等走到街上，穹蒼掃了自殺進度一眼，一個鮮紅色的百分之九十九掛在視線裡。真是謝了，還幫她留了一點，這可真是太客氣了。

穹蒼抬手擦了把臉，這次真的有種絕症病人的緊迫感。

目睹了剛才那番爭吵，直播間的氣氛跟著凝重起來，連插科打諢的人都變少了。他們大可以指責王冬顏的母親自私，但是在看過那麼多《凶案解析》後，他們知道多數人並不那麼偉大。很多情況下，強烈指責某個人是改變不了結果，因為從社會大環境開始它就錯了。

『從沒見過大神這樣的表情。』

『最親的人卻傷得最深。一不小心就飆到百分之九十九，剩下的應該就是一念之差了。系統這次收割得好狠。』

『自殺案件就沒有凶手了嗎？我覺得有，且凶手比普通案件更加令人膽寒，因為多數人並不覺得自己有錯。』

『多少有理想的人就是被現實挫傷？而又有多少現實，只不過是成熟人士的自以為是？』

『但你不能不承認，她說的是社會普遍存在的聲音。好人沒好報也不少見。』

『經歷過不幸的人會更害怕麻煩、怕失敗、怕惹事。人生百態啊。』

穹蒼先去附近的五金行買了個小鏟子，放進包包裡，坐車去學校。

等她回到學校的時候，天色已經灰濛濛了。穹蒼握著手電筒，前往周南松說的宿舍空地，尋找她埋藏起來的證據。

周南松埋下照片的時候是三月份，現在已經五月了。

穹蒼看著眼前一片分不出差別的荒地，揉著脖子嘀咕了句：「這可是個大工程啊。」

穹蒼做好了熬夜工作的準備，但還是有點害怕。擔心電量不夠，她直接帶了三個手電筒，以及兩大盒電池。

她把手電筒架在旁邊，抓起小鏟子，在各處進行挖坑。

這一片人煙稀少，跟宿舍隔著一條臭水溝，平時根本不會有學生來，的確是個很安全的地方。

穹蒼不知道周南松挖得有多深，只猜測她當時的精神狀態，可能會挖個大坑，於是她也用心地進行翻土。

夜幕沉了下來。

今天烏雲很重，月亮被雲層遮蓋，投不出半點光色。

荒地空曠而安靜，仰起頭，能看見遠處的山巒連成一片黑影，靜靜地占據著天邊。夜風不斷從樹影間穿梭，中間還混著知了的聲音。

手電筒的光色慢慢從明轉暗，換過電池後，又從暗轉明。

在手機上的時間跳過凌晨一點的時候，穹蒼終於挖出了一個還算嶄新的鐵盒。

她喘著粗氣，不顧形象地坐在泥地上拆開盒子。

鐵盒裡放了一個用過的數位相機，旁邊是它的記憶卡跟電池。甚至還貼心地放了一個行動電源。

穹蒼將東西組裝回去，試了一下，發現剩餘的電量還足夠開啟相機。

找了這麼久，終於找到這件東西，穹蒼無疑是激動的。她點開相簿，一張張翻閱過去。

直播間的螢幕裡只有一連串的馬賽克，但穹蒼能看見原版的照片。

照片裡是各種互相交纏的身體，女生的臉被拍得清清楚楚。有些人明顯眼神迷離、神志不清，有些則是清醒的，但清醒中帶著痛苦。

而裡面的所有男人，都沒有露出脖子以上的部分。有心理準備是一回事，親眼目睹又是另外一回事。

穹蒼被這直接的畫面衝擊得瞳孔震顫。

她舔了舔嘴唇，強行讓自己保持鎮定，佝僂起背，讓自己看得更清楚。從男人身體上的痣、肥胖度、骨骼，以及其他明顯特徵來分析，涉案人員應該在五人以上。從圖片格式來看，應該拍攝自不同的設備。

看來他們內部互相交流著。可能是透過聊天群組，或者別的方式。這樣的同好交流，能讓他們感到興奮。

人在持續性的犯罪後，果然會變得越來越大膽，直到澈底瘋狂。這群人的娛樂臨界值已經提升到了恐怖的地步，為了追求刺激，會去尋求新的手段。要是任由他們發展，只會造成無可挽回的結果。

穹蒼聽著心跳在胸腔裡猛烈跳動，不自然發顫的手有規律地點著下一張。翻到中間的時候，不出意外地看見了徐蔓燕。

那個年輕漂亮、乍看之下帶著點強勢的女生，在照片裡完全是另一副模樣。

這是穹蒼在遊戲裡唯一熟悉的人，她頓感可悲。

穹蒼看得太過入神，而周圍長著矮草的泥地又能降低人的腳步聲，等到她的餘光發現手電筒照出的光線中，出現一道黑影的時候，對方已經近在咫尺了。

穹蒼渾身戰慄地抖了起來，第一時間將相機揣進懷裡，而後迅速回過頭，後腦被人一棍敲了下。

「啊……」

穹蒼悶哼一聲，單手捂向傷處，另一手仍死死握著相機。

她瞇著眼睛，透過因疼痛泛出的淚水，看向突然出現的黑影。

手電筒的昏黃光線將對方蒼白的臉照得明滅不定，各種複雜的情緒凝聚在對方的眼裡，化作一道冰涼的水光淌下。

「項清溪……」穹蒼咬牙道：「妳瘋啦？」

「把東西給我。」項清溪卻哭得比她還可憐，懇求道：「冬顏，把東西給我！」

穹蒼說：「妳這樣是錯的！」

項清溪丟下棍子，過來搶她手裡的東西。

「妳為什麼還要查啊？說好讓這件事情過去了，妳這樣會死很多人的！」項清溪爆發出巨大的力氣，掰開她的手指，奮力跟她爭奪，「我求求妳，我求求妳了。給我！」

「逃避的話，不管多少年，恐懼都會追趕在妳身後。」穹蒼深深望著她，帶著說不出的情緒叫道：「責任有時候是一種枷鎖，也是一種救贖。妳不去背起它，就一輩子都放不下。妳為什麼不能勇敢一點！」

項清溪嘶吼道：「我要勇敢有什麼用！第一個死的人不會是他們，是燕子！是燕子妳信不信！她什麼都賠進去了，她沒有以後了！妳知道嗎，她都是為了幫我，妳放過她吧！」

穹蒼：「妳這不是幫她，我也不是要害她，妳想得長遠一點！」

「啊——妳不要說了！」項清溪尖叫著按住穹蒼的頭，往旁邊一推。

穹蒼買的小鏟子就放在附近，因為她已經沒有力氣，直接撞了上去。好在那把鏟子本來就不鋒利，被她挖了那麼長時間後，因為帶著泥土，鈍了很多。

這時候的穹蒼已經感覺不到疼痛，但是能感覺到有液體順著額頭往下滑落。

項清溪沒注意到她的情況，趁機把相機搶了回去。

「對不起、對不起……」項清溪含糊著，將東西抱進自己懷裡，一步步往後退，「對不起……冬顏，算了吧！」

穹蒼掀開眼皮，在模糊的視線裡，看著對方倉皇逃走。

那道背影與她記憶裡的畫面重疊起來，黑暗再次降臨，穹蒼用猛烈顫抖的手，抱住了自己的頭，從喉嚨裡發出幾聲痛苦的呻吟。

過了許久，穹蒼緩和了一點，從滿身虛汗中清醒過來。

她調整了下姿勢，躺在地上，陷入漫長的愣神兒狀態。隨後，她像是突然想起了什麼，摸過地上的手機，找出置頂的聯絡人撥打過去。

『滴——滴——』

電子音在黑夜裡特別清晰。

不到三聲的提示，對方已經接了起來。

『喂。』

充滿活力的男聲瞬間驅散黑夜裡的寒氣。

穹蒼眼裡的光跳了一下，喃喃叫道：「賀決雲……」

賀決雲那邊明顯出現停頓，然後才說：『妳怎麼叫我的真名呢？遊戲應該有遮蔽才對？』

穹蒼通常是不打電話的，她的聯絡方式從來只有訊息。

賀決雲將聲音放大，只聽見話筒裡傳來一陣輕淺的呼吸聲和風聲。

賀決雲放緩聲音，問道：『妳在哪裡？』

穹蒼咳了聲，才說：「學校。」

賀決雲快速穿上衣服，拿過鑰匙，跑出房門，語氣仍舊輕柔地問道：『學校的哪裡？』

穹蒼乖順答道：「宿舍後面的空地。」

賀決雲：『我現在就過去，妳還好嗎？』

「挺好的。」穹蒼的聲音悶悶的，「只是累了。」

賀決雲發動摩托車，說：『我現在就過去，等我十分鐘……五分鐘就夠了，妳隨便說點話吧……講笑話也行，我犧牲一下。』

他沒問穹蒼發生了什麼事，也沒掛斷電話，只是把手機擺在一旁的架子上，快速飆車趕過去，表現得耐心又紳士。

穹蒼也沒再說話，她看著螢幕中接通的綠色標誌，聽著所謂的響動，莫名安心，趴在手臂上閉目養神。

第八章　真相

賀決雲翻過圍牆，一路衝向後山，發揮出生平最好的障礙跑成績。

一中的路燈壞了幾盞，在靠近後山的地方就斷了光線，深處沒有鋪設任何光源。道路兩旁的野草長到了半公尺高，影影綽綽、高低起伏地擺動。

賀決雲卻無暇顧及那些景色，因為飛速奔跑，他耳邊全是自己急促的喘息聲，甚至蓋過了夜色裡所有的風吹草動。

當他終於靠近手機上顯示的定位後，看見了一個蜷縮在地上的黑影。

「王冬顏？」賀決雲屏住呼吸，在她身邊蹲下，低聲喚她的名字，「王冬顏？」

他將手輕輕放到對方的肩膀上，想查看對方的情況。

黑影動了一下，然後自己爬了起來，並按下手中的按鈕，點亮手機螢幕。

手機淡藍色的光線從她的下巴往上照去，將她原本就蒼白的臉照得更加沒有血色，額前的頭髮因為血液糊成一塊，傷口處一道未乾涸的紅漬緩緩淌下。

就算賀決雲是現代社會文明人，是科學火炬的傳遞者，見到這畫面，還是不由自主地抖了一下。

穹蒼悠悠吐出一口氣：「嚇死我了。」

賀決雲：「……」

妳究竟有什麼資格說出這樣的話？

穹蒼繼續說：「就……夜裡突然冒出一個人。」

賀決雲表情逐漸猙獰。

穹蒼比劃了一下：「朝著我腦袋敲下去。」

賀決雲：「呵。」

穹蒼沉痛道：「哎喲。」

賀決雲：「……」

賀決雲拍了拍她身上的泥土，又檢查一下她的手腳，問道：「妳的腳受傷了嗎？」

穹蒼可憐道：「沒有。」

「那妳一直躺在這裡幹什麼？」賀決雲叫道：「半夜在荒郊野外吸溼氣啊？這種地方妳也躺得下去？」

「我嚇死了，腿都軟了。這邊太黑了，我也不敢走。」

穹蒼說得很認真，只是搭配她的語調和表情，總會讓人覺得她在開玩笑。

偏偏穹蒼還自己吐槽道：「就像是一場夢，醒了很久還是不敢動。」

賀決雲被她噎得一個字都說不出來。他本來想說點奚落的話，但看見穹蒼空洞中帶點憂傷的眼神，所有的聲音全部煙消雲散。

「你陪我坐一會兒。」穹蒼說：「我先緩緩。」

賀決雲在她旁邊坐下，等待穹蒼的大腦恢復轉動。等他打完一局遊戲，發現身邊的人始終保持著剛才的姿勢。

整個人很安靜，或者說很麻木，目光直勾勾地盯著同一個地方，不知道在想什麼。

賀決雲從沒在她臉上看過這樣的表情，他覺得穹蒼應該是一個無敵的人，所有的事都在她的掌控之中。

賀決雲用肩膀碰了她一下，問道：「妳在想什麼？」

穹蒼反應遲緩地回了一句：「嗯……證據被搶走了。」

「嗯。」賀決雲側過身，把她額頭的碎髮往後撥了撥，說：「沒事。那本來就是警察叔叔的工作，妳想什麼呢？」

穹蒼抬高眼皮看著他。

過了會兒，賀決雲又說：「起來吧，我先送妳去醫院。」

穹蒼：「我……」

賀決雲彎下腰：「我背妳，上來。別到時候還沒達成自殺條件，就先因為傷口感染掛了。」

穹蒼勉為其難道：「好吧。」

穹蒼坐在明亮的醫院裡吊點滴，看著周圍不時走過的護理師，終於又恢復了之前那種生人勿進的冷冽氣場。

但賀決雲總覺得穹蒼的狀態不是很好。或者說，她不像開場時那樣運籌帷幄了，她似乎在惆悵著某種連他也不知道的事。

賀決雲捏著病歷，腳下一蹬，從椅子上滑過去，與她肩並肩坐著，笑問道：「妳知道我進入遊戲的時候，角色介紹上寫著什麼嗎？」

「嗯？」穹蒼很上道地問道：「什麼？」

賀決雲兩手環胸，說：「這位NPC的原型是負責調查當年這起自殺案的警察之一。在王冬顏自殺後，他們對一中的所有學生進行了詳細調查，用最基礎的審查方式，想要找到三位自殺者之間的關係。可惜因為證據太過零散，學生都諱莫如深，校方又在中間攪渾水，給出了不少誤導性的提示，導致他們的調查過程非常曲折，甚至到中間還一度以為是一場巧合而已，也因此被對方占據了輿論優勢。在案情偵破過程中，出現了很多不好的聲音，促成了後兩位學生的死亡。」

穹蒼若有所思：「嗯……」

賀決雲用力抹了把臉：「每次想到這群學生隱瞞著事情，不敢告訴別人，獨自惴惴不安，最後無奈地選擇自殺，他們就很痛心。不僅僅是無力，還有不被信任的失望。」他神色深沉，語氣十分鄭重，「他們這些人那麼努力地工作、提升，想要維持社會的穩定，就是為了保護更多像田韻那樣還沒有抵抗能力的人。他們不覺得自己的理想有多麼崇高，也明白這個社會有很多的不盡人意。但他們真的想告訴所有人，報警吧。只要報警，就算他們再無能，也會努力幫助她們。這個社會還不到需要她們去承擔一切的地步。就算是遊戲，他們也希望這群年輕人能有機會活在這個世界上。」

賀決雲的大手按在穹蒼的腦袋上，避開她的傷口小心地揉了揉，笑道：「所以，只要妳活著，就是我的勝利了。」

穹蒼認真地看著他，將他的手拿下來，帶著思考過後的確定道：「但是，勝利就是勝利，活著不叫勝利，叫遊戲狀態。你這樣的精神勝利法，就很阿Q[1]。」穹蒼叫道：「Q哥。」

賀決雲深吸一口氣，認命道：「好吧。Q哥就Q哥，比中年怪叔叔要好多了，起碼降了個輩分。」

「好太多了。」穹蒼從口袋裡摸出一顆糖果，小聲道：「還挺帥啊。」

賀決雲哭笑不得：「我就當妳是誇我了，謝謝妳啊。」

穹蒼想把糖果紙拆開。因為挖了一整個晚上而被工具劃傷的手指不是那麼靈活，試了幾次都沒扯開那個堅固的包裝紙。

1 阿Q：起源於魯迅撰寫的小說《阿Q正傳》，被用來形容一種自以為是、事實上能力比不過他人，或面對苦難、屈辱時的精神狀態。

賀決雲看了一會兒，實在忍不下去，接過她手裡的硬糖，撕開包裝後餵到她嘴邊。

穹蒼定定地看了他許久，看得賀決雲都有點發毛了，才把糖果吞進去。

一股帶著柳丁香氣的甜味在舌尖漾開，隨後擴散到整個口腔。

穹蒼吃硬糖的時候也很不安分，喜歡咬來咬去。

賀決雲別開視線，瞥向外面的天色感慨道：「天都亮了，這一晚還真是折騰。」

穹蒼抬起頭：「我要拔點滴了，你去拿一下X光片，我在門口等你。」

賀決雲：「好。」

等賀決雲拿了東西走出醫院，就看見穹蒼手裡捏著一塊麵包，蹲在路邊餵流浪貓。

因為醫院的後面是一座山，這裡的人流量又大，春夏的時候，很多流浪貓會從這裡經過，尋求食物。

牠們不太怕生，乖巧地吃著面前的食物。嘴巴一鼓一鼓地咀嚼，皮毛油亮，重量十足。

賀決雲提著衣服在穹蒼身邊蹲下，想伸手摸一下貓咪，卻被肥貓靈活地躲開，他收回手，笑道：「妳還挺有閒情逸致的啊。」

「不一定呢。」穹蒼說：「我做的每一件事情，說不定都有你想不到的目的。」

賀決雲好笑道：「那妳現在的目的是什麼？」

穹蒼思考了下：「展示我的善良？」

賀決雲點頭：「我覺得挺不錯的，妳可以繼續保持。」

穹蒼把食物全部放下，拍拍手站起來說：「回去吧。」

賀決雲問：「送妳回家？」

「不行。王冬顏的母親並不贊同她的行為，回去就是吵架。」穹蒼說：「還是回學校吧。」

賀決雲有些震驚：「妳現在去學校，是不是不太合適？」

穹蒼問：「哪裡不合適？」

賀決雲遲疑道：「不太安全吧？」

「哇……」穹蒼張開嘴，誇張道：「我這個自殺追求者，還需要追求『安全』這種東西嗎？」

賀決雲：「……」能不能好好說話？

穹蒼招招手，催促道：「走吧。跟著大神走，帶你過關。」

直播間的網友聽著兩人的對話，瞬間被帶偏了重點。氣氛是輕鬆了起來，但是車也翻進了水溝裡。

『為什麼鏡頭一轉到他們兩個這裡，就變成相聲節目了？』

『不影響，我看得很快樂。』

『我不敢嗑這對CP，主要是兩人的遊戲造型太……太不可以了。我的想像力不允許。』

『說不定在現實生活中，兩人的年紀是相反的？我覺得大神應該是個閱歷經驗都極其豐富的專家，而警察的眼神跟朝氣讓我覺得他還是年輕人。姐弟戀應該可以吧？』

『大神現在還能帶我們躺著贏嗎？後面的讓政府公家機關處理比較好吧？她的自殺進度已經百分之九十六了，找個安靜的地方躺著休息比較好吧？』

『項清溪剛才那一幕真是嚇死我了，三天是在拍恐怖片嗎？我到現在都還沒緩過來。而且大家怎麼都不討劇情了？』

賀決雲也很想知道穹蒼接下來想做什麼。

她從出了醫院之後，就一直表現得很從容，看起來不像是因為丟失證據而感到苦惱，也沒有提及自己下一步的計畫。倒是一直捧著手機不放，不知道在查什麼。

賀決雲看她忙活了一路，終於忍不住問道：「妳在看什麼啊？」

穹蒼不停地把手機轉來轉去，抽空回了一句：「手錶。」

賀決雲：「啊？」

穹蒼：「這可是名錶啊，比那幾張醜臉更有辨識度，就差寫上自己的名字了。」

穹蒼正說著，手機震動了一下。她擺正位置，點開訊息，看清後又說：「徐蔓燕約我去她的宿舍。」

賀決雲自覺把車速放慢，皺眉道：「徐蔓燕？」

穹蒼快速按動鍵盤：「我答應了。」

「她想幹嘛？」賀決雲嚴肅道：「我懷疑田韻的死跟她們兩個有關係，她們不單純。」

「她想做什麼都沒關係。」穹蒼說：「不是還有你跟著我一起去嗎？」

賀決雲聽到這句話，竟還有點喜孜孜的味道，點頭道：「當然。」

賀決雲把車停在學校外，陪著穹蒼一起步行過去。

此時學校已經開始上課了，路上一片安靜。徐蔓燕的老舊宿舍就更加冷清了，一路過去都沒看見半個人影。

穹蒼停在徐蔓燕的房間外，抬手敲了敲。

裡面的人似乎就在門邊等她，飛快地拉著把手將門打開。

裡外四人面面相覷。

穹蒼沒想到項清溪居然也在。徐蔓燕沒想到她會帶著一個中年男人過來。

徐蔓燕：「冬顏，妳沒事吧？」

賀決雲側身擋在穹蒼面前，把徐蔓燕逼退了半步。

穹蒼將他推開，問道：「我沒事，他是警察。」

徐蔓燕面露猶豫地看著賀決雲。

賀決雲問：「不方便嗎？」

徐蔓燕思忖良久，然後像是下定決心，退開一步說：「沒什麼不方便，你們先進來吧。」

門被關上，四人各自站在一個角，保持著心理上的安全距離。

穹蒼視線轉了一圈。

不愧是老式宿舍，牆面都有壁癌了，地上的石磚也變了顏色。

徐蔓燕小聲說：「我只是想讓小溪跟妳道歉，她只是因為鬼迷心竅才會打妳。我今天早上才知道，她不是故意的。」

項清溪站在旁邊，交握著的雙手還在發抖，目光定在賀決雲的身上。

徐蔓燕對著賀決雲懇求道：「千萬別抓她，跟她沒關係！我求求你們。」

賀決雲巡視了一圈，擺出一個看起來比較親和的表情道：「妳們別這麼緊張，我看起來很可怕嗎？」他把自己的工作證拿出來，別在胸口，讓皮夾上的徽章對著她們，然後開始問正事，「照片還在嗎？」

「還在，我沒有讓她刪掉。」徐蔓燕從桌子裡面拿出一臺相機，捧在手心裡。她的情緒很不穩定，手指都因為太過用力而泛白了。

穹蒼問：「那些人是誰？」

徐蔓燕渾渾噩噩地說了幾個名字，又說：「其實校長不常來，但他偶爾會參與，還會幫忙選人。裡面有兩個是學校的贊助者。」

穹蒼按住她的手，讓她放鬆。她說：「我可以不追究這件事情，我更想知道，妳們為什麼這麼害怕？是因為照片，還是因為……怕有人去追究田韻的死因？她死前肯定去找過妳們，而且是跟著項清溪一起過去的。」

項清溪終於開口了，聲音淡淡的：「是我。我不小心把她從天臺上推下去。」

「不對，是我！」徐蔓燕大喝一聲，身體跟著癱軟下去，眼淚洶湧地淌下，「是我……她拿到的照片裡面有我，小溪告訴我之後，我就想找田韻談談。」

項清溪：「燕子！」

「妳閉嘴！」徐蔓燕喊道：「我累了，我真的累了！我擔不起妳們的責任，我不行！田韻來見我，我很激動，她也很激動。我讓她不要那麼做，可是她不肯，她說如果她上不了大學就完了，就算上了大學她也沒有錢。我說我可以借她錢，但她不聽。」

徐蔓燕說得語無倫次，顛三倒四，語速短促又含糊。

「我跑到旁邊，說『那我就跳下去』，她讓我別逼她，然後也跑了過來。我去搶她的手機，等我回過神的時候，她就已經掉下去了。我不是故意的……我沒想殺她，可是我很害怕，於是找了他們，問他們該怎麼辦。」

徐蔓燕快要喘不過氣，她猛地抽噎了兩聲，又繼續說：「他們說會幫我處理，讓我乖乖聽話，什麼都不要說出去，結果周南松還是知道了。我沒想要逼死她的！我還以為事情已經過去了。」

徐蔓燕抬起頭，眼睛通紅，朝著他們兩人直直跪了下去。

賀決雲嚇了一跳，想去扶她起來，徐蔓燕激動地抽出自己的手。

「為什麼呢？我不明白，我只是想好好讀書而已。可是那個禽獸，他騙我出去，對我下藥，還拍照威脅我！」徐蔓燕哭訴道：「他不只騷擾我，還想去騷擾小溪。我沒有辦法，規則是他們訂的，我根本沒有選擇的權力。我只能這麼做。既然做了，我為什麼不能從他們那裡拿一點好處？我只是想要大家都好過一點而已。」

她用手捶打著地面發洩：「我好不容易高三了！就快要畢業了！他偏偏又跟我過不去！那個禽獸，他永遠都不會停止，他又去禍害別的女生，才會出現那麼多事！」

項清溪上前抱住她，徐蔓燕靠在她的肩膀上，痛哭失聲道：「我想長大，想畢業，想上A大醫學系，想成為一個被人尊重的人……不是為了……不是為了一個人渣而變成一個殺人犯！」

穹蒼從桌上抽了幾張衛生紙放到徐蔓燕面前，項清溪拍著她的背，小心安撫。屋內幾人都沒有出聲，讓她盡情發洩。

等徐蔓燕終於冷靜下來，賀決雲說：「我想去天臺看看。」

徐蔓燕忍著哭腔，點了點頭。

她跟項清溪互相攙扶，沿著側面的階梯上了天臺。

推開天臺前的鐵門，徐蔓燕停在門口的位置，不想再過去。於是項清溪在前面帶路，領著兩人走到邊緣。

項清溪指著前方一個位置，緩聲說：「燕子在這裡跟她爭搶，兩個人都很激動，但她真的只是想拿回手機而已。」

穹蒼低頭看了位置一眼，聲音在風裡有點飄忽不定：「妳確定是這個位置？」

「對。」項清溪點頭，「手機飛到中間，我跟燕子跑去拿，沒注意看那邊，然後就聽見一聲巨響，轉過身的時候，田韻已經不見了。」

項清溪捂著臉，沙啞道：「我們不是故意的。」

賀決雲聽著她說，在天臺的邊緣處站了許久，然後才道：「地面並不光滑，這樣的距離，末端還有一小段欄杆作為阻攔。憑藉一個高中生的力氣，是不可能因為意外把人推下去的。」

項清溪激動道：「是真的！我沒有騙你們！只是一場意外，燕子她——燕子……」

她說著，突然明白過來，劇烈起伏的胸膛因為屏住呼吸而停下，目光看著遠處，漸漸渙散。

「田韻……」項清溪嘴唇翕動，「所以……」

穹蒼接住她的話往下說：「所以，她是自己跳下去的。」

賀決雲道：「根據當時在現場拍攝的照片來看，天臺附近沒有滑擦的痕跡。如果是摔跤的話，鑑識科的專家是不會放過相關的腳印的。而且她死的時候穿著一雙老舊的鞋子，那雙鞋子的鞋底帶著汙漬，留下的擦痕是很明顯的，因此警方才會以自殺結案。」

穹蒼一腳踏上邊緣處的高臺，站在風口的位置往下看。

底下十分空曠，目之所及的一切都變得渺小，而站在這個地方，能感受到前所未有的安寧。

「應該覺得很疲憊了吧。出生的家庭、成長的學校，全都讓人覺得不盡人意。不管她再怎麼努力，都擺脫不掉那些負擔。罪大惡極的人得不到懲罰，唯一一條可以報仇的路，卻要獻祭其他無辜的女生，包括自己的朋友。她應該也不希望看見妳們和她一樣痛苦。」穹蒼低著頭，說出來的話明明不帶感情，卻能讓人聽出無盡的悲涼。

「可能只有那麼一兩秒的時間，她突然想到，只要從這裡跳下去，就可以從累重的痛苦中掙脫。只要一步的距離。然後大腦一片空白，什麼都顧不上，就那麼做了。」

徐蔓燕遠遠聽見，晃了一下，跌坐到地上。項清溪走到她身邊，兩人相視著，抱頭痛哭了起來。

一種又慶幸又解脫，同時還帶著點悲哀的感情縈繞在她們的心口。

雖然對田韻很愧疚，但在這一刻，她們身上沉重的枷鎖被卸掉了大半，得以在不斷的自我譴責中得到喘息之機。

穹蒼又往前走了一點，覺得被風吹拂的感覺讓人上癮，將身體和精神上的燥熱吹散。

一雙手突然緊緊抓住她的衣服，用力將她往後一拽。

穹蒼回過頭，木然問道：「你幹什麼？」

賀決雲說：「怕妳跳樓。」

「我說了，我不會選擇跳樓。就算我自殺，我也會選擇一個死不了的方法。」

賀決雲：「那還能叫自殺？」

穹蒼困惑：「為什麼不能？」

賀決雲語塞半晌，拉著她朝徐蔓燕走去。

徐蔓燕不停用袖子擦著眼淚，嘴裡喃喃道：「對不起，我要是當初能再勇敢一點，周南松也不會死。」

穹蒼與賀決雲對視一眼，都有些不知道該怎麼安慰這個女生。

他們毫不懷疑，在後兩個自殺的人裡，有一個就是徐蔓燕。

穹蒼在她面前蹲下，單膝跪地，捧住她的臉，讓她抬頭看著自己。一字一句說道：

「妳沒錯。妳以後可以清清白白、堂堂正正地活下去。就算要論責任，妳前面還排著一堆人，遠輪不到妳。」
徐蔓燕自嘲地笑道：「我清清白白？」
賀決雲大聲插話道：「怎麼就不清白？髒的人是他們，所以他們才會整天想著洗白。」
徐蔓燕轉動著眼珠看向他。
除了項清溪的安慰，沒有人會這麼鄭重地跟她說，那不是她的錯。那些人只會告訴她，「妳完了」、「妳也不會好過」、「妳只是一個出賣肉體的人」、「妳的過去不堪入目」。
徐蔓燕抽搭著，身體顫抖，猶如抓住了一根救命的浮木。
賀決雲把外套脫給她們，拍了拍她們的肩膀以作鼓勵：「天臺風大。項清溪，妳扶妳的朋友下去吧，我們休息一下，然後帶物證去警局做個詳細筆錄。仔細梳理一遍，看看怎麼把對方繩之以法。沒事的，相信我，我們不會將證人的隱私告訴任何人。」
項清溪問：「那些照片……」
賀決雲：「執法機構會對受害者的資料進行保密處理，尤其是未成年跟學生，大眾不會知道妳們是誰。」
「性侵案件，證人可以不出庭。就算出庭，也不會進行公開審理。音檔也可以做變聲處理。」穹蒼道，「退一萬步說，就算被大眾知道了，受害者就是受害者，該感到恥辱的不是受害者。大家沒有妳們想像得那麼苛刻。」

項清溪呢喃道：「真的嗎？」

「真的。」穹蒼點頭，「負面情緒會影響人做出極端的選擇和錯誤的判斷，然而實際上，等妳過一段時間再去看，就會發現根本沒什麼了不起。妳們兩個現在就在負面情緒的影響裡，不適合做判斷，把剩下的事情交給警察吧。」

徐蔓燕點頭。

一行人沿著樓梯走下去，這次的腳步輕快了許多。

走到三樓轉角處的時候，項清溪跟徐蔓燕回到宿舍，穹蒼卻沒有停下腳步，繼續往前。

賀決雲注意到，急忙叫了一聲：「王冬顏。」

穹蒼停下來。

賀決雲按著扶手，從上方俯視，問道：「妳要去哪裡啊？」

穹蒼比了個手勢：「去找個軟柿子，試試手感。」

「啊？」賀決雲說：「這季節哪有柿子啊？」

穹蒼只問：「你有高畫質的針孔攝影機嗎？」

賀決雲說：「高畫質非針孔，是針孔的畫質低。過兩年肯定可以，但這個副本沒有提供。」

穹蒼：「那我選針孔。」

賀決雲：「可以，等我回去警局裡申請。要用什麼理由啊？」

穹蒼嫌棄道：「……真麻煩，算了，我還是用手機好了。」

她繼續往下，賀決雲緊跟其後。

穹蒼再次停下，搖手道：「這位朋友，別跟著我，真的。你去安撫一下項清溪跟徐蔓燕，多對她們照照我們人性的光輝，順便幫觀眾打打氣，多有意義？你後面有得忙了。」

賀決雲露出懷疑的目光，問道：「妳的自殺進度多少了？」

穹蒼伸出一根手指：「可能王冬顏之前就知道這件事情，所以這次只漲了百分之一。」

「所以現在是百分之九十六？」賀決雲說：「妳小心一點，這個數值很危險的。」

穹蒼說：「我接下去要去做的每一件事情，都只會讓我覺得特別開心。」

賀決雲不禁笑了起來。

徐蔓燕跟項清溪願意出面指證，就案件偵破來說，已經是一大突破。事情可以昭雪，王冬顏應該可以安心了。

賀決雲：「妳打算去做什麼開心的事情？分享一下嘛。」

穹蒼立住，想了想道：「我只是覺得，媒體總是喜歡挖掘受害者的過往，尤其是性侵案。似乎只要找到受害者的錯處，就會用各種骯髒的標籤進行評價，來證明犯人的正確。那些人不是自詡成功人士、最有發言權嗎？他們不太可能那麼輕易地接受自己的失敗。」

賀決雲點頭：「對，他們很擅長引導輿論和鑽法律漏洞。」

「我只是去幫他們加油添醋。」穹蒼說：「我已經過了需要別人擔心的年紀了。」

賀決雲笑道：「這跟年齡沒關係。關心妳的人都會擔心妳。」

雖然他嘴上這麼說，卻沒有繼續堅持，只是招招手道：「早去早回，保持聯絡。」

穹蒼：「嗯。」

第九章　倒數二十四小時

穹蒼走到陽光底下，看了右上角的自殺進度一眼。

從資料跳到百分之百後，原本顯示自殺進度條的位置，就變成了一行紅字——自殺倒數計時：二十四小時。

後面的提示寫道：玩家可自行安排，或時間一到強制執行。

生命真是脆弱啊。

穹蒼在包包裡翻了翻，從裡面翻出一頂帽子，端端正正地戴到自己的頭上，然後朝前走去。

她準備去找上次在會議室裡，第一個跟她搭腔的中年男人。

按照徐蔓燕給出的名字，她在網路上搜尋了照片，確認了對方的身分跟職務。

那位中年男人是學校行政處的一位長官，很有可能就是被田韻偷走了照片的人。

從各種細節來看，此人在性犯罪方面的膽子很大，不加收斂，性格狂妄，且高度自戀。拍照的時候，他還刻意對準了自己的手錶，說明他應該有著強烈的虛榮心。

通常這樣的人身居高位，會有過度自信的表現。他們相信自己的智商跟能力遠超他人，起碼遠超他的學生，尤其是在他犯罪多年卻安然無恙的情況下。

但他的心理承受能力不強，容易被挑唆鼓動，陷入思考誤區。上次他被穹蒼當面落了面子，露出端倪，受到校長的指責，應該對她懷恨在心。

穹蒼在學校的行政大樓附近停下，拿出手機，輸入了許多則訊息，將完整的話拆成多段，然後逐一傳送過去，傳遞自己此時情緒失控的假象給對方。

穹蒼：『你找我媽向我施壓，你以為這樣就可以結束了？你以為聯合家長我就會怕？』

穹蒼：『沒有，還早得很！你們連續害死兩條人命，現在又想逼死我，我跟你們沒完沒了！』

穹蒼：『你真當我什麼證據都沒有？周南松死的時候都告訴我了，她把你做過的所有事情全都記錄了下來。』

穹蒼：『我知道是你，我認得你的手錶！』

穹蒼：『照片裡的那個人肯定就是你，就算你沒有露臉，你身上的東西，你皮膚上的斑、痣都可以證明，警察一查就會知道，你逃不掉的。』

穹蒼：『強迫學生上床，你完了！』

穹蒼：『大不了同歸於盡！我會一直看著你！』

中年男人坐在辦公室裡，聽著手機不停地震動，拿起來看了一眼。黑色的字體不斷跳出，連帶著他的眼皮也開始不祥地跳動。

他咒罵了聲「神經病」，把手機往桌上一丟，走到窗前，粗暴地扯開窗簾。

他從口袋裡抽出香菸，叼在嘴裡，低頭翻找打火機的時候，看見一個鬼鬼祟祟的人影正躲在大樓前的樹下。

那人戴著帽子，蹲在地上，埋頭看著手裡的東西。

此時桌上的手機又震動了一下。

中年男人兩指夾住香菸，狐疑地走過去，再次拿起手機。

穹蒼：『我在學校外面的咖啡廳等你。給你半個小時的時間，如果你沒到場的話，我就直接公開照片，到時候大家一起死。』

穹蒼：『我知道你就在學校，別想裝死，我都知道！』

中年男人快步走回窗邊，探出頭，觀察下面那道人影。

樓下那位女生緊張地戒備著，然後將自己的身體縮到樹的後方，確保從門口出來的位置看不見她。然而這樣的舉動在樓上看來，簡直是一葉障目，暴露無遺。

中年男人暢快地笑了起來，緩緩舉起手機，傲慢地回覆了一個「好」。

他當然能包容，並配合這個只會虛張聲勢的女生。

他甚至覺得很好笑。

中年男人點開通訊錄，撥通其中一個號碼。

「放任她在外面亂說，雖然不是什麼大事，但總歸有點危險。」

「如果可以的話，最好是能永絕後患，直接讓她退學，現在是個好機會。」

「她就是個普通學生而已，你不是說她媽媽今天來學校道歉了嗎？家長還是比較懂事的人，沒有了家長的幫助，她除了急還能幹什麼？」

「放心吧，她不可能有證據，周南松大概也只是口頭跟她說，否則她早就把照片拿出來了。田韻死的時候，手機不是被徐蔓燕她們拿走了嗎？」

「我知道，先這樣吧。」

掛斷電話後，中年男人在屋裡布置了一下，隨後拿起西裝外套，淡定從容地邁出辦公室。

他裝作一無所知的樣子，從正門口走出去，目不斜視地往校門口的方向走去。直到轉進視線盲點的位置，才停下轉了個身，用猶如獵人逗弄獵物的眼神，望著大樓前的那棵樟樹。

等他看見門口的黑影倉皇跑進大樓，低頭理了理衣服的褶皺，難掩笑容地沿著原路回去。

辦公室內，那個戴著帽子、蒙著臉的女生，正緊張地在桌前翻找著。

中年男人靠在門邊，抬手叩了叩門扉，問道：「妳在找什麼？」

穹蒼彷彿受到驚嚇，整個人縮了一下，快步後退，身體貼到牆上。

像是被她的反應取悅，男人臉上的笑容更加真誠了。

「妳在想……我為什麼沒出去？」中年男人笑道：「妳要是真的有證據的話，就不會只是口頭威脅我，妳竟然想用這麼拙劣的謊言來欺騙老師？我早就告訴過妳，社會沒那麼簡單，多聽老師的話，妳怎麼就不信呢？吃苦頭了吧？」

他虛偽地嘆了口氣，走進屋裡，搖頭道：「妳沒有經過我的同意，直接進到我的辦公室行竊，如果我現在立刻報警，妳就要去派出所待著。留下案底的學生，不會有好大學接納。妳說妳，為什麼要做這種自毀前途的事情？妳對得起妳的父母嗎？我真的對妳很失望啊。」

穹蒼已是強弩之末，雖然瞪著眼睛卻毫無氣勢。她只能用聲音來掩蓋自己的忐忑：「我沒偷東西，你沒有證據。如果你報警，我也可以報警。」

中年男人盯著她，像是聽見了什麼很好笑的事。

「果然還是個學生，連一點法律都不懂。說話，是要講求證據的。」他脫下外套，掛到一旁的架子上，「我能理解妳作為高三生壓力太大，情緒失控，所以喜歡胡言亂語。也不想跟妳計較，太沒意思。坐下吧，我們聊聊。」

穹蒼站著不動。

中年男人用指尖敲擊桌面，微仰著下巴俯視她，說：「我願意跟妳談是好事。否則我只要報個警，什麼都解決了。接不接受看妳自己，但我的耐心也有限。」

穹蒼內心閃過掙扎，最後還是走了過去。拖出椅子，在他對面坐下。順手把手機放在桌上。

中年男人瞥了一眼，示意說：「關機。」

穹蒼在他面前將手機關閉。

中年男人兩手交叉擺在桌上，咋舌感慨道：「王冬顏同學啊……」

「🔍」

賀決雲正在和分局的同事對徐蔓燕錄製詳細口供，同時嘗試聯絡其他受害者，看看對方是否願意站出來作證。

這是一個漫長又繁瑣的工作，他們需要一遍遍地勸說、詢問、求證，同時要安撫好對方的情緒。

賀決雲想順便查查一中有沒有其他可以攻擊的地方。如果能聯合其他部門多方進行，證明校方有多項失職，就能在後期占據很大的優勢。但他的權責有限，又不想把事情鬧大，交涉方面有點困難。

快到傍晚的時候，忙了一整天的賀決雲才想起來，說好了要保持聯絡的穹蒼同仁到現在都沒跟他報告近況。

那女孩神出鬼沒的，不知道又去了哪裡。

賀決雲本來想聯絡一下對方，但當他回憶起今天穹蒼露出對他感到厭煩的表情，覺得還是算了。

他去泡了杯咖啡，靠在椅背上休息。正閒適的時候，他的同事突然過來告訴他，說街道那邊的派出所接到了一中的報案，警方正在尋找王冬顏，問他有沒有對方的消息。

賀決雲猛嗆了一口水，被噎得口鼻發酸。

他驚道：「什麼？」

同事說：「一中已經在官網上公告了，他們要控告王冬顏勒索、誹謗還有偷竊。那個學生現在是不是很危險？我們要不要去跟派出所裡的同事打聲招呼？一中很有可能是在打擊報復。」

賀決雲抬手制止說：「等一下！」

他站起來，又坐下，考量過後，拿起旁邊的手機，對同事說：「你先去安撫那幾個學生，讓她們不要相信任何新聞。我看一下事態，再告訴你怎麼辦。」

賀決雲打開一中的官方網站，看見首頁掛著一個大大的公告。

『針對我校學生惡劣勒索行為的聲明。一中作為A市重點高中，一直以來旨在培養身心健康，能為國家做長久貢獻的優秀人才。我們願意相信我們的學生，也希望能給他們自由發展的機會。但近期我校一名學生屢次犯下重大錯誤，甚至間接致使一名學生跳樓自殺，如今還意圖勒索校方長官，我校本因對方是高三學子，想以引導安撫為主，現因性質太過惡劣，決定對她進行嚴肅處置，在此做詳細說明。』

後面是一個音檔，還有一個網頁連結。

『該名學生在校有校園暴力的前科，致使同宿舍的一位女生在今年三月跳樓自殺。

因為家長苦苦求情，而該名學生平時在校表現良好、成績優異，且校園暴力的行為沒有明確證據，同時死者家屬表示諒解等多方面因素考慮，校方同意對她低調處理。』

『然而該生屢教不改。前段時間，該生因半夜翻牆與學生打鬥，被值班教師當場抓獲，受到檢討處罰，而對學校懷恨在心，認為學校處事不公。在學校的升旗典禮上，公開發表不恰當言論，挑動學生混亂，險些造成不良事態，影響極度惡劣。學校告知家長，並希望她能好好反省。』

『在處分尚未正式下達之前，該名學生又潛入行政大樓辦公室偷竊，被發現後再次以莫須有的罪證勒索校方長官。出於對學生的隱私保護，暫不公布相關影片。我校對其行為極其失望，現已正式報案，對該生做勸退處理。特此公告。』

賀決雲點開音檔，靜靜聽著裡面的聲音。

年輕女聲：『我只是路過辦公室而已，沒有拿走裡面的東西，你也沒有證據可以證明我是來偷東西的。』

中年男聲：『好了，我也覺得這樣說話很累，妳直接說吧，妳想要什麼？』

『你連最起碼的賠償都沒有做到位，我也可以報警的。』

『那妳覺得要賠償多少才合理？』

『都是人命，你覺得值多少？你們還想逼我。你們故意讓其他學生對我進行校園暴力。』

男方的聲音很是無奈：『我再說一次，妳沒有證據，我希望妳不要再說這些沒用的話了。』

女生激動道：『你不要逼我啊！大不了我也從那棟宿舍上跳下來！學校已經死了兩個人了，如果再來一個，你們誰都沒有好結果！』

中間還夾雜著拍桌的聲音。

男聲：『好，學校願意出四百萬，妳覺得如何？』

『不夠。』

『那再加四百萬？』男聲：『妳真的知道妳自己在做什麼嗎？我再和妳確認一次。』

『我知道。』女生說：『你不要再去找我媽，我可以當這些事沒有發生過。』

男聲：『我們只是向家長彙報了妳在學校裡的情況，半夜打架的事……』

女聲再次激動道：『你胡說！你閉嘴！』

男聲：『好……好……』

音檔到這裡結束。

相關的內容同樣已經上傳到一些社交帳號。

這則資訊一經發出，立即被多家新聞媒體快速跟進，大肆推廣。

在賀決雲發現它的時候，它已經以勢不可擋的方式擴散開來，還伴隨著各種真假不明的「內部爆料」，言語極不和諧。

『太噁心了，這個學生是什麼情況？校園暴力必死！都害死一個人了，為什麼還不讓她退學？這樣對其他學生不負責！』

『這樣的人渣，就算是從名校畢業的又怎麼樣？從一個文盲垃圾，變成殺傷力更大的高智商垃圾？學校的縱容是在培養罪犯。』

『人肉搜索的結果出來了。王冬顏，手機號碼XXXX，家裡住在XX街……她媽媽在XX工作。居然還是公家機關，直接撥通檢舉電話吧！』

『人肉搜索是犯法的，你們瘋了嗎？而且為什麼學生資訊那麼快就出來了？別到最後搞錯了對象。』

『我就是一中學生，這個消息是真的。她在學校裡就跟瘋子一樣，到處亂咬人。我們都很討厭她。』

『又來了，又來了。只要有事，就會冒出無數個「同學」。先把學生證傳上來再說話吧。』

賀決雲越看越糊塗。直播間裡的觀眾同樣是一陣吐槽。

一直跟著穹蒼那個視角的觀眾還好，他們已經在這個副本裡受夠了教訓，此時處於淡定看好戲的狀態，對著一切指指點點。

『身為一名網友，看著網友在遊戲裡耍白痴，感覺有被影射到。』

『網友有這麼傻嗎？我拒絕他們成為我的代言人。』

『這群人看得我好窒息。』

『這波網軍的品質好差，居然會有路人上勾？』

而賀決雲這邊的觀眾則非常不是滋味，又一次錯過了最佳劇情，他們極其痛心，不停地催促著賀決雲趕緊去做點正事，別總是躺在地上讓大神帶著贏。

『警察叔叔，你這樣是不行的啊。』

『中年叔叔，你怎麼總是跟不上人家的腳步？人家已經奔向5G了，你還沉浸在2G的網路裡，你對得起你直播間裡的觀眾嗎？』

『幹點大事吧，我打賞一塊錢給你。』

『阿Q哥，再這樣下去，你又要頂回中年怪叔叔稱呼了，為了Q哥的尊嚴，你快上啊！』

賀決雲趕緊調出穹蒼的聯絡方式，撥了通電話給對方。

沒響兩聲，穹蒼那邊直接掛斷，然後傳了訊息過來。

穹蒼：『手機充電中，直接在這裡說。』

賀決雲：『妳是怎麼回事？已經被網友炎上了。妳不是去加油添醋的嗎？怎麼最後還引火上身了？』

穹蒼：『嗯？』

賀決雲：『（網頁連結）這都是什麼啊！他們買了網軍，控訴妳勒索、偷竊。都已經在網路上傳開了，妳的照片和個人資訊也被曝光了。妳現在人在哪裡？安全嗎？』

賀決雲：『妳先來警局這邊，我們方便保護妳。』

穹蒼：『我租了臺新電腦，在安全的地方剪輯影片。你先去保護一下王冬顏她媽媽吧，別讓她出事。』

賀決雲：『……妳真的有把握吧？』

穹蒼：『欲使其滅亡，必先使其瘋狂。我明明添得很好，這火不是燒起來了嗎？』

賀決雲：『妳需要網軍嗎？』

穹蒼：『喲，你們警方還有這種服務啊？再等等，等它聲勢再浩大一點。』

賀決雲：『網軍犯法，我們警方沒有這種服務。我只是順便提醒妳一下，不要在網路上亂找網軍。』

穹蒼：『……哦。』

直播間的網友見狀紛紛慘烈嚎叫，恨不得把衣服脫了抽打在賀決雲的臉上：

『不——我們長了一雙能間歇性失明的眼睛！不要在乎我們，大神上啊！』

『Q哥怎麼那麼膽小啊？你又不是消防員，能不能熱烈起來？』

『Q哥是這次的監察員，是三天的工作人員吧？「怕」字深深寫在心裡啊。』

事情發酵得太快，消息還是快速傳了出去，做完筆錄的項清溪也在第一時間看見了最新的消息，班級群組更是直接炸了鍋。

項清溪拿著手機跑過來，抓住賀決雲急問道：「冬顏是怎麼回事？她現在該怎麼辦啊？肯定是學校在誘導提問，她不可能做這些事情的！她會不會很危險！」

賀決雲放緩語氣，安撫她說：「沒事。她錄下了完整版的影片，等處理一下就會傳到網路上澄清。」

項清溪：「可是……」

賀決雲截斷她的話頭：「這樣一來，就可以證明學校是在引導校園暴力，促成學生自殺。我們也會調查一下那些在暗中人肉搜索的帳號，看看能不能挖出他們背後的網軍。等事件澄清後，大眾就會對一中的長官產生不良印象，關注的重點也不會再放在性侵上面了，而是逼迫自殺。」

項清溪在他的聲音裡漸漸平復下來，只是心口還是覺得發緊，一股惶恐之情揮之不去：「真的沒事嗎？現在所有人都在找她。」

「沒事。校方還不知道妳和徐蔓燕已經報警了，也不知道周南松留下了明確性的證據。他們以為自己是釜底抽薪，其實是自曝其短。這一招走得很臭，放心吧。」賀決雲說：「我剛剛聯絡過王冬顏，她正在剪輯影片，情緒聽起來挺穩定，一切都在她的掌握之中。」

項清溪聞言點了點頭，語氣低落道：「她現在被罵，都是為了我們。」

「所以妳們千萬不要讓她失望。」賀決雲說：「保護好自己，把那群人拉下馬。我們也在。」

「嗯……」項清溪眼眶溼潤道：「謝謝你們。」

賀泱雲拍了拍她的肩膀，讓同事護送幾位女生回家，今天晚上會陪著她們，確保她們的情緒不會出現太大的波動。同時安排其他組員監視好幾名涉案人員，等這邊蒐集完有效證據，就正式進行抓捕。

賀泱雲回到座位上，密切關注起網路上的事態發展。他們已經聯絡好網路警察，將明顯異常的帳號篩選出來，同時封鎖相關不良資訊。

有時候，清醒地目睹一場輿論風暴，是一件無奈又憤怒的事情。

事情發展得洶湧，可見幕後推手心情急切。

那幾位站在背後推波助瀾的人，此時應該看著盈盈發光的螢幕縱情狂歡。而大批熱情沸騰的網友，在網軍的刺激下忙著伸張正義。

一大批網友湧入王冬顏的帳號下面，對她留言唾罵。連王冬顏母也受到了波及。投訴電話嚴重影響到他們的正常工作，更有激進人士趁亂前往公司進行破壞。為了安全考慮，王女士被迫請假回家休息。

她拒絕了警方的保護安排，只請求他們先分派人力前去尋找王冬顏。

王女士看著那些面目憎惡地討伐她的網友，很不明白。為什麼平日裡溫和有禮的人，會突然間變得那麼殘忍。她想到王冬顏，更是滿心害怕，一遍一遍地跟警方說著王冬顏離開前的那段對話，向他們保證自己女兒的品行。

她後悔自己當初就那麼放女兒離開。她覺得王冬顏如果不是因為走投無路，一定不會獨自去找校方長官對峙。但凡她當初能好好跟女兒交談，王冬顏都不會採取這麼飛蛾撲火的方式，事情也不會發展到如此無可挽回的地步。

她以為能磨去女兒的稜角，讓女兒圓滑地適應這個社會，於是她也成為了一把刀，硬生生地在女兒心口削下了一塊肉。

她越想越懊悔，最後抱著警察痛哭流涕：「你們聽見她的聲音了嗎？她情緒很不穩，她會不會想不開？你們快點找到她吧，我都不知道她到底去了哪裡。如果讓別人先看見，她會不會被他們打死？我求求你們了，快去找她！」

警方只能安慰她，讓她不要再看網路上的言論，同時用官方帳號呼籲市民保持冷靜，嚴格禁止網路暴力。

這樣的力量明顯是很微小的。

入夜，事態不僅沒有平息，反而在二次擴散中造成了更大的影響力。其中很大程度是因為王冬顏的突然出現。她在自己的帳號上斷斷續續上傳了幾則貼文，作為對事件的回應。

『別再罵了，也別去打擾我媽，真的是學校在騙人！你們為什麼不相信我！』

『我沒有勒索學校，他們是故意的！』

『你們要把人逼死才開心嗎？你們又知道什麼？』

網友們萬萬沒想到她居然還敢現身，且現身後不是為了道歉，卻是為了甩脫責任。此舉動猶如火上澆油，讓一批「正義之士」變得更加亢奮，在底下叫囂著「快去死」、「自殺謝罪」、「死不足惜」一類的偏激詞彙。

帳號的留言區變得烏煙瘴氣。

晚上十點左右，某家知名媒體公司放出了一段今天下午對一中學生的採訪影片，將事件推上了新的高峰。

記者問：『妳認識王冬顏啊？』

鏡頭裡一個被打了馬賽克的男生說：『認識啊，全校的人都認識她。』

旁邊的男生插話道：『前兩天不是還被叫上臺做公開檢討嗎？』

記者：『你們覺得她人怎麼樣？』

兩人笑嘻嘻地說道：『超級囂張！』、『太厲害了！』

記者又問：『聽說因為她的緣故，和她同寢室的一個女生跳樓自殺了，是真的嗎？』

男生答：『對，大家都這樣說。』

記者：『是做出直接的暴力行為嗎？』

男生：『我不知道。他們都說有，那應該有吧。』

記者：『還有別的行為嗎？』

『好像是嚇她。』男生說：『裝神弄鬼什麼的，把人嚇到神經衰弱了。那個學姐本來就有憂鬱症，發病後就自殺了。』

記者：『那她室友和她班級裡的老師，都知道這件事情嗎？』

『應該知道吧？聽說就是她們室友爆出來的，覺得她太過分了。』

『大家都在罵活該啊，高三那邊的人還挺高興的，今天全都在那裡叫。』

『誰都沒想到她這麼噁心，還會跑去勒索學校長官，感覺跟瘋了一樣。』

記者：『你們對此有什麼想法嗎？』

『就希望她能自己承擔責任吧。』

『根本就是活該啊！』

『就……犯罪成本太低了。』

這則新聞播報後，網路上的輿論澈底呈現一面倒的趨勢。原先還在責罵人肉搜索不對、馬上停止的理智網友，直接被壓得出不了聲。

『連同校的人都這麼說，還有什麼好狡辯的？』

『死吧！死了也活該！』

『說了自殺一定要自殺哦，千萬不要反悔，等妳哦，王冬顏小妹妹。』

『聖母自己去體驗一次被校園暴力到死的感覺再出聲吧。』

三天網友則被這一波操作搞得快要吐血。

『一句髒話都說不出口。』

『這畫面就已經很美妙了。』

『看著他們說「犯罪成本太低」的時候，我的內心竟然產生了同樣的觸動。』

『唉，雖然有時候也會希望能用社會輿論來懲戒那些惡意逃脫法律制裁的罪犯，但它真的是把雙刃劍，反傷效果太強，誤傷的話就很慘痛。』

『能把傷害直接轉移到學校長官身上嗎？炮火對不準一切白搭的網友們！』

『我終於也可以用恨鐵不成鋼的表情看著我的爸媽，這肯定是他們的黑歷史。』

沒多久，王冬顏的帳號再次更新。

『都是假的！你們為什麼都要說謊！譁眾取寵，你們敢為自己說過的話負責嗎！』

網友在下面一片哄笑，對她露出醜惡的面貌。

這註定是一個不眠的夜晚。

項清溪打了好幾通電話給賀泱雲，說她們都聯絡不上王冬顏，和徐蔓燕快要急哭了。她們甚至詢問，要不要直接站出來為王冬顏闢謠，怕她被網友刺激到選擇輕生。

賀泱雲一面安撫她們，一面察覺到不對勁。在掛掉電話後，不停回想穹蒼離開前的表情。

對方抬起頭時風輕雲淡的眼神，讓賀泱雲很不安，跟電影畫面一樣，不斷倒帶、重播。

賀決雲用力吞咽了一口唾沫，繼續打電話、傳訊息給穹蒼。

賀決雲：『喂，妳到底在哪裡啊？』

賀決雲：『趕快回電，妳這樣我很擔心。不是說好要一起通關嗎？』

賀決雲：『我已經對妳進行手機定位了。』

賀決雲：『真的不出聲？王冬顏！』

賀決雲：『穹蒼！穹蒼！』

賀決雲煩躁不已，揉了把自己的頭髮。

技術部的同仁已經確定手機定位，派人前往搜查後，發現穹蒼把手機丟在某個網咖裡，而人已經不見蹤影。

賀決雲再怎麼遲鈍，也明白穹蒼的打算了。她的自殺進度肯定已經滿了，所以才會採取這樣的措施。

他忍不住恨恨咬牙：那個騙人不眨眼的傢伙，可以啊！

賀決雲立刻擴大人手，請求支援，在全市範圍內進行搜查。

然而，憑穹蒼的智商，她想躲起來的時候，根本沒人能找得到他。

第十章　說謊不眨眼

清晨，第一抹日光劃破天際，早起的人在街邊晨跑。

一個員警衝了進來，對賀決雲道：「老大！接到分局報告，說有市民報案，表示自己看見一個女生從城西的大橋上跳下去了！」

賀決雲腦袋「嗡」的一響，緊繃了一整晚的精神又被拉扯到了新的程度，他用力看向來人，陰惻惻道：「你說什麼？」

「消防隊已經過去打撈了。路邊的人也在幫忙急救。不確定跳河的人是不是王冬顏，那邊的同仁正在確認對方身分。」

賀決雲氣勢洶洶地衝向門口，另一名同仁又喊：「老大、老大！快來看這段影片！真的！先看這個！」

賀決雲腳步頓在半空，猛吸一口氣，還是走過去。

影片正是穹蒼拍攝上傳的。

穹蒼應該是在夜晚拍攝影片的，背景一片漆黑，旁邊一道昏黃的光線照亮她的臉。

昨天穹蒼被項清溪打了一棍，額頭又在鐵鏈子上撞了一下，已經去醫院把傷口處理好了。但是在影片裡，她頭上的繃帶被拆掉，一圈紅色的血漬在周圍瀰漫，讓那一道傷口顯得尤為猙獰。除此之外，她臉上的其餘部位還多了很多青紫，像是被痛打過。

她看著鏡頭的目光很渙散，顯得精神萎靡。

賀決雲湊近螢幕看了許久。由於光線太過昏暗，打的方向也不太適合，連他都分辨不出那傷口究竟是化的還是真的，極其逼真。

旁邊的員警不明真相，直接不客氣地罵了聲髒話。

這時影片中的穹蒼說話了，眾人屏息聽她說話。

『今天，網路上有很多人用各種語言咒罵我，關於他們的指控，我一概不接受。既然一中的長官混淆是非，顛倒黑白，說明他們不願意履行答應過我的事情。那我今天就把所有的情事都說出來。』

她抿了抿唇角，將額邊散落的頭髮用手指梳上去。

『今年一月份的時候，我們班有個叫田韻的同學跳樓自殺。她自殺的原因是有學校長官性騷擾她。她是一名清寒生，家境十分困難。她父母又重男輕女，家裡還有一個弟弟。她的拒絕觸怒了那位長官，於是校方剋扣她的清寒補助，從各方面對她進行施壓。她的父母也受長官挑唆，想讓她早早退學補貼家用。田韻全靠周南松的資助，才能維持日常生活。她壓力很大，走投無路之後，假意約學校長官出來，把對方灌醉，然後從那位長官的手機裡拿到了證據。』

她像是說得很艱難，每說完一句話，就要重新思考。說完這一段話之後，又快速換了個話題。

『第二個跳樓的死者叫周南松，她是我的室友，也就是學校汙衊我對其霸凌的那個人。我沒有。她是田韻的好朋友，她知道整件事情，還拿到了證據，並告訴了我。』

她吞咽了一口唾沫，給人的感覺很不好，在說完這句之後沉默下來，抬手用力抓了把頭髮。

她身上的焦慮感太明顯了，正常人都可以看出，她此時的精神狀態絕對算不上正常。她看著鏡頭，眼眶紅潤起來，水珠含在眼眶裡，將落未落。

就是這樣的反應，大大增加了她話語裡的可信度。她就像是一個無辜又百口莫辯的受害者，完全無法想像她與校方口中那個性格惡劣的女生是同一個人。

穹蒼醞釀了一會兒，再次沙啞地開口。

『對方剪輯音檔，以為我沒有準備。但其實我買了一部新手機，才進去跟他進行交涉，因為我不相信他們的為人。該說的都在裡面了，你們自己分辨吧。』

接下來是一段晃動的畫面，鏡頭對準了一個中年男人。對方表情高傲，很難讓人心生好感。

一道年輕的女聲，帶著明顯的激動情緒道：『你們是在逼我，你們故意的。你們明知道周南松是因為田韻才自殺的，卻告訴所有人是我害的！你們故意讓其他學生對我進行校園暴力，你們是想逼死我！』

中年男人語氣隨意道：『學校沒有這樣做，是學生自己這樣認為的。』

那副表情配上他的話，無論誰看到，都會想要揍上一拳。

『在周南松留下的筆記本裡都寫了，你們就是用這樣的方法，讓一個個學生妥協，不敢發聲，被你們奴役，被你們無止境地騷擾！然後再用一點點的好處去收買安撫她們。一旦她們不聽話，又用升學考去恐嚇她們！』女生吼道：『周南松的筆記本還在！我可以交給警察！』

中年男人攤開手說：『那些根本就不能成為證據。她有憂鬱症，她死前一段時間的精神狀態不穩，寫下的東西能信嗎？何況，她本身就只是道聽塗説，沒有根據。』

『她說過還有照片！你們偷拍的照片！她都看見了！校長XX，教務主任XX，X訊公司的總經理……』女生報出一連串的名字以及身分，語氣短促道：『你們偷拍、脅迫她們，還對她們評頭論足，以看她們掙扎為樂，你們不是人！』

中年男人問：『那照片呢？』

『你想否認？』女生猛地站起來，『你有本事就把你的手機拿出來！讓警察翻，看看你以前都存了什麼東西！網路是會留下痕跡的，你以為刪除就能改變事實嗎？你那是刑事犯罪！』

『好了！』中年男人喝斥一聲，示意她坐下，『那叫你情我願，算不上犯法，妳懂不懂？』

女生嘶吼：『你胡說！你閉嘴！』

中年男人：『夠了！』

女生拍桌憤怒道：『你不要逼我！大不了我也從那棟宿舍上跳下來！學校已經死了兩

個人了，如果再來一個，你們誰都沒有好結果！』

中年男人笑了起來：『那妳去跳啊，妳去啊。大家只會嘲笑妳，認為妳是畏罪自殺！警方跟學校一向都有合作，知道嗎？教育局也是政府機關的部門，妳看看他們最後會相信誰。年輕人不要太自不量力。』

女生劇烈呼吸，顯然被氣得不輕。

中年男人從手邊的菸盒裡抽出香菸，用打火機點燃，靠在沙發椅上。過了會兒，才施捨般地說道：『何必把大家搞得那麼難看？妳以為妳可以用妳的命來威脅我？妳是在開玩笑吧？我想好好的跟妳聊。妳情緒這麼不穩，我們怎麼聊？』

『我勸妳不要再管這件事，不如提一些有用的要求。』中年男人狀似認真地勸解道，『妳也為自己考慮一下吧，妳已經高三，還有不到一個月就要升學考了吧？妳這樣鬧能得到什麼啊？』

穹蒼：『公正。』

中年男人：『公正值多少錢？』

他對著前方享受地吐出一口白煙。

女生沉默良久，再次開口，聲音顫抖：『田韻就那樣白死了？她根本是被你們逼死的。你先對她動手動腳，可是你連最起碼的賠償都沒有做到位。』

『所以啊，能談錢，不就方便了嗎？』中年男人敲著桌面道，『八十萬。』

『不夠。』女生逐漸冷靜下來，『還有周南松，她媽媽只有她一個女兒。』

中年人：『那妳覺得要賠償多少才合理？』

女生：『都是人命，你覺得值多少？』

中年人：『四百萬，妳看可以嗎？』

女生再次沉默下來，隔著螢幕都能感受到她內心的掙扎。

最後，她很無力地應了一聲，又虛弱地補充道：『你不要再去找我媽，我可以當這些事沒有發生過，她只是一個普通人。』

中年男人揮了揮手，示意她可以出去了。

女生問：『我還有一個問題。』

中年男人心情很好的模樣：『妳說。』

『你到底有沒有良心？』女生隱忍著怒氣，質問道：『你拿著校長開出來的清寒生制度，名利雙收，背地裡卻做著如此禽獸不如的事。你對不起太多人，你甚至對不起校長。你糟蹋了他的善心，毀了整間學校，你早晚會自食惡果的。』

『校長？』中年男人嗤笑了一聲，顯然不把她放在眼裡，揮著手裡的菸道：『妳可以去找校長，問問他為什麼讓我這麼做。年輕人，妳真好笑。』

畫面突然暗下，重新切回穹蒼那邊。

穹蒼按著自己的頭，焦點並沒有落在鏡頭上。她低聲說：『我說的都是真的，我不知道為什麼大家都不相信我，還去傷害我的家人。是不是一定要死才能證明？這是你們對於正義的訴求嗎？我能用生命向你們保證，你們又能不能為自己說過的話負責？』

穹蒼哽咽了兩聲，又說：『我都說出來了，相信我的，不要去傷害受害者，不要去猜究竟有哪些人被脅迫。真正該被討論的，是那些說謊欺騙的人……大家，永別了。』

這段影片被放出來的時候，學校長官正在接受媒體的採訪，他們低垂著視線，假惺惺地表示對王冬顏的失望跟遺憾，同時敷衍地做著自我檢討，說學校沒能注意到學生的心理問題，也應該承擔一部分的責任。

媒體的嗅覺比他們還要靈敏。在他說到一半的時候，幾名記者的手機都出現了最新消息。他們退到後面，悄悄查看內容。

被採訪的學校長官隱隱感覺到不妙。清了清嗓子，準備再次開口。

看完消息後的記者面露震驚，彼此對視了一眼，帶著不敢置信的眼神。他們態度一變，快速上前，把麥克風湊到長官面前，不善發問道：「請問貴校如何看待王冬顏最新上傳的影片？」

正在接受採訪的男人頓了下，緩緩道：「什麼影片？王冬顏同學經常說謊，如果是她說的話，我覺得應該考證後再取信。」

「她上傳了在辦公室裡談話的完整影片！」記者激動道：「影片中的人物嘴型、聲音，全都是對得上的！你們敢上傳原版音檔嗎！」

被質問的長官背上陡然出現一層冷汗，卻仍舊強撐著道：「我們發布的就是原版音檔，我們需要看一下你說的影片後，再給你準確回答。」

記者們根本不給他逃離的機會，群起而攻地質問道：

「你知道王冬顏今天早上跳河自殺了嗎？」

「你知道王冬顏用自己的死亡，控訴了你們的霸權行為嗎？」

「網路上攻擊王冬顏的網軍，是不是你們請的？」

「周南松的自殺是不是被你們引導成校園暴力的？請正面回答！」

中年男人受不了了，想從人群中逃離，用手推擋道：「等一下啊……等一下……」

「站住！」

「你知道教唆他人自殺，雖然沒有明確的法律條文，但是司法機關是認可它作為故意殺人罪來判處的嗎？請問一中有沒有脅迫學生自殺！有沒有！」

「叫你們長官出來！我們需要真相！三條人命都需要真相！」

「怎麼解釋王冬顏說的情況！」

學校的行政大樓直接被圍住，還有記者湧向校長室，以及穹蒼在影片中說出的另外幾人的住處，前去找他們討要公道。

那些人在茫然中被找了出來。還沒明白發生了什麼，直接面對黑漆漆的鏡頭，以及各種憤怒的詰問，啞然失聲。然後在手足無措的情況下，被突然冒出的警方帶走，去警察局接受調查。

一路上，他們的各種窘態都被鏡頭記錄了下來，到了警局門口後，又被無數人圍觀，像過街老鼠一樣承受市民激動的情緒。

憤怒的家長將垃圾丟到他們的臉上，而警察毫不同情，只是讓市民們讓一讓。

一切發生得太快，像旭日從天際升起後，光明瞬間來臨。

王冬顏跳河自殺的新聞比她的影片擴散得還要快。警方的社群帳號直接發布了王冬顏落水的資訊，表示他們正在搜尋，暫時沒有發現她的蹤跡。

網友得知消息的第一時間，情緒很是複雜。

『還真的自殺了？』

『太脆弱了吧？』

『不是你們一步步把人逼死的嗎？』

『活該啊，她的同學不是也說活該嗎？』

死者為重，部分人雖然說得很難聽，但起碼聲音小了一點。

而後，影片爆發，沉默的大多數被炸了出來。

他們來到王冬顏的帳號下面，看見留言區中的留言，被各種惡意刺激得遍體生寒，一種強烈的悲傷進而迸發出來。

『全都是劊子手！吃人不吐骨頭！現在滿意了？滿意了嗎！』

『我真的好難過啊，看著看著就哭了。感覺她就是活生生地死在我面前。一個那麼有正義感的女生，卻帶著罪犯的汙名自殺。這個社會怎麼了？』

『我頭皮發麻，這是真實的、血淋淋的殺人！』

『那麼多次了，怎麼還學不乖！』

『現在罵人有用嗎？人自殺了，生死未卜，當地的朋友過去幫忙尋一下人，現在要抓緊時間！』

『昨天去王媽媽公司鬧事的人，自己滾去跪下道歉！』

『善良被消費，人心被利用。更可惡的是幕後的資本，內部別再分化製造矛盾了。』

請求一中校方給個說法！』

『給不了說法，已經被帶走調查了。警方這次反應得很快。』

『一中的學生又是怎麼一回事？鬼想得到這也能反轉！』

一個被證實過說謊的人，群眾直接下意識對他們產生懷疑。在還沒有明確證據的情況下，眾人已經相信了穹蒼在影片當中說的各種事情。同時認為穹蒼臉上的傷，也是被校方人員毆打造成的。

與此同時，官方媒體再次緊急發布了一段採訪影片。

與上一家媒體不同，這次他們在學校剛開門的時候，就進入了校園，直接採訪了王冬顏所在班級的學生。

不是那些捕風捉影、自行判斷的學生，而是消息的發源地，一班的學生。

記者問：「請問你認識王冬顏嗎？」

學生悶聲道：「認識？」

記者問：「她有對周南松進行暴力行為嗎？」

「沒有，她沒有打人。」

「那是精神暴力嗎？」

「我不知道該怎麼說，她就故意嚇南松。」

「怎麼嚇？什麼程度的？我聽有些學生說，她故意裝神弄鬼嚇人，是嗎？」

被採訪的學生聲音逐漸變小，回說：「這個我沒看過，她就是拿那種小玩具嚇人。」

記者拿出一個小型玩具盒，問道：「是這樣子的嗎？」

學生說：「對。」

記者按下盒子的開關，隨著蓋子往後滑下，一隻黑色的塑膠蜘蛛從裡面冒出。他問道：「她就用這樣的玩具，把周南松嚇到自殺了，對嗎？你們是這樣認為的？」

學生不說話了，馬賽克擋住了他的臉，看不清他的表情，可是他的慚愧幾乎不加掩飾。

記者又問：「學校有人裝神弄鬼嗎？我聽有些學生說確實有，挺嚴重的那種。」

被採訪的人依舊靜默著不願吭聲。

記者再次提問：「有嗎？」
學生回答：「有。」
記者：「是誰？」
學生似乎難以啟齒：「王冬顏。」
記者：「我向你確認一遍，是王冬顏被嚇，對嗎？」
「對，大家就是想幫周南松報仇。」
記者又問：「王冬顏有帶領班級裡的人排擠周南松嗎？」
「沒有，她就是不喜歡跟對方玩。」
「你覺得這叫校園暴力嗎？你覺得她應該被稱為凶手嗎？」
學生再次沉默。
記者的聲音很平靜，可每一個問題都很犀利：「你知道她自殺了嗎？」
鏡頭中出現了哽咽的聲音，學生抬手擦了擦眼鏡。
「你們為什麼要這麼做？」
學生：「學校裡的人都這麼說。」
記者：「可是謠言不是從你們班上傳出去的嗎？」
「學校的老師跟長官都是這樣透露的，周南松媽媽跟校長交涉的時候，有人聽見了。」學生說，「我沒想太多。」

記者也無言了。半晌後問：「你知道我想說什麼嗎？」

學生深深埋著頭。

記者：「你知道你們是國家未來的棟梁嗎？所有人都對你們有很大的期望。但是出現這樣的悲劇，我真的沒有辦法想像。」

學生問：「她現在怎麼樣了？」

「太好了。」記者說：「你終於問出這個問題了。可是我也不知道。這個季節，河水的流速不慢，她是抱著石頭跳下去的。目前沒有在大橋下發現她的屍體，救援隊還在擴大範圍。」

記者抬手看了下手錶：「距離她跳河已經過去兩個小時了，目前還沒有任何發現。現在警方在調動市民，去下游搜尋。你知道這意味著什麼嗎？」

學生痛哭失聲。

記者：「我不逼你。我希望你們都能好好的。」

學生愧疚道：「對不起。」

記者：「我希望你有機會，能親自對王冬顏說一聲對不起。」

學生點頭，問：「我可以去幫忙找她嗎？」

「你不該問我這種問題。」記者說：「你覺得有必要，你可以去。你覺得自己需要冷靜一下，就先調整好自己的狀態。生命可貴，我已經不想再看見任何類似的悲劇了。」

學生再次道：「對不起，真的對不起……」

王冬顏的自殺與事情的反轉，變成一把利刃，狠狠地插在所有人的心上。無論是參與的，還是沒有參與的，都從深處感受到了疼痛。

他們憤怒，卻無處發洩。

他們沉默，又難忍罪惡。

他們的心裡或多或少都留下了一根刺，那是對王冬顏死亡的愧疚，是對不幸者的慚愧，是對狂妄的反省跟自悔。

所有爆發過的情緒，都轉化成了新的力量，無聲地掀起一場名為拒絕網路暴力的網路革命。

隨後一場浩大的，「尋找王冬顏」的活動，開始在市內自發舉行。

賀決雲站在河岸，看著潺潺而去的水流，身影如同佇立的石像。

自發前來尋找的路人不停在周邊走動，「王冬顏」的名字互相交合迴盪在空氣中，久久不絕。路邊密集的泥濘腳印，長長地蔓延向遠處，卻沒有一條是通往穹蒼的所在。

有人帶來了鮮花擺在公路兩側，有人點上了蠟燭為她祈福。網友自發創建了相關話題，希望她能平安歸來。記者留守在大橋，等待第一手消息。

社會有時候是一個很奇怪的團體。它無情起來的時候極其殘酷，可以將刀刃朝向無辜的受害者。而善良起來的時候又特別溫柔，可以在一個陌生人身上釋放善意。

你所謂的光明與黑暗，全憑你看見了哪一面，又在經歷哪一面。

可它並不是完全對立的，心向朝陽砥礪前行的人，總有希望可以重見天光。

搶救的每一分、每一秒都很寶貴。然而時間進行到現在，所有人心底已經對王冬顏生還這件事不抱希望了。他們只希望能盡快撈到她的屍體，給所有人一個交代，也給這個善良的女生一個結果。

「妳贏了。」賀泱雲望著波動難止的河面，「但是不妨礙我想打妳。」

他此時的表情，絕對可以稱得上是猙獰。

賀泱雲最生氣的地方，不在於穹蒼騙他，或者私自行動。而是那個說謊依舊面不改色的女人，在自己說完擔心她、讓她早去早回之後，竟然風輕雲淡地回了一個「嗯」。

她有什麼資格說「嗯」？

賀泱雲手下的員警走過來，看著他的表情，有點不太敢靠近，猶豫著叫了一聲：「老大……要不要先撤了這裡的人，轉到下游去？我覺得王冬顏她……」

賀泱雲恨恨道：「她不會死的。」

賀泱雲想起穹蒼說過，如果可以選，她一定選擇活著。如果要自殺，她一定會選死不了的方法。

她那麼聰明的人，會那麼輕易地妥協嗎？

她那種被打一下頭，就恨不得拉對方回去跪見祖宗十八代、老愛斤斤計較的傢伙，怎麼可能會為了幾個人渣獻上自己的生命？就算是遊戲也不行。

這買賣太虧了。

賀決雲又肯定地說了一句：「她不會死。」

警察：「可是……」

賀決雲用力抹了把臉，在路邊挑起一塊石頭，掂量著重量，抱在懷裡。

巧了。

他也不是一個那麼輕易就認輸的人。

說了要活著帶她出去，那就一定要活著帶她出去。

賀決雲抱著石頭，走上大橋。

正坐著船、在河上打撈的幾位救援人員，抬頭看見他的舉動，察覺到不對，伸手喊道：「喂——」

「老大！」

等他們反應過來的時候，賀決雲已經「噗通」一聲跳了進去。

這個高度跳河，沒選好姿勢，會被河水表面的張力撞傷。接觸的那一刻，賀決雲感到一陣疼痛，下意識想要鬆開雙手，在沒入水面後，又立刻被溫和柔軟的液體治癒。所有的尖叫聲跟呼喊聲在進入河水後全被沖淡，唯一清晰的只有水流。

賀決雲屏住呼吸，順著河水的助力，向前方游去。

石頭帶著他沉入湖底，避開了打撈人員的工具與視線。

在游出幾公尺後，賀決雲鬆開了手，讓身體慢慢上浮。

抱著石頭投河，只是穹蒼為了表現自己必死的決心而已，她不會真的要跟這塊石頭共沉淪。

賀決雲抬頭看著湖面通透的粼粼藍光，想著穹蒼這個時候會思考些什麼。

方起說過，穹蒼是個極度冷靜的人，她永遠會從利益最大化的角度去看待事物。

那麼，她需要時間，讓自己落水的消息傳遍網路，同時讓大家預設她已經罹難，這樣才能刺激到大眾敏感的神經，將事情影響擴散到新的範圍，把自己的死亡發揮到最大作用。

所以她會盡力游到精疲力竭後再上岸，避開前期救援的最佳搜索區，拉長戰場，讓人不會那麼迅速地找到她。

因此，根據流速所畫出的救援範圍其實偏小。

賀決雲順著水流的推動，不斷往前游動。這樣的游泳方式其實並不費力，能節省很多力氣。

漸漸的，賀決雲在水裡聞到一股臭味，有點類似廚餘或垃圾流出的汙水。河水也變得不再清澈，水裡多出了一些渾濁物。

前方應該是有汙染源，導致這一條支流受到了影響。

賀決雲探出水面猛吸一口氣，將流進嘴裡的河水吐了出來。

他不相信穹蒼願意犧牲至此，跑來這裡喝一肚子垃圾水。

呵，畢竟她是一個斤斤計較的女人。

再前面的一段路，流速明顯變緩，河流寬度也變得狹窄許多。如果想要順勢被沖上岸的話，這裡會是個好選擇。

賀決雲相信自己的直覺，游向岸邊，走出水面。

他用手在臉上刮了兩下，又捂住耳朵，讓不太靈敏的聽覺盡快恢復。

等耳鳴跟混沌的感覺過去，他聽見了微弱的貓叫聲，不知道從什麼地方傳出。

賀決雲一邊擰著自己衣服上的水，一邊繼續往前走去。

岸邊的泥地因為河水的沖刷，已經變得軟爛溼潤。這一段也已經有人找過，所以留下了不少足跡。那些足跡混雜在一起，讓人無法準確辨別它原本的模樣。

賀決雲喘著粗氣，不停環顧四周。

穹蒼不會跑得特別遠，特別隱蔽，那樣會讓人懷疑她是不是故意用死亡來製造噱頭。她應該會停在某條道路中間，像是支撐不住倒下，等著人去解救。為這一場表演畫下完美的句點。

貓叫聲又清晰了一點。

賀決雲皺眉，順著貓叫聲，走到前方的橋墩底下。

這裡堆疊著許多沒有處理過的垃圾，有的被踩進泥裡，有的疊在旁邊。混著泥沼的臭味，讓人難以接近。

他繞過這個垃圾場，在不遠處一堆叢生的雜草裡，看見了倒在地上的黑色人影。

穹蒼所在的位置很隱蔽，被草蓋過了身體。如果不是一隻膽大包天的貓，正踩在她的腦袋上，對著賀決雲發出有頻率的叫聲，恐怕連他也無法一眼就發現。

賀決雲的心臟快速跳動起來，朝著那個方向跑過去。流浪貓見他靠近，炸開皮毛，然後往旁邊一跳，倉皇地跑了。

「王冬顏！」

賀決雲叫得很大聲，動作卻很小心。把穹蒼從地上翻過來，查看她的傷勢。

她額頭的傷口因為泡了太長時間的河水，變得猙獰不堪，導致整張臉上都是淡色的血漬。應該是受到了細菌感染，身體正在發燒。

「穹蒼？」賀決雲探向她的鼻息，卻因手指冰涼感受不到呼吸，於是又拍著對方的後背叫道：「穹蒼？」

穹蒼咳了一聲，皺起眉毛，雖然眼睛沒有睜開，卻明顯地表露了自己還活著的跡象。

「那隻貓……」穹蒼用氣音艱難道：「一直踩我的頭。」

這人已經氣得顫抖：「氣死我了！」

賀泱雲大笑出聲，笑完之後對她說了句：「活該！」

他的笑聲刺激到穹蒼，穹蒼艱難地睜開眼睛，瞪了他一眼。

賀泱雲把人抱起來，一腳深一腳淺地往岸邊走去。

路人看見他們出現，錯愕了數秒，然後才反應過來，放聲尖叫著：

「找到了——」

「找到王冬顏了——在這裡！救護車！」

一聲聲「找到了」，按照最原始的人聲傳遞，不斷飄往遠方。甚至帶上一些沙啞的哭聲。

熱心的市民火速開著自己的車追上他們，催促兩人趕緊上來，把他們送去醫院。

聞風而來的媒體，只來得及抓拍到賀泱雲上車時的畫面。他們扛著機器，追在車輛後面，大聲問道：「還活著嗎？還活著嗎？王冬顏！」

賀泱雲把手伸出車窗，朝後面比了個勝利的「V」，高聲回道：「還活著！」

「啊——好！」

歡呼聲接二連三地響起，彼此陌生的人也忍不住擊掌相慶，高聲吶喊，以作宣洩。

這一幕被攝影機清晰地記錄了下來。

記者快速將這振奮人心的消息，配上幾張模糊的圖片傳到網路上。

這無疑是這段時間最令人欣慰的新聞，將之前的死氣沉沉一掃而空，為「王冬顏」這三個字賦上特別的力量。

隨後，媒體連線，採訪賀決雲，並得知救援過程中那隻關鍵性的踩頭貓。他們很興奮，也將牠當作關鍵環節，一起寫進了新聞稿。

放鬆下來的網友再次有了活力去插科打諢。

『我宣布，以後除了有踩狗屎運以外，還有貓踩頭運！』

『那位警察太帥了，直接跳下河順著水流找人！如果年輕一點，我就嫁了。』

『怎麼會被沖得那麼遠？我看傷口都被泡爛了，真的沒事嗎？』

『等待醫院通知。大家真的應該慶幸，否則要帶著愧疚過一輩子。至於一中的那些人渣，給我把牢蹲穿！』

『我淚灑現場，善良的人能活著真是太好了。』

第十一章　當年的謎團

等穹蒼再次恢復意識的時候，已經躺在醫院裡。

她周圍站了一大票人，黑壓壓的一片。

有記者，有警察，有一中的學生，還有王女士。

王女士用力握著她的手，看見她睜開眼睛，伏在她病床前痛哭失聲道：「冬顏，對不起……我的乖女兒，都是我的錯！」

穹蒼緊了緊手指，又把視線投向另一側。

以許由為代表的一班學生在她的注視下，皆露出慚愧又緊張的神情。許由張了張嘴，幾次醞釀，終於有勇氣出聲。他的表情看起來像是要哭了，帶領著眾人朝她深深鞠躬，大聲道：「對不起！妳不需要原諒我們……真的對不起！」

穹蒼扯了扯嘴角，最後看向站在人群後方的賀決雲。

賀決雲意會笑道：「放心吧。你挑的那顆軟柿子真的很軟。他剪輯音檔的事情被曝光，又在妳的影片裡說了不該說的話，心裡防線幾近崩潰。我們從他入手，旁敲側擊，順利拿到了有用的口供，以及部分的群聊記錄。現在已經可以明確指認那群人的罪行。等我們把證據整理好，他們就可以喜獲監獄不動產。至於名望，完全沒有了。」

穹蒼點了點頭，又想起什麼，開口之後發現聲音沙啞，不是很方便出聲。

賀決雲已經明白，主動朝著窗戶的方向指了指。

穹蒼順著看過去，項清溪跟徐蔓燕正並肩站在玻璃窗外，微笑著朝她揮手。

那笑容很燦爛，光從玻璃折射過去，模糊了她們的面容。

穹蒼望著她們兩個，輕輕地笑了一下。

系統的通關提示在這時響起，在倒數計時結束後，將兩位玩家彈出副本，直播間的螢幕跟著黑去。

三天的網友意猶未盡，一邊點著贊助，一面在留言區賣乖，彷彿開場時的狂妄只是一場幻覺。

『副本通關撒花！這邊撒撒、那邊也撒撒！愛妳哦，大神！』

『歡迎大神下次再來凶案解析！已經訂閱了，妳的小粉絲在愛裡等妳哦！』

『這次的劇情探索進度應該百分之百了吧？這個副本可以封鎖了。』

『又是被打腫臉的一個副本，我可以心滿意足地離開了。』

『不愧是九十二分的大神，我一開始就知道妳不是平凡人！就問什麼時候開下個副本？』

賀決雲從模擬器登出的時候，腦袋有些眩暈。他按著額頭，讓自己的情緒盡快從副本中抽離。

一道年輕的聲音在他耳邊響起：「Q哥。」

賀決雲淡淡地掃過去，英俊的臉上出現一絲明顯的殺氣。

年輕人撓著頭傻笑，裝作不知道，舉著資料彙報說：「系統的最終評定是完美通過，現在是不是可以讓她提高副本的選擇許可權了？」

賀決雲沒有直接回答，而是抬腳往外走，同時問道：「穹蒼呢？」

「在休息室裡，也是剛剛才登出。」年輕人踩著快樂的小碎步跟上，「老大，你是要過去看看嗎？」

賀決雲一臉公事公辦的表情：「嗯，我要確認一下她遊戲後的精神狀態，看看她是否真的適應這款遊戲。」

年輕人撇了撇嘴，在他身後無聲地做著嘴型吐槽。

——虛偽。

一個假公濟私的男人！

穹蒼所在的休息室，有一扇巨大的落地窗。房間裡擺放著各種能量飲料跟食物，還有醫生在一旁值班。

由於能達到《凶案解析》資格要求的玩家很少，所以休息室裡很安靜。

穹蒼就坐在靠近門口的位置，手邊放著一個紙袋，身上穿著一件風衣，看起來比照片上更生動一點。

賀決雲走到門口，已經按了指紋鎖，準備進去。一雙手突然從旁伸出，將他攔住。

賀泱雲順著偏過頭，發現是自己的朋友——謝奇夢。

雖然這個名字聽起來像是女生，但謝奇夢確實是個大男人，而且還是個肌肉壯碩、身材高大的男子。

賀泱雲笑道：「怎麼了？這麼急著跑來找我？」

「我不是有提醒過你嗎？」謝奇夢認真道：「你不應該讓穹蒼參加《凶案解析》。」

正是因為他臨時給出的建議，賀泱雲才會對穹蒼多做一次資格檢測。

賀泱雲的表情嚴肅了點，說：「穹蒼符合資格，而且能力出眾。三天有自己的規則。既然有了規則，我選擇尊重規則。」

謝奇夢急切道：「你不知道她是多麼危險的人！」

賀泱雲看了正安靜坐在裡面的人影一眼，帶著笑意道：「我還真不知道。」

賀泱雲這一笑，讓謝奇夢產生了巨大的危機感，他覺得自己這個兄弟沉淪了。或者說，腦子要壞掉了。

此時，裡面的穹蒼正好轉過頭，看見了站在門外的兩人。

她那毫無感情的目光，幽深地盯著他們，給人一種被凝視的錯覺。

她大概是認出謝奇夢，故意壓低下巴，讓五官的輪廓在光線下顯得更為陰森。同時勾起唇角，露出一個頗為惡劣，甚至有點挑釁意味的笑容。

她很理解該如何刺激謝奇夢，她也成功地做到了。

謝奇夢瞬間感受到一股寒意順著脊椎爬上他的背部，將他想說的話全堵了回去。對穹蒼的恐懼，在長期的博弈中，已經變成了某個扎根在他心底的保險絲，只要一看見本人，就在短路跳電的邊緣徘徊。

他下意識地望向賀決雲，想讓自己的兄弟也認識一下穹蒼背地裡的懾人。只要是見過穹蒼本人的人，就沒有覺得她不危險的。

結果後者的表情十分平淡，還禮貌地朝對方點了點頭。

那種眼神賀決雲體驗過，就在兩人初次見面的時候。雖然他對穹蒼的了解很有限，但他深刻認為，穹蒼是故意的。這是她惡作劇的方式，跟逗弄小朋友一樣的惡趣味。

只不過上次是針對他遲到，而這一次是針對謝奇夢。

在賀決雲這樣想的時候，謝奇夢已經一把拽住他的手臂，急匆匆地將他拉走。

穹蒼的目光追了他們一段，又無聊地轉開。

兩人去了附近走道的盡頭，謝奇夢鄭重的讓賀決雲在自己的對面站好。

謝奇夢單手搭著賀決雲的肩膀，嚴厲地指著他道：「你以為我是在跟你開玩笑嗎？」

「這跟玩笑沒有關係，只是我們的觀點不同。老謝，三天的營運是有自己的要求的，沒有你想得那麼自由。」賀決雲頓了下，又說：「而且我相信自己的判斷。」

「最怕的就是相信。」謝奇夢苦笑了下，「她看起來好像拒人千里，可那樣才更可怕。一旦她對你放鬆警惕，你就會以為自己攻破了她的心防。你不知道什麼時候會受到她的影響，這是她的心理戰術。」

賀決雲說：「你是不是把她想得太玄幻了？」

「她只會比你想得更厲害！」謝奇夢睜大雙眼，「你沒有見識到她的演技嗎？」

賀決雲滿意地點頭：「確實不錯。我們《凶案解析》就缺這樣會演戲的人才。」

謝奇夢差點要被他氣死。

他鬆開賀決雲，站在陽臺的玻璃門前。

通透的玻璃倒映著他的身影，那緊皺的眉毛明顯透露出他的焦慮。

謝奇夢沉沉地開口道：「穹蒼，她在A大任職的時候，就是一個很特立獨行的人。她是A大特聘的講師，沒有研究壓力，平時也不怎麼帶學生。但是她曾經專門指導過的幾位學生，都不是簡單的人物。」

「其中一個是當年震驚全國的連環殺人犯，現在已經被判處死刑。」謝奇夢回憶起來，仍舊覺得有種密密麻麻的悚然之感，「那是一個窮凶極惡的罪犯，徹頭徹尾的變態。他智商很高，極擅長誤導警方的視線。流竄多地作案，看起來毫無規律。我們到現在都沒有對外公告案情的細節。」

賀決雲說：「我聽說過。」

謝奇夢：「他每次作案的時候，都將現場打掃得非常乾淨，卻會故意在現場留下一些跟穹蒼有關的東西。」

賀決雲愣了下，他的確不曉得這個細節：「他討厭穹蒼？」

「不！」謝奇夢說：「他極其崇拜自己的老師，或者說，是信仰！他這麼做，是為了表示他在奉行神的旨意殺人，而那個神就是穹蒼。如果你見過他就會明白，他是一個多麼噁心的人。」

賀決雲低頭沉思。

謝奇夢：「還有一個學生……」

賀決雲挑眉：「誰？」

謝奇夢：「這段時間媒體狂轟亂炸，集中報導的一則新聞。說一名未成年殺人犯，在刑滿釋放之後，找到了當年指控自己的證人，將他們一一殺害，作為報復。最後又成功逃離警方重重圍捕，至今下落不明。你知道這件事嗎？」

賀決雲說：「當然。」

官方已經因此在網路上被罵了無數遍。你永遠都不知道網友的諷刺能力原來如此優秀。

「這個也是她的學生，還是她帶了很多年的學生。他在監獄服刑的時候，每週都要跟穹蒼通信三次，他可以說是穹蒼手把手教出來的人。」謝奇夢的眼皮不住跳動，於是抬手揉了下眼眶，「在警方追捕他的時候，他最後撥出的一通電話就是打給穹蒼。通話時間三十二秒。我不相信穹蒼沒有提供任何幫助。」

賀泱雲半闔著眼，似在考量。

謝奇夢以為他聽進去了，鬆了口氣，說：「所以……」

賀泱雲突然捏著下巴道：「這種現象叫什麼？方起醫生說，這叫『暈輪效應』。」

謝奇夢氣道：「我是認真的！」

「斷案不是依靠巧合的，老謝。」賀泱雲沉下臉說：「你現在的偏見很嚴重，你明知道沒有證據，所以才採用這樣的方式。你現在的行為很失格。」

謝奇夢：「我只是不希望出現更多悲劇。」

賀泱雲：「悲劇，通常就是以偏見作為開端。」

謝奇夢說：「你沒辦法解釋那些巧合！」

「巧合之所以被稱作巧合，就是因為它不能被解釋。」賀泱雲說：「世上本來就有很多不確定性。」

謝奇夢還想再說，賀泱雲打斷他道：「老謝，謝謝你的提醒，我會注意的。我尊重你，我希望你也尊重我，以及我的工作。」

謝奇夢知道自己這位兄弟的性格，他們彼此都很了解對方的執拗，幾番欲言，最後只是無奈道：「好吧。」

賀泱雲說：「你先隨便逛，我現在有事，晚點再來找你。」

賀決雲返回休息室，推門進去，穹蒼還坐在裡面。

她察覺到這邊的動靜，就著手臂放在包包裡的姿勢，冷不防說了句：「不要動。」

賀決雲愣了下，停在原地，目光從對方的手臂，順著滑入合攏的袋口。

就見穹蒼緩緩地，從包包裡掏出一個麵包。又神態自若地拆開包裝，小口咬了下去。

這是兩人在現實中的第一次見面，賀決雲本來還覺得有點陌生，乃至尷尬，現在澈底沒有了。

「呵呵。」賀決雲被她氣笑了，「妳這是在耍我嗎？」

「你會猶豫的原因，是因為你真的懷疑我帶了危險物品。」穹蒼的聲音比遊戲裡更加清洌，但聲調也更加平坦，她好笑道：「哪怕只是進你們三夭的休息室，也需要經過多道安全監測，我根本無法把所謂的『危險物品』帶進來。」

賀決雲說：「我並沒有這樣認為。」

穹蒼側過臉，直勾勾地看向他身後。

賀決雲跟著轉過身。果然謝奇夢正趴在門口，透過縫隙，鬼鬼祟祟地朝裡面窺覷。見被發現，又灰溜溜地跑了。

賀決雲：「……」

「他經常說我的壞話。」穹蒼擰開瓶蓋，「我已經習慣了。」

可能是因為副本時間太長，她一直沒有好好進食，導致說話的時候沒什麼力氣。

賀決雲看她手裡的麵包有些乾巴巴的，問道：「妳要不要去加熱一下？」

穹蒼說：「不用了。」

賀決雲又推薦說：「前面有很多蛋糕跟糖果，如果妳想吃別的就直接點，也會有廚師幫妳做。食材都來自樓下的餐廳，很新鮮。」

穹蒼：「嗯，桌子很大，我看見了。不需要。」

賀決雲對著她的臉觀察許久，冒出一句：「免費的。直接用妳的登錄卡去刷，不會扣錢。」

穹蒼的手頓時被一股神祕力量按住了。她委婉地改變了自己的說法：「哦。」

為什麼這世上的貧窮，總能如此輕易地讓人落淚？

片刻的安靜後，穹蒼由衷問道：「可以外帶嗎？」

賀決雲忍著笑意道：「按理來說不可以，但因為妳完美通關，請自便。」

穹蒼又問：「你什麼時候才要離開？」

賀決雲不由心梗。深吸一口氣後伸出手：「正式介紹一下，賀決雲。」

穹蒼敷衍地與他握了下手。

賀決雲很少經歷這種被嫌棄的感覺，有那麼一瞬間，甚至想留下來陪她天長地久地聊下去，還好很快醒悟過來，因為他發現痛苦的可能是自己。

「恭喜妳通關，妳現在隨時都可以離開了。不過後期我們會回訪，請保持聯絡。」

穹蒼稍稍熱情了點，點頭道：「嗯。」

賀決雲走到門口，用許可權傳了一則訊息給休息室的管理人員，讓他提供打包和外送服務。然後前往自己的辦公室，整理本次副本的資料，準備將它封存關閉。

賀決雲趁著後臺調取文件的空檔，先去三天論壇上看了一眼。不出預料，很多人都在討論那個剛結束的副本。

這個副本的難度其實很高，因為它的疑點太多，傳播的資訊都帶著不真實性。一旦陷入思考誤區，就有可能落入幕後者的陷阱中。還好穹蒼在物證搜索上另闢蹊徑，才讓他們屢次避開彎路。

『我把大神批改作業的畫面錄了下來，以後有她陪我讀書，我走上人生巔峰就不是夢了。』

『能把《凶案解析》打出 Happy Ending 的，我真沒見過幾個。』

『這位大神感覺跟另外幾位九十分的玩家不太一樣，可以期待她創造奇蹟嗎？』

『她是新人吧？我覺得九十二分肯定不是她的極限。』

賀決雲笑著看了一頁，此時後臺的資料已經下載完畢，他順手把這次副本的案件原型調出來，快速翻閱。

犯人、死者，然後是證人……

項清溪，原型，祁某。

賀決雲正要把這一頁滑過去，看見「祁」字的時候又停了下來。姓「祁」的人很少，但更大的原因是照片中的女生太引人矚目了。

檔案中一共存放了三張她的照片。

第一張照片，是她在高中時期拍攝的。她的頭髮因為營養不良有點發黃，襯得皮膚越發白皙，笑吟吟地看著鏡頭。

第二張是她的結婚照。她靠在一個男人身上，完全褪去了稚氣。笑容有些含蓄，卻可以從眉眼間看出她的喜悅。

之後她似乎沒怎麼拍過照片了。第三張是一張監視器畫面的截圖。照片上的她形容枯槁，毫無生氣。拍攝自……她自殺的前一天。

除此之外，檔案中就沒有關於她的資訊了。不知道她為什麼自殺，連她的真實姓名都沒有提供，因為與本次案件沒有關係。

也許漂亮的人都有相似處，但她與穹蒼帶有某種相同的影子，讓人很難不懷疑她們兩人的關係。

賀決雲對著照片看了許久，從後臺調出穹蒼的資料，將兩份放在一起進行比對。發現那的確不是自己的錯覺。

穹蒼的這份資料並沒有追溯她童年時的詳細經歷，因為三天並不想將其作為評價標準。

但三天的資料庫極其龐大，尤其《凶案解析》是與官方合作的專案，如果他需要的話，他可以直接透過最高級許可權，查看穹蒼在網路上留下的重大記錄。

比如她的監護人、她改名的原因、她的就診記錄等等，能像鏡子一樣將她的網路痕跡描繪出來。

有那麼一刻，賀決雲的確閃過一絲猶豫，手指在螢幕上停留許久，最後還是選擇了關閉。把檔案連同直播資料，存檔後撤出副本庫。

以後，這個副本將不再接受其餘玩家的挑戰。

賀決雲靠到椅子上，順著辦公椅轉了一圈，用手臂擋住上方的光線。

很多時候，對一個人太感興趣，不是一件好事。

而且，他為什麼要不停地想著穹蒼這個人？這根本不合常理。

賀決雲意識到這個，臉色發臭，用力一拍扶手站起來，抓起外套往外走。

三天過後，三天總部依舊沒有收到穹蒼傳來的任何請求。

一般來說，通過新人測試初期，是玩家最激動的時刻，許多人會在申請通過之後，短暫地休息一天，直接進行第二場遊戲。這樣就可以把首場的觀眾挽留下來，賺到更多、更多的錢。

穹蒼沒有，她杳無音信，連免費的自助餐都沒有吸引到她。

賀決雲坐在辦公室裡，深深吸了口氣，然後又挫敗地呼出。腦海裡全是對方惡劣的笑容。

她總不可能是忽然心血來潮才參加《凶案解析》。

很好……她在故意引起我的注意。

他的情緒嚴重影響了小組的其餘工作人員。

這些傢伙每天湊在一起，在他耳邊嘀咕「老大瘋了嗎」、「老大今天又嘆氣了」、「老大是失戀了吧」。

賀決雲：「……」老大就是給你們太多自由了。

賀決雲最終還是從壓箱底的地方翻出資料，按照上面的號碼打了過去。

「喂？」他語氣裡帶著工作的冷淡，「三天例行回訪，妳在家嗎？」

穹蒼資料上寫的地址，在A大附近的一片住宅區。早上八點五十，賀決雲開車順利抵達停車場。他在車裡等了十分鐘，等時間正式跳過九點，才扯了扯衣領，走上樓梯。

房門打開，露出穹蒼那張有些蒼白的臉。

「妳好。」賀決雲再次朝她伸出手，禮貌笑道，「回訪。」

穹蒼懶散道：「嗯。」

她退開一步，讓賀決雲進來。

明明是大白天，屋內卻拉著厚重的窗簾。窗簾用的全是深色多層布匹，以確保能完全隔絕外部光線。

然後開著大燈。

這詭異的安排，讓賀決雲產生了一種想轉身就走的衝動。

穹蒼說：「快進來。」

賀決雲邁進屋裡，在門口的位置換上拖鞋，問道：「妳這是為什麼？」

「沒有人會喜歡被監視。」穹蒼聳肩說：「自從范淮逃離追捕後，警方一直派人在我樓下監視，以為他會來我這裡。哦，范淮就是我的學生，謝奇夢應該跟你說過。」

賀決雲點了點頭，自然地看了周圍一圈。

撇開拉窗簾的行為，她屋裡的擺設其實很普通。家具的顏色偏白，款式中規中矩。客廳裡相對空曠，沙發上整齊鋪設著各種紙張，可以看出她平時喜歡在這裡工作。

穹蒼把沙發上的文件堆到角落，示意賀決雲隨便坐。

穹蒼說：「我幫你泡杯茶。」

賀決雲：「謝謝。」

穹蒼直接將燒水的水壺拎過來，擺在茶几上，按下開關。行事非常的不拘小節。

屋內只有一張照片，就擺在電視櫃的旁邊，位置很顯眼。

賀決雲沒忍住誘惑，走過去看了一眼。

照片因為年代太久，已經被太陽晒得褪色，變得相當模糊。穹蒼把它擺在這裡，或許只是做個念想。

裡面是兩個相互依偎的人，他們的身分呼之欲出。

穹蒼見他在觀察，說了一句：「對，這是我媽，項清溪的原型。」

她一點掩飾的意味都沒有，還饒有興致地等著賀決雲回覆。

賀決雲力爭清白：「不經意間看見的。」

穹蒼並不在意，只在他身後說：「她很漂亮，比遊戲裡漂亮多了。」

賀決雲想起之前看過的照片，不得不承認她說得對。

「可是她那麼漂亮的人，最後卻嫁給了一個無法欣賞她美貌的男人。」穹蒼撇開視線說：「我爸爸是個盲人。」

賀決雲這次是真的驚訝了。他只記得結婚照上的男人很英俊，眼睛注視著地面，沒想到是個盲人。

「也許這樣能讓她更有安全感，她不是一個那麼幸運的人。」穹蒼說，「聽她的描述，我爸是個有那麼點聖父情節的人，她應該很需要別人的善意，所以深深愛上了我父親。可惜好人不長命，聖父就更短了。」

賀決雲沉默。

穹蒼問：「很冷嗎？」

賀決雲驚道：「這居然是個笑話？」

穹蒼問：「不然呢？哭嗎？」

賀決雲思忖許久，才低聲道：「誰都會有難過的時候，當然也會有哭不出來的時候。這沒什麼，也不用強顏歡笑。」

穹蒼多看了他一眼，然後走上前，分別指著照片上的兩個人說：「其實我對他們兩個都不了解。他，我沒見過。她這個樣子的，我也沒見過。我可以完全把項清溪和她，當成是兩個人。」

賀決雲含糊其辭地問道：「那麼，感覺怎麼樣？」

穹蒼轉身走向沙發，像是沒聽見，癱軟著身體坐下，一直沉默著。

大概過了五六分鐘，賀決雲看著那壺水燒開，發出沸騰聲的時候，穹蒼突然冒出一句話。

「很奇妙。」她說：「所以我不喜歡看刑事案件。」

賀決雲：「那妳為什麼要來《凶案解析》？」

「好奇。」穹蒼的目光沒有焦距，似乎是在思考，「因為我突然發現，逃避是解決不了任何事情的。只有解決了自己的好奇心，才會覺得，那根本不是什麼有趣的事。」

賀決雲若有所思地點了點頭。

他沒有強行去理解穹蒼的意思，因為自身經歷不同，想法會有所不同。可能連她自己都不一定想得明白。

賀決雲從包包裡拿出平板電腦，慣例問了她幾個問題。在兩小時過去之後，已經沒什麼工作相關的話好說了。

賀決雲起身準備告辭。

穹蒼摸著耳朵說：「那個，來都來了……」

賀決雲現在聽見這四個字就害怕，多少悲劇就是始於這份勇於作死的心。

他知道這些人說這句話的時候，就是想占便宜了。

果不其然，穹蒼下一句話是：「請我吃個飯吧。」

賀決雲不屈服：「我為什麼要請妳吃飯？不應該是妳請我嗎？我好歹算半個客人吧？」

「因為窮，都是朋友。」穹蒼說得理直氣壯，「陪你說話說餓的。」

無恥之徒！

賀決雲一臉冷漠：「妳還是等三天結算吧，不急這一頓，直播的贊助收益很高。」

穹蒼真誠地說：「我還要還房貸，而且也沒什麼祖上積累的資產，要自己從零開始。你別看這棟大樓很破，不僅是市中心，還靠近大學，全款兩千多萬。貸款一千多萬，分期三十年，按照目前的利息……」

賀決雲連忙打斷她賣慘的自述：「好了。」

穹蒼又打別的主意：「兩千萬轉賣給你怎麼樣？我不想住在這裡了。你耐心一點賣，兩千五百萬應該能脫手，多的我不跟你要。」

賀決雲發現這位女士想得挺美的。

憑藉她獨特的氣質，她住過的房子，就差在大門上貼個「危」字了，她還想以原價賣出？倒貼還差不多。

他賀家不做虧本買賣。

穹蒼看出了他臉上的拒絕，失望地嘆了口氣，突然說了句很恐怖的話：「其實有時候，我就想憑我的智商和觀察力，策劃綁架三天的老闆——如果老闆不行，老闆的兒子也可以——肯定不會發現。我不貪心，就要他們三天一天的營業額，到手後省點花，大概能光耀我的下九輩子。」

賀決雲不知道為什麼就繞到了自己身上，渾身打了個哆嗦。

穹蒼想起來，又問道：「對了，三天的老闆有兒子或女兒嗎？我查了半天也沒查出來。他們隱私保護做得還挺好的。」

賀泱雲英俊的臉上閃過猙獰的表情，又很快控制住。

這絕對是在恐嚇吧？

賀泱雲說：「妳會把所有積蓄都投進房市？這不符合投資的最佳選擇吧。以妳的性格來說，難道不應該留下一部分作為應急資金？」

「臨時買了兩個墳，又買了兩具棺材。」穹蒼說：「我也沒想到墳地那麼貴，一百多萬就沒了，這也不在我的計畫之內。」

賀泱雲驚道：「誰的墳？」

穹蒼含糊地說道：「一個很照顧我的阿姨，和她女兒。」

賀泱雲被她臉上的悲傷弄得有些心虛，軟下語氣道：「我請妳吃飯吧。」

「這怎麼好意思呢？」穹蒼的表情瞬間靈活起來，感激道：「謝謝你啊，你真是好人。」

賀泱雲莫名有種受騙的感覺。

不，他只是一個肉票。

穹蒼問：「你為什麼要露出這種表情？」

賀泱雲：「妳真的是在關心我嗎？」

穹蒼含蓄道：「不，我只是意思意思，畢竟要吃您的飯了。」

賀泱雲放棄掙扎，揮手道：「算了，走吧走吧。」

賀決雲領著穹蒼，直接去樓下的麵店裡吃午飯。

他不敢在穹蒼面前表現出自己太過有錢的樣子，怕這無恥的人又說自己誘惑她。

最後穹蒼點了一碗牛肉麵，坐在他對面安分地吃飯。

賀決雲看了她一會兒，起身說：「我先走了，妳要是沒飯吃，可以去三夭蹭一下。」

穹蒼放下筷子，忽然說：「我想順便申請下一個遊戲。」

賀決雲停下腳步：「哪個？妳可以直接在官網上申請，只要妳的許可權許可。」

穹蒼從口袋裡摸出一張折疊的宣傳單，遞了過去。

賀決雲在看見那張單子的時候，眼皮突然跳動。他懷疑道：「妳的身分合適嗎？」

「什麼身分？」穹蒼比他還驚訝，「原來我也是個有身分的人嗎？」

這張宣傳單上寫的，是前段時間三夭應官方要求，趕工新推出的副本。

廣告打得火熱，三天更是給出了百萬懸賞，計畫在八月六號，也就是明天，統一開始挑戰測試。

對比成功解鎖《凶案解析》全副本的贊助收益來看，百萬懸賞其實不算多，但它代表著三天對該副本的重視，同時還有無數媒體的關注，是個不可多得的好機會。

目前已經有上百名玩家報名參與。

「我是說，妳沒有許可權。」賀決雲看著折疊起來的宣傳單一角，沒有拆開，就把它按在桌上推了回去，「這是一個面向老玩家的副本，而妳才剛通過新人關卡而已。」

穹蒼扯過衛生紙擦嘴，理所當然道：「所以，我不是才找你來吃飯嗎？」

賀決雲一口老血哽在心口，用力拍桌道：「這是我付的錢！我付的！這是妳找我吃飯的誠意嗎？」

周圍吃飯的人聞聲看了過來，見到兩人的組合，臉上皆閃過一言難盡的神色。

那麼大的人了，請女生吃一碗麵而已，也要臉紅脖子粗嗎？

幾十塊錢而已，陪美女吃頓飯都求不來。

貧窮真的好可怕啊。

賀決雲感覺到不對，尷尬地咳了一聲清嗓。

穹蒼火上澆油似地嘆了口氣：「唉……」

賀決雲身上起了一層又一層的雞皮疙瘩。

穹蒼慢吞吞地從口袋裡掏出信用卡，賀決雲受不了了，快一步攔下她的手，說：「妳夠了，可以了啊！」

由於現在是午飯時間，店內人流量較大，並不是說話的好地方。賀決雲看了左右一眼，頂著尷尬說：「妳先跟我出來。」

穹蒼抄過桌上的宣傳單，跟在他身後，一路去了停車場。

車內的燈光比較昏暗，空氣也透著陰涼。

賀泱雲打開車頂的照明燈，說：「我相信妳的能力超過多數玩家，單論實力的話，妳確實有資格可以參與這次的副本。用經驗來搪塞妳，並不是個好理由。可是，妳應該也知道，這個案件跟范淮之間的關係。」

「當然。」

穹蒼低著頭，拆開宣傳單，將它沿著對角折起，聲線如溪水般緩緩道：「范淮出獄後，不到三個月的時間，當年指控他的五名證人全都死亡了。」

「這五個人之間，經濟條件、生活背景各不相同。除了當年指控他凶殺這件事之外，沒有明顯的交集。在范淮入獄的十年裡，有些人更是見都沒見過，保持著足夠的距離。」

「由於時間太過久遠，關係又過於曲折，在前三人陸續死亡的時候，警方還沒意識到他們與范淮之間的關係。媒體卻先一步報導出了范淮的往事，指出死者之間的關聯，讓警方深陷被動，同時飽受指責。」

賀泱雲：「是。」

穹蒼繼續說：「可是，後來范淮就被警方嚴密監視，根本沒有機會再去行凶，卻依舊出現了第四位跟第五位死者。警方也在隨後的偵查當中，確認第四起案件的凶手並不是范淮，而是一個看過新聞後的模仿犯。」

賀決雲接下去道：「媒體跟大眾懷疑警方是在為自己的無能開脫，甚至懷疑結果的可信度。所以官方聯合三天，製作了這個解析副本，邀請各大玩家參與進行偵破，穩定民情。」

穹蒼哂笑道：「畢竟，人類的自作聰明幾乎是刻在基因裡的，他們只相信自己發現的事情。」

穹蒼舉起手裡折好的紙鶴，放在中間的凹槽裡，藍白色的紙張看起來十分可愛。

穹蒼看向他，說：「所以我對此很感興趣。」

賀決雲觀察著她臉上每一個細微的表情，試圖辨別出真假。他問道：「妳相信妳的學生是無辜的嗎？」

穹蒼笑道：「我只相信證據和事實，除此之外的情感沒有任何意義。」

賀決雲：「范淮是個什麼樣的人？」

「我認識他的時候，他已經在坐牢了。他出獄之後就被警方監視。你覺得我能比你們更了解他嗎？」穹蒼視線低垂，語氣有些縹緲，「而且我也很想知道，他的世界是什麼樣子。」

賀決雲實在無法從她的臉上看出端倪，思忖片刻，說：「我可以幫妳通過申請，但是妳要先回答我一個問題。」

穹蒼乾脆道：「說。」

賀決雲：「范淮在成功逃亡之前，打給妳的那通電話，三十二秒，他說了什麼？」

穹蒼勾了個極淺的笑容，說：「其實我已經告訴警察了，只是他們不相信。」

賀決雲再次問道：「他說了什麼？」

穹蒼微微張開嘴：「他跟我說，『老師，我覺得這個世界不會好了。起碼我的世界不會好了』。我不知道該怎麼回答他。」

賀決雲狐疑道：「三十二秒？」

「嗯。」穹蒼說：「再加上一點沉默做點綴。」

賀決雲不太相信。

這句話說完，撐死也就十幾秒的時間。范淮在逃離追捕的危急過程中，抽出最關鍵的時間打了一通電話給她，只是為了說這麼一句話？

「我們兩個之間其實沒有那麼多可以交流的東西，或者說，對聰明人而言，有時候沉默就能讀出很多東西。」穹蒼說：「那時候警方還沒有對他發布通緝，追捕行動也還沒正式展開，媒體更是還沒有報導。三十二秒不足以讓他說完他殺了什麼人，犯了什麼罪，在什麼地方，面對什麼樣的危險，同時向我求救，而我又能給他做出明確性的指示。只有三十二秒，根本什麼都做不了。聰明人再怎麼聰明，也不是上帝。」

賀決雲心想「妳比上帝還要厲害」。他不相信上帝，可他總是偏向相信這個人。

穹蒼補充了一句：「他可能只是單純想找個人說句話而已。」

賀決雲心想，不可思議。

穹蒼耐心道：「還有什麼想問的嗎？」

賀決雲瞥她一眼，拉開前面的小格子，從裡面抽出一張邀請卡，遞過去說：「明天早上八點半，還是原來那個房間。」

穹蒼：「謝謝。」

第十二章　身分懸殊

八月六號，早上八點半。

這天的天色灰濛濛的，一片巨大的烏雲覆蓋在天空上，卻始終沒有要下雨的徵兆。

三天總部聚集了不少同樣前來參賽的玩家，而在大廳那個占據了正面牆壁的巨大螢幕前，圍繞了成排的記者。

穹蒼出現的時候，有幾個鏡頭對準了她，但因為她不是三天上的知名玩家，那些人又移開了鏡頭。

遊戲會在九點正式開始，穹蒼提前進入機器進行能力測試後，賀決雲也出現了。

他走到辦公室，曲指敲著一個年輕人的桌面，吩咐道：「幫我安排一個離穹蒼距離近的身分，最好是她甩不掉的那一種。」

年輕人聞言，從電腦桌上抬起頭，仔細想了想，站起身，鄭重朝他敬了個禮，說：「老大放心！保證完成任務！」

賀決雲見他這架勢，隱隱有那麼一點不祥的預感，但他也沒時間多想，轉身進了模擬艙，準備登入。

要是再遲到一次，他覺得穹蒼真的會先人道毀滅掉他。

九點整。

穹蒼準時登入自己所在的副本，熟悉的字體出現在她眼前。

歡迎玩家來到全真模擬直播遊戲《凶案解析》（百萬懸賞活動），您分配到的身分是「死者」。案情相關記憶已封鎖，請根據人設提示，努力逃離死亡結局，或協助「凶手」、與「緝凶者」，完成情景還原。

身分：吳鳴（化名）

性別：男

死亡方式：謀殺（已入檔）

玩家評分：93（您已經超過了全國99％的玩家）

與角色契合度：42％（如果非要牽強地找一些相似之處的話，或許就是同為黃種人吧）

死亡進度：距離〈謀殺之夜〉副本開啟，還有四天。

註：您的生命已經受到威脅，請積極探索劇情，找出相關線索，開啟〈謀殺之夜〉副本。

〔點此查看副本詳情〕

穹蒼腦海中關於案件的資訊，果不其然都被隱去。她按了按太陽穴，讓自己從不適感中脫離。

案情介紹一如既往的簡單。

吳鳴是一家網路營運公司的老闆，做新媒體內容起家，和十幾位知名網紅簽約，其中就有《凶案解析》的專業玩家。

他年少有為，今年三十三歲，身家破四十幾億。已婚，未育。成功人士代表，外界口碑良好。

二月二十六號，吳鳴發覺有人在跟蹤自己，然後立刻報警。警方對其進行保護後並未發現犯人。

二月二十八號晚上，吳鳴死於自己家中。次日早晨被發現，場面極其殘忍，初步判斷凶手對死者有強烈的怨恨。

死亡時，他身上帶著多種不同的傷害。死後屍體部分位置受到解剖，現場同時留下了幾段關於罪行懲戒的文字資訊。

至於死因是什麼，留下的資訊又是什麼，介紹中並沒有寫明，應該要在開啟〈謀殺之夜〉後，才會隨著場景還原告知玩家。

而此時的副本時間是二月二十五號，早上八點。

穹蒼關閉劇情描述，試探性地向前走了一步。

畫面逐漸清晰起來，穹蒼沉默地打量著周圍，獲取資訊。

這是一棟別墅，裝潢……金碧輝煌。

就算穹蒼十分貧困，也不是很喜歡這麼直接的富貴風格，有種要被黃金砸彎腰的錯覺。

穹蒼低下頭。

她穿著一身灰色的寬鬆睡衣，戴著一款鑲鑽的手錶。掌心的皮膚有些粗糙，手指上還有一道明顯的刀痕。看位置與角度，極有可能是小時候被菜刀切中留下的。

看來吳鳴在發跡之前，生活條件可能不太好。

穹蒼彎下腰，掃了茶几上的物品一眼，正要繼續觀察，瓷碗破碎的聲音突然從廚房傳出。

穹蒼快步過去，就見一個女人正背對著她站在餐桌前。

「她」的肩膀劇烈抖動，似乎受到了強烈的刺激。而在「她」的人物旁邊，有一條綠色的人物介紹。

『李毓佳，妻子，家庭主婦，監視者。』

穹蒼咳了一聲，從嗓子裡發出男性渾厚的聲音：「你好？」

女人轉過身，臉上閃過憤怒，還有隱忍，以及各種難以描述的表情，總結起來大概就是猙獰地抽搐。

那表情……實在有點眼熟。

穹蒼錯愕道：「Q哥？口味這麼重的嗎？」

賀決雲咬牙切齒道：「不是！」

穹蒼：「……」

她要怎麼告訴這個男人，每個人對表情的控制都不一樣，而他在自己眼裡，等於把「賀決雲」三個字寫在臉上。

不過穹蒼很快就幸災樂禍起來。

本來對於又要扮演一個命不久矣的角色，還有那麼一點不樂意。但是跟賀決雲對比一下，好像算不上什麼。

賀決雲還在試圖接受這個殘酷的現實，穹蒼默不吭聲地上前，用拖鞋踩住一塊碎瓷片，朝他的方向踢了一腳。

穹蒼嚴厲指責道：「還不快點打掃乾淨？呆呆地站在那裡幹什麼？」

賀決雲驚訝地抬起頭。

穹蒼冷笑著說：「你這個女人，連個盤子都端不穩，還有什麼用？你知道這個盤子值多少錢嗎？」

賀決雲臉上的猙獰散去，唇角的肌肉卻還在顫抖，陷於震驚之中無法自拔。

穹蒼皺著眉頭，字字句句都帶著羞辱與不屑，用手勢支使道：「重做一份早餐端到我的書房，給你十分鐘的時間，快一點！」

見她神情不似作偽，賀決雲滿腔見鬼的心情，忍不住罵道：「穹蒼，妳有病啊？」

「誰是穹蒼？」冷酷的男人兩指一夾，吐了口虛無的白煙，說：「從今天開始，記住，我是你男人。」

賀決雲終於忍無可忍，破例罵了個髒字。

穹蒼狠狠地瞪了他一眼。

賀決雲叫道：「妳別私下幫自己加些奇怪的人設，這跟副本根本沒關係！妳只是在增加遊戲難度！」

「憑良心講，我可沒有。」穹蒼走過去，抓起賀決雲的手，讓他自己看看。

「手指粗糙，皮膚蒼白，面色蠟黃，髮絲乾枯，眼下青紫。顯然你平時疏於保養，而且有久病的可能，不像是養尊處優的貴夫人。」

穹蒼對著他從頭到腳指了一遍。

賀決雲說：「妳以為是在看面相啊？說不定她真的只是生病，有些憔悴而已。」

穹蒼抬起手錶：「現在是早上八點，沒有阿姨過來幫忙。你在廚房，端著盤子，可想而知是在為我準備早餐。」

賀決雲：「也許是保姆臨時有事沒辦法來。也有可能是吳鳴多疑，不喜歡家裡有別人存在。李毓佳是家庭主婦，幫忙做個早餐也沒什麼。」

穹蒼盯著他看了一會兒，笑道：「普通的家庭關係，可以從各種地方顯露出來。甚至是一眼望穿。」

穹蒼指向餐桌旁兩張刻意拉遠的椅子，伸出一根手指示意道：「一。」然後又拉著賀決雲退了兩步，來到客廳，指著櫥櫃上擺放著的照片，在賀決雲的面前晃了晃手指：「二。」

賀決雲順著看過去，發現照片裡的人不是這個家的男女主人，而是吳鳴跟他的父母。縱觀一圈，客廳裡竟然沒有任何一張夫妻合影的照片。

穹蒼走到那個占滿半面牆的鞋櫃前面，打開櫃門，朝他比道：「三。」吳鳴的鞋子全都擺放在最顯眼的地方，占據了大部分的空間，而李毓佳的鞋子則擠在邊緣的角落。

「我承認，他們夫妻關係可能不和睦。但下一步的推導有待考證，」賀決雲不死心道：「樓上可能會有專門的更衣室，李毓佳的東西或許在上面。」

穹蒼對他的垂死掙扎感到很有意思，帶著他走到茶几前面，示意他自己看。茶几上擺了一份李毓佳的健檢報告。

賀決雲看不出這份報告的門道，但是底部的結論是沒什麼問題，然而地上仍舊擺放了兩大袋藥品。

賀決雲隨手一翻，針劑、激素藥以及保健藥都有。

穹蒼又從桌面上拿出一張便條紙，上面記錄著不同的日期要去不同的醫院進行檢查的安排。

賀決雲看得頭皮發麻，渾身不適。

穹蒼說：「李毓佳的身體檢查結果，分明沒有什麼大問題，卻仍舊保持著高強度的治療。他們兩人結婚應該已經有……將近七年的時間了，始終沒有孩子。排除兩人主觀意願的可能性，唯一的理由，你是男人，你懂的。」

「我不懂！」賀決雲激動道：「妳別想汙衊我！我為什麼要懂他？」

穹蒼乾巴巴道：「哦。」

穹蒼蹲下身，把裝藥品的袋子全部提起來，丟進一旁的垃圾桶。

「一眼望去，整個客廳裡，唯一帶有明顯女主人身分的東西，就是這份病歷。李毓佳把東西擺在這麼顯眼的位置，很有可能是一種無聲的控訴。連控訴都進行得這麼低調，說明什麼？」

賀決雲臉色發黑。

穹蒼再次恢復自己的冷酷無情，命令道：「早餐，書房，十分鐘，我是你男人。為了破案，謝謝配合。」

話音落下，高傲離去。

直播間裡的網友一陣哄笑，萬萬沒想到剛進直播就遇見了這兩個活寶。

『謝謝，有被笑到。另外恭喜結婚，你們兩個絕配。』

『看人物ＩＤ，好像是上次那個新手大神？還帶著監視者，是新人無誤了。』

『大神的評分這麼快又漲了？上次還是九十二呀。』

『這邊進度好快，都已經入戲了，隔壁直播間那兩個人還在做自我介紹，爭取副本主導權。』

『入什麼戲？霸道總裁和他的糟糠之妻？還是我不孕不育的那些年？』

『現在的觀眾嘴巴都這麼毒嗎？』

『小嬌……小爆炸妻，Ｑ哥看起來要瘋了。』

賀決雲的確快瘋了。

他去倉庫裡拿了一把掃把，用力地清掃著地面上的瓷器殘渣，然後又拿抹布隨意抹了一下濺灑的湯汁，將場面收拾得看似乾淨了的樣子，剩下的全都交給掃地機器人。

他不知道是在跟自己生氣，還是在跟穹蒼生氣，反正最後所有的怒火，註定要讓他手下那個不要命的傢伙承擔。

終究還是得靠社會的毒打，才能讓員工明白老闆的偉大。

賀決雲單手叉腰，粗暴地打開冰箱，發現裡面放了不少冷凍食品。

雖然他平時不怎麼做家事，但還是會加熱食物。賀決雲直接將它們拿出來，盛到碗裡，放進烤箱和微波爐加熱。

在等待食物處理的時間裡，賀決雲倒是冷靜了下來。

他又去客廳逛了一圈，找到放在桌子角落的手機，靠在旁邊翻找裡面的聊天記錄。

李毓佳跟許多家庭主婦一樣，社交範圍很窄。她近期的通話記錄，要麼是來自未儲存的陌生號碼，要麼就是自己的家人、僱用的鐘點工，或者備註為醫院的聯絡號碼。

而她的瀏覽器設置了隱私保護，同樣沒有看出太大的端倪。

正當賀決雲準備進一步搜尋資訊的時候，廚房相繼響起一陣電子提示音，提醒他早餐已經好了。

賀決雲端著整理過的餐盤走上二樓，一腳頂開書房的大門，迎面就看見穹蒼毫無坐相地坐在書桌前面，高高地翹著腿，翻閱手中的雜誌，那姿態頗像揮霍人生的富二代。

所以說，她窮是有理由的。要是有錢，豈不是䠷到炸裂？

賀決雲把盤子往桌上一放，催促道：「吃。」

穹蒼掀起眼皮，厭惡地看了他一眼，又舉高雜誌，擋住自己的視線。

「哎喲！」賀決雲被她這鄙視意味明顯的一眼氣到了，「剛才是妳說要吃，妳要是現在敢說不要，妳就完蛋了！」

「你什麼意思？你知道我是誰嗎？」穹蒼把手裡的雜誌往前一甩，用力拍著桌面強調道，「我可是上過九次主流財經雜誌內頁，還被邀請參加過電視臺個人訪談的知名年輕企業家。被評選為我市十大優秀青年，是當代最有商業潛力的創業人之一。懂嗎？」

賀決雲渾身起雞皮疙瘩，受不了道：「……妳到底玩夠了沒？」

「玩？角色扮演，從了解一個人開始，我只是在認真工作。」穹蒼說：「不過，吳鳴的生活確實挺有意思的。」

穹蒼面前鋪散著一整桌的雜誌跟報紙，而翻開的那一頁，全部都是吳鳴那張精修過的臉。

縱然以大眾的眼光來看，吳鳴算得上是個長相帥氣的男人，但當許多張臉並排擺在一起，就顯得有點變態了。

穹蒼放下腳，在椅子上轉了半圈，停在某個位置，指給賀決雲說明道：「吳鳴的書房裡有著許多報刊雜誌，就擺在距離他最近的位置，而書桌上還直接放著他最近接受過的採訪報導。他旗下的員工，以及他自己，總之所有跟他有關的新聞或採訪，全都被他保存了下來。」

賀決雲已經看見了，這數量真的不少。

穹蒼說：「吳鳴頻繁地接受採訪，不論是大小報刊，並把這些東西放在肉眼可及的地方，說明他對此很驕傲，他很享受自己事業的成功，也很享受被人關注的感覺。從他的個人經歷來看，他早些年也曾做過網紅，只是因為放不開，沒能運作成功，後來才轉型專心做幕後。」

賀決雲說：「說明他很自戀。」

「不錯，他有一定的虛榮心，喜歡消費奢侈品，極愛面子。所以整棟別墅的裝潢風格有點浮誇。」穹蒼從一堆書的底部，抽出一份被她特地折疊了一個角的報紙，將其推到賀決雲面前，「從他回答這名記者提問的語氣跟內容來看，他是個性格敏感的人。當這位記者問了令他不高興，或者比較犀利的問題後，他的回答也會變得針鋒相對。而他尤其討厭有人提及他的童年跟過往。說明他討厭曾經貧窮的自己，過去被他視為是一段黑歷史。」

賀決雲一面拿起，一面驚訝道：「那麼短的時間，妳就已經看完所有報紙跟雜誌了？」

「當然不是。」穹蒼說：「凡是被他好好存放，且處於顯眼位置的，寫的必然都是好聽的廢話，看了也是浪費時間。而被他深深壓在底下，偏偏又不捨得扔掉的，才是真正帶有資訊的東西。」

就是這種對資訊的選擇和處理能力，搭配上她漫不經心的語氣，最為欠揍。

你又不能在她面前承認自己的愚蠢，只能保持沉默。

賀決雲認真地查看手上這篇新聞稿。

這是一家具有權威的報刊公司，而採訪時間也在早期。那時候的吳鳴初露鋒芒，對於能接受這種採訪感到很興奮。所以雖然內容讓他略感不適，但他還是把東西留了下來。

當時的他沒有現在的地位，記者的提問就顯得比較犀利。

從訪談的字裡行間可以看出，記者想要的是「草根出身，熱血勵志」的人物形象，偏偏吳鳴不喜歡背上「草根」這兩個字。於是整篇採訪報導的內容變得非常有趣，深深透露著吳鳴的抗拒與記者的無語。

穹蒼好笑道：「原來這就是成熟男人的世界，我看見了許多低級的趣味。」她將餐盤拖到自己面前，攤開手問道：「為什麼沒有牛奶？」

賀決雲還在看報紙，淡淡道：「因為成熟男人的世界早就斷奶了。」

穹蒼：「……」

穹蒼低下頭吃早餐，同時翻看手機的聊天記錄。賀決雲則在一旁的小沙發上坐下，做著跟她一樣的工作。

然而李毓佳的手機是舊款，軟體不多，他實在沒什麼好查的。

過了會兒，賀決雲起身去主臥室翻找女主人的包包。等他回來的時候，穹蒼也正好從書房走出來。

賀決雲問：「有什麼發現嗎？」

「沒什麼重要的。書房的電腦裡沒有太多跟工作相關的內容，說明他很可能是個不戀家的男人。除此之外，吳鳴性格很謹慎。他會定時清理聊天記錄，只留存一些工作類的內容，幾乎沒有生活類的話題。」穹蒼揉了下脖頸後面的肌肉，把手機遞過去說：「我相信他應該不害怕李毓佳查他的手機，他這樣做的原因，可能是他的聊天記錄當中，有令他自己覺得羞愧的內容，又或者是純粹的習慣使然？這件事情暫時不明。但在他刪掉的內容裡，或許有跟案情有關的東西。」

賀決雲拿到手機後看了一眼，又還給她。

穹蒼側身從他身邊穿過，繼續往外走，賀決雲下意識跟了上去。

兩人找到了保險櫃。

櫃子擺放在角落，一行黑色的密碼被系統標注在半空中。

穹蒼蹲下身，輸入密碼，拉開櫃門。

保險櫃的最上層存放著珠寶首飾一類，穹蒼將它們拿出來擺在旁邊。中下層堆疊著各種檔案，全部都用棕色的文件袋保存。

吳鳴應該是個不喜歡斷捨離的人，各種有用沒用的檔案都按照年份，被他保留了下來。

也許他不會再用到，也許他不會再去看，但他捨不得丟。

穹蒼將它們一一取出，平鋪在地面上，粗略地掃了一遍合約的內容。那些年代久遠的銀行單據、貸款合約的副本、房屋權狀的影本等等的文件，將吳鳴想要隱瞞的過去，一清二楚地暴露了出來。

賀決雲說：「雖然李毓佳的家庭條件普通，但跟當年的吳鳴比起來好上不少，家裡還有兩間房，吳鳴絕對算高攀。」

穹蒼點頭：「吳鳴畢業後從事自媒體行業，想要發展網紅經濟。他購買攝影機、化妝品，支付營運廣告費等開銷，應該都是李毓佳接濟的。」

「吳鳴最初成立公司需要的九百萬，是李毓佳抵押了父母的房產提供的。」賀決雲撿起地上其中一份文件，「公司法人不是吳鳴也不是李毓佳，而是吳鳴的媽媽。他到底是怎麼說服李毓佳的？」

穹蒼補充說：「他們現在住的這棟別墅，同樣登記在吳鳴母親的名下，沒有李毓佳的名字。看來就算離婚，李毓佳也得不到多少好處。」

穹蒼將東西放下，吐槽了句：「吳鳴這位所謂『身家四十億的成功男人』背後的成功女人，居然不是李毓佳，而是他自己的母親。」

不過十幾分鐘，兩人以直播間觀眾都還沒反應過來的速度，釐清了文件袋裡的所有內容，並取得關鍵的幾條線索。

穹蒼一邊將東西放回文件袋，一邊分析說：「他對李毓佳非常不客氣，可能是因為兩人結婚多年沒有生育，感情已經寡淡。還有一點應該是強烈的自尊心作祟，讓他不願承認自己當初受女方接濟的那段生活。甚至有可能，當初那段感情，從根本上就不太純粹。」

賀決雲點頭。

這並沒什麼疑義。

穹蒼說完，手下突然不再動作，而是一動也不動地盯著他。

賀決雲脊背發寒道：「怎麼？」

「其實從遊戲身分的角度上來說，我並不相信你。從我看見茶几上那份病歷開始，我就認為你有足夠的殺人動機。」穹蒼認真道：「起碼，我無法長年忍受吳鳴這種男人。」

賀決雲面不改色道：「那現在看見這些文件，妳應該更加確定了。妳想要怎麼做？分居嗎？」

穹蒼搖頭：「不，我還是願意向你分享我發現的各種線索。」

賀決雲哂笑道：「幹什麼？想繼續帶我躺著贏？」

「不，如果你真的是凶手，我也有信心在你動手之前，找到決定性的證據，並阻止你的行為。」穹蒼說完停頓了下，露出詭異的微笑，「這是一位沒有斷奶的優秀男人，對自己女人的放縱。」

賀決雲：「……」

他手下一個力道沒控制住，直接把紙張撕碎了。

賀決雲氣得齜牙咧嘴，甩下東西罵道：「妳神經病啊！」

直播間的觀眾發出一串刪節號。

『一句話直接扭轉了直播間的氣氛，降低了大神的格調。她到底在想什麼？』

『這是調戲還是挑逗？大神的世界好刺激，居然敢在死亡副本裡撩凶手。』

『這邊取得線索的速度真的好快啊。隔壁直播間的朋友還在去醫院檢查不孕不育的路上。』

『九十三分的大神看文件都這麼快的嗎？她翻下一頁的時候，我才剛看完第一段。』

『這只是基礎而已，新觀眾冷靜一下，這位大神可是能在一天內看完一名高三生參考書和計算紙的神人。』

『首席凶手候選人李毓佳。按照這個設定，案子好像沒有難度吧？三天到底怎麼改編的？』

『這是個恐婚教學副本（窒息.jpg）。』

在把東西全部放回保險櫃後，穹蒼也回到自己的臥室，換下睡衣。

雖然穹蒼沒有說要跟他分居，但賀決雲一怒之下，把自己關進隔壁的書房裡。

穹蒼過去敲門，說道：「Q哥，你會開車嗎？送我出門一趟，我想趁現在去買幾個監視器。」

賀決雲過來拉開門：「妳不會開車？」

穹蒼三分譏笑：「像我這種身分尊貴的人，出門怎麼可能……」

「砰！」

大門無情地在她面前關上。

穹蒼摸了摸鼻子，再次敲門。

賀決雲冷著臉站在門後。穹蒼說：「對，我不會開車。」

賀決雲沒好氣道：「等一下，我換件衣服。」

第十三章　不為人知的祕密

穹蒼卑微地坐上賀決雲的車。

賀決雲換上一身偏中性的衣服。寬鬆的襯衫加長褲，外面套著一件黑色的風衣，將束起的長髮直接藏進帽子裡，極力想掩蓋自己是個女人的事實。只是神色間有些鬼鬼祟祟，一眼看去不像好人。

穹蒼人在車上，也不方便對此吐槽。

好在電器行就在他們別墅區不遠處的一家大型商場裡，穹蒼快步走進去後，隨意挑選了一個型號。等兩人重新回到家，只花了半個小時的時間。

進門後，穹蒼將監視器從箱子裡拿出來，別墅的角落立即多出了幾個紅色的圓圈標記，提醒她安裝地點，大概就是吳鳴現實中安裝監視器的地方。

看來在察覺到被人跟蹤之後，吳鳴也跟著做了一些防備。

穹蒼環視四周，在腦海中粗略畫出監視器拍攝範圍的草圖，點頭說：「按照這個鏡頭的視野寬度以及房屋的大小構造，他安裝的位置選得不錯，基本上整棟房子沒有留下太大的死角。而且監視器可以被部分裝飾物遮蓋，比較隱蔽。」

賀決雲說：「這棟別墅可是第一案發現場，如果有監視器的話，豈不是能直接拍到行凶現場？那這個案件就太簡單了，沒必要專門設成一個副本。」

穹蒼提著東西往裡走，說：「說明後來監視器沒有發揮出它應有的作用。」

賀決雲：「那妳還要裝？」

「當然。沒發揮出它的作用，也有契機跟原因。」穹蒼說：「說不定能留下其他的證據。」

穹蒼直接盤腿坐到地上，將記憶卡插入監視器的卡槽裡，準備進行安裝，一面說道：「我這次買的只是最普通的ARM嵌入式遠端監視系統，搭載Linux作業系統，支援跨網域，可以在多個平臺間快速完成資料傳輸。監視器自帶儲存跟連網功能，吳鳴死亡不到十二個小時就被發現了，它的記憶卡以及雲端裡的資料必然還沒被覆蓋。這種情況下，想要澈底刪除所有監視器畫面，且做到無法被技術人員恢復，我不好說完全不可能，起碼普通的駭客做不到。」

穹蒼將設定好的監視器一一擺在自己身側：「想要安全避開監視器畫面。要麼先停止監視器的運行再行凶，能做到這一點的只有李毓佳。而如果凶手不是你的話，最好的方法就是拿走所有監視器，以及與它連接的通訊設備，讓警方從一開始就不知道這裡有裝監視器。」

「如果凶手真的這麼做的話，那就更好辦了。」穹蒼笑道：「在吳鳴廣泛的交友圈裡，找一個不知道究竟是誰的凶手，與在一個固定範圍內尋找一堆監視器畫面。你覺得哪個更簡單？」

說得沒錯。

賀決雲走過去，幫她調整網路。

沒費多少工夫，兩人順利按照提示設好監視器。穹蒼確認手機中的畫面能正常運行，滿意道：「勞駕，再送我去公司一趟，我要上班了。」

雖然兩人裡裡外外忙了一陣，但其實遊戲時間才剛過十二點。用剩下的半天時間去搜查公司的情報，對穹蒼來說已經很足夠了。

賀決雲點頭。

只要她能正常說話，賀決雲還是很樂意滿足她的要求的，甚至為了表示自己對此的鼓勵，他還頗為熱情地說了一句：「好的！」

按照吳鳴的性格，他公司的辦公室也必須體面。

他在科技城的一棟貿易大樓租了兩層樓，大樓門口立著一個玻璃碑，上面還烙著公司的大名，看起來現代又輝煌。

穹蒼的遲到並沒有帶給眾人太大的驚訝，她穿過前檯，走向自己的辦公室，闔上門窗，隔絕了外界的視線。

學生身分與公司老闆身分能接觸到的資訊量，自然是不可同日而語。兩者的活動範圍跟接觸的人事都截然不同。

穹蒼率先打開吳鳴的電腦，查看最近新增的檔案，從命名上簡要篩選內容。

很快，穹蒼翻到了一版新的合約。吳鳴大概是今年想改，但細節還在敲定中。

穹蒼仔細研讀了一下裡面的條款，可以看出吳鳴對元老和新人的待遇有明顯的差距，在權利和解約限制上都有體現，給足了那些老員工自由和尊重。

眾所周知，娛樂行業的合約一向是比較不講道理的，尤其是對平臺依賴性較強的從業者，比如網紅、新人藝人等。表面上吹噓得光鮮亮麗，背地裡訂的都是完全不平等的買賣合約。於是一些工會或者團隊應運而生。

在行業越來越成熟，資源逐漸固化的情況下，妄圖依靠單打獨鬥來謀求出頭的機會越來越少。新人想要入行，不僅要依託平臺，還要依託團隊，即便是面對霸王合約，也沒有選擇的餘地。

吳鳴的這份合約，相較於同行業的其他公司，可以說「良心」了不少，或許這也是他能搶占市場、迅速壯大的原因。

不僅如此，穹蒼還發現吳鳴有一個小帳。

這個悶騷的男人，居然偷偷潛伏在他們公司的群組裡，打聽著員工對自己的評價。然後將那些在背地裡說自己壞話的，連名帶姓地記在備忘錄裡，私下找機會再責罵回來，聽不得任何批評。

不過從群組裡的態度看來，他這個老闆做得還算合格。

穹蒼舒展開手臂，伸了個懶腰。

從目前發現的各種資訊來看，吳鳴不算是很壞的人，更像是一個庸俗的普通人。他有著一堆壞毛病，也有一點小聰明。好功利，能隱忍，分得清利弊。

這種人在沒有利益的影響下，不會在明面上死死得罪某個人，他的性格更偏向於在家當大爺。

說實話，除了李毓佳，穹蒼實在找不到第二個會恨他至死的對象。

電腦裡其餘的財務報告或者創意策劃，穹蒼對此毫無興趣。她起身走到玻璃窗前，以縱覽全域的方式，將整個房間的布置收入眼底。

吳鳴的這個辦公室，有著濃厚的生活氣息。部分的擺飾帶著偏女性的審美。比如盆栽以及桌上的相框，應該是受了某人的影響。而且穹蒼剛剛在座位上，聞到了一股淡淡的，屬於女士香水的味道。

李毓佳的身上沒有噴灑香水，他們的臥室也沒有類似的東西。

穹蒼反身拉下百葉窗，看著在外面工作的男男女女。

作為一家由無數年輕血液組成的ＭＣＮ[2]公司，吳鳴簽約的員工中不乏有帥哥美女。他不喜歡李毓佳，但也是個有生理需求的年輕男人，按照常理來說，他有別的情人還算合理。假如他真的出軌了，那麼從這些人之間進行選擇似乎更方便，也更安全。

穹蒼面無表情地掃視著走動的幾人，猜測那裡面會不會有吳鳴中意的對象。

可是從她來到辦公室開始，就沒人進來打擾過她。她一路進來，也沒有哪個女生對

2 MCN：Multi-Channel Network的縮寫，意思為多頻道聯播網。

她露出明顯曖昧的神情。

最關鍵的是，穹蒼沒有從吳鳴的通訊記錄中，看出任何與情人有關的端倪。

找不出實質性的證據，一切就只是猜測。

穹蒼摩挲著下巴的鬍碴，感受著指腹下那陌生的粗糙感，內心閃過一絲自我懷疑。

說不定真的是她心思猥瑣，汙衊了吳鳴的清白。也沒說男人就不能噴女士香水，或者員工就不能坐老闆的位子。

就在這時，助理提著一個藍色的禮品袋走進來，朝她笑道：「老闆，這是您上次讓我幫忙訂的禮物，我已經幫您包好了。」

穹蒼接過後，將裡面的東西拿出來看了一眼。

不過是手心大小的盒子，包裝得很精美，手感不輕不重，只看體積的話，難以判斷裡面究竟是什麼。

盒子外的緞帶綁著一張淡藍色的卡片，上面還用鋼筆寫了一行字：

『沐著極星燦光，你穿越黑夜走來。』

穹蒼的眼皮都跳了起來。

以他們夫妻之間的關係，可不像是會有那麼浪漫的情趣。

這句話出自一首知名情詩。穹蒼還在想吳鳴是個挺有文學素養的人，就聽助理說：

「老闆，沒事的話，我就先出去了。」

「等等。」穹蒼將卡片從縫隙裡抽出，若無其事地問道：「最後是選了什麼禮物？我有點忘了。」

助理笑道：「那條紫色的水晶項鍊。您不是說，老闆娘比較喜歡紫色嗎？」

穹蒼也笑：「哦，對。我上次買禮物的時候，她跟我強調過，說我沒記性……那是多久之前的事情了？」

「也就半個月吧。」助理說：「你們兩位的結婚紀念日，您好像送了一款手鍊給老闆娘。」

穹蒼無奈一笑：「對，她還老抱怨我不記得紀念日，漏了應該給她的禮物。」

助理露出羨慕的表情，說：「老闆，您已經很好啦！每個月都親自挑選禮物送給老闆娘。不像我，我男朋友連我生日都不記得，你們兩人的關係真好。」

「是啊。」穹蒼好笑說：「誰叫她比較愛撒嬌呢？」

穹蒼又跟她聊了幾句，發現助理真的不知道這份禮物是要送給誰的，擺了擺手：「沒事了，妳先出去吧。」

助理略一躬身：「好的。」

等人離開，穹蒼就把禮物拆開，對著那條紫水晶拍了張照片，傳給賀決雲。

穹蒼：『吳鳴送給愛人的禮物。助理說他每個月都會準備相關的禮物。』

穹蒼：『家裡應該沒有紫水晶一類的首飾吧？我看李毓佳也不是個喜歡打扮的人。』

賀決雲那邊很快回覆，且言簡意賅。

賀決雲：『無。』

穹蒼單手快速打字。

穹蒼：『說明吳鳴真的很愛面子，他在外居然還有愛老婆的人設。』

穹蒼：『他很害怕被人發現這段關係，所以將細節處理得非常乾淨。卻又沉迷於對方給自己的影響，在眾人都不知道的地方，享受著對方讓自己做出的改變。這段關係讓他感到矛盾又刺激。你覺得呢？』

穹蒼是希望賀決雲能幫自己完善吳鳴的心理側寫，畢竟同性應該更了解男人的心理。沒想到賀決雲那邊很快給了兩則簡短的答覆。

賀決雲：『嘖。』

賀決雲：『渣男。』

穹蒼品了品，感覺有點微妙，卻又說不出來。

『這句「渣男」脫口而出的時候，我知道他入戲了。』

『哈哈哈！』

『眼看著Q哥被越帶越偏。』

『我三開直播間，電腦快吃不消，眼睛也快不行了，所以我決定留在這裡看段子。』

『連大神都找不到的小三，厲害了。如果吳鳴願意，簡直是海王的最強競爭者啊。』

穹蒼在辦公室裡做二次搜尋，想要找出吳鳴那位情人的資訊。沒過多久，收到系統的提示，告訴她現在已經到了下班時間。

今天的遊戲日期是二月二十五號，吳鳴最早開始懷疑有人跟蹤他的時候。那個跟蹤者究竟是誰還不確定，這一段是固定劇情。

穹蒼快速收拾好東西，準備步行回家。

二月底，日頭還沒澈底亮起。

穹蒼離開公司的時候，外面的天色已經灰濛濛了。昏黃的路燈亮起，同夕陽的餘暉一道，將人扯出兩條淡淡的光影。

她走在綠化帶裡面的人行道上，看著身邊人影匆匆，心底的違和感越來越重，不由放慢腳步。

三天的設定還是很完善的，許多線索都隱藏在細節之中。

她剛才離開的時候，公司裡的員工都沒有表示驚訝，還有不少人直接跟在她身後一起下班，說明吳鳴平時就不是一個喜歡無事加班的人。

可是按照別墅裡搜查出的線索來看，吳鳴也不是個一下班就準時歸家的好伴侶。別墅裡有關於他的生活痕跡太少，連書房的電腦都沒有太多使用記錄，說明他更可能只是回家小做休息，不做長期逗留，努力地避開和李毓佳的見面機會。

那麼在這段空白的時間裡，他到底去了哪裡？

是MCN類的公司之間需要應酬，還是出門采風尋找人設靈感？

穹蒼沉著臉，回頭看了一眼，

天色猛地暗了下來，太陽沉入天際線後，連最後一抹橙紅也消失不見。

車燈刺眼的光線從馬路上閃過，鳴笛的聲音隨著噪音不時響起。街上的車流量達到了晚間的高峰期。

吳鳴是個會開車的人，他不像自己，下班後需要步行回家。那麼跟蹤的人，是從什麼地方開始尾隨的？

市中心高峰期的交通情況，可不適合進行跟蹤，一個紅綠燈就能讓他們失散在茫茫車海。

穹蒼再次拿出手機。

吳鳴手機中的GPS定位並沒有對相關軟體進行授權，因此無法簡單得知他每天的行車記錄。

穹蒼翻了一遍，未有收穫，轉而打開導航軟體，在路線的下拉式選單中，看見了一整排來不及清除的選項。

穹蒼微微勾起了唇角。

果然再謹慎的人，也不會在自己的私人手機當中，做到不留一絲痕跡。

吳鳴是個需要經常出差的人，畢竟他作為老闆，偶爾要幫忙監督拍攝、選取廣告、招聘新人。而在路線頁面，可以透露出他平時的工作業務。

即便他已經非常熟悉市內的路線，往來不需要導航，但當他從外地駛回的時候，還是需要把地址定成自己常去的地方。

穹蒼將每個市內的定位都試了一遍，發現底部的一則記錄中，它既不是前往公司，也不是前往某個商業區，而是通向某個社區。

穹蒼直接在路邊叫了輛車，說了地址，前往目的地。

計程車司機順利將穹蒼送到社區門口。

穹蒼提著公事包，單手插在口袋裡，擺出霸道總裁的架勢，從側門走入。

她沒在身上找到和這個社區有關的鑰匙，也不知道吳鳴的房子究竟買在哪個位置，三天這次沒有給她提示，說明這裡應該有關鍵性的隱藏證據，或者是一條根本就不是給她這個角色提供的證據。

穹蒼闊步朝著警衛亭走去。門口的柵欄緊閉，需要感應鑰匙才能進出。

警衛正穿著一身紅色的制服在值班，看見她過來，笑了一下，主動招呼道：「吳先生？今天怎麼沒開車啊？」

「今天錢包丟了，所有的鑰匙都不見了，還沒找回來呢。」穹蒼說，「對了，你這裡有聯絡方式嗎？幫我請個開鎖師傅上門，我直接在這裡等。」

警衛熱情道：「好的，您稍等，我馬上讓他過來。」

穹蒼跟他保持著一公尺左右的距離，看著他進了警衛亭，從桌上一堆雜亂的名片中翻出一張，對照著上面的號碼撥打出去。

「喂，開鎖師傅嗎？」這位警衛顯然跟吳鳴是比較熟的，連房號都沒問，直接說道，「竹苑三二號六〇二的屋主需要開鎖，您現在能過來嗎？好的，他就在社區門口等著，麻煩您盡快啊，謝謝。」

他吩咐了兩句，快速掛斷電話，又朝著吳鳴笑了下，說：「您在這裡稍等片刻，他馬上就到。」

穹蒼微笑道：「謝謝。」

沒過多久，一個中年男人提著工具箱走進來。警衛幫兩人開了門，讓他們進去。

吳鳴上次離開的時候，沒有將門反鎖，所以開鎖的程序不複雜。開鎖師傅只在門邊搗鼓了一陣，就順利把門打開，收完錢之後乾脆俐落地走了，穹蒼則留在屋裡觀察裡面的環境。

房間打掃得很乾淨，一進門就能聞到一股淡淡的清香，穹蒼鼻子動了動，順著味道看向附近的餐桌。

桌上擺了一瓶乾花，顏色搭配得很好看，上面不知道噴了什麼香水，與花香相似的味道，以致於穹蒼第一眼還誤以為那是一束真花。

穹蒼順手拉開一旁的鞋櫃，看見裡面放了幾雙黑色皮鞋，並排放著的是各種不同類型的高跟鞋。

她將鞋子拎在手裡。

高跟鞋底部標注的號碼，顯示它們都在三十九或四十碼以上。有幾款甚至在四十四碼以上，應該是訂製生產的。

鞋底全部都很乾淨，看得出來主人非常愛護，或者根本就不會穿它們出門。

穹蒼反手將櫃門關上，繼續往裡走。

這套房子的裝潢風格與別墅截然不同，卻又有一脈相承的感覺。別墅裡是金碧輝煌，土豪到有點刺眼，那麼這套房子同樣豪華，顏色豔麗到讓人刺眼。

明顯能看出主人喜歡藍色、紫色以及紅色。這三種顏色搭配在一起並不和諧，不是穹蒼喜歡的裝修風格。

屋裡還有各種手工製品，擺滿了木架，堪稱琳琅滿目。

都是這套房子的面積太小，阻礙了吳鳴的審美發揮。

穹蒼順著走道來到臥室。

梳妝檯上擺放著不少首飾，其中就有紫水晶的手鍊和項鍊。吳鳴購買的大量女性飾品，應該都在這裡。並不是送給他的夫人，而是送給他自己。

穹蒼轉過身，看向靠牆的衣櫃，裡面掛滿了各種款式奔放的長裙。她拿下裙子比了下長度跟大小，發現部分合身、部分偏小。在幾件大小合適的裙子上，有被人試穿過的褶皺。

穹蒼將房子全部逛了一圈，說實話，雖然有所準備，內心還是感受到了震撼。她面上不動聲色，心情卻很複雜。

即便她不想承認，事實卻擺在眼前。

為什麼吳鳴的手機裡沒有任何與「情人」的交流記錄，不是因為他過分謹慎，而是從一開始就不存在。

他並沒有享受出軌帶來的興奮與刺激，他本身的愛好就很刺激。

他是一名異裝症患者，他害怕的只是被人發現這件事情。

穹蒼感慨地嘆了口氣。

在她剛進入這間房間的時候，她還天真地以為這裡只是霸道總裁用來藏嬌的金屋。原來她的推理從根本上就出現了大差錯，因為她根本不了解有錢人的生活。

有錢人可以為了掩飾自己的愛好，直接買下一間房玩換裝遊戲。而她，她做不到。她沒辦法買一間房子，專門用來存放草稿，畢竟一間完全放不下。

直播間裡的網友受到的刺激不比穹蒼少。男性網友一時語塞，怕自己此時出聲會暴露出什麼。

『啊！是我的閱歷限制了我的推理。』

『一時不知道該感慨大神的搜索能力，還是該感慨這個花花世界的神奇之處。我能包容、能理解，就是轉得太快，停不下來。』

『方向盤都飛掉了……』

『不少男人都有異裝癖，只是沒嘗試過而已，因為女裝真的很漂亮。』

『看不出來，我是真的沒看出來，吳鳴居然是這樣的人。』

『大神能不能給個旁白解說啊？她一直沉默，我到現在都不知道她是怎麼想到要來這個地方的。』

『這個直播間的劇情探索進度，真的是飛一般的感覺。跟著大神，躺著贏。』

穹蒼在屋裡坐了很久，一半時間在發呆，一半時間在玩手機。

只是她平淡的表情顯得太過高深莫測，讓人看不出她內心的想法，觀眾以為她還在勤奮地尋找線索。

在遊戲時間走過九點時，穹蒼去泡了杯吳鳴存放在廚房裡的泡麵。吃完宵夜，身心舒暢，才慢吞吞地起身下樓。

她內心有過猶豫，最後決定還是先不要把這個線索告訴賀決雲，以免影響到自己在賀決雲心中的偉岸形象。

只要當作沒事發生，她依舊是那個霸道總裁。

穹蒼走出一樓大門的時候，候客室的感應燈正好熄滅，周遭的一切陷入漆黑。她腦海中不期然地浮現出吳鳴寫給自己的那句情詩：「沐著極星燦光，你穿越黑夜走來。」

……不愧是他。

穹蒼用手機導航點了別墅的地址，順著上面規劃出的路線，緩步走出社區，準備到方便的位置再叫車回去。

她也不知道今天的行程安排，還能不能讓她碰到那個跟蹤吳鳴的人，為了盡量提供能讓他尾隨的機會，她把上下車的定位縮短了一公里左右的距離，希望對方能努力一下。

由於穹蒼訂下的上車點附近有一群爺爺奶奶在跳舞，致使夜裡依舊人來人往、熱鬧不凡，穹蒼並沒有發現身後有人跟蹤。

等她上了計程車，車輛開到無人的主幹道上，穹蒼這才察覺到，一輛白色的小麵包車一直不遠不近地跟在他們後方。

司機按照穹蒼的吩咐，在一個公車站牌附近將她放下，那輛小麵包車同樣停在了路邊。

穹蒼下車後在原地等了一會兒，不見對方出來，只能自己先往前走。

等走到無人又僻靜的地方，穹蒼重新回過頭，卻見身後空蕩蕩的，依舊沒有人影，唯有兩側的綠化植被在燈影下不停搖曳。

穹蒼說：「出來吧。」

毫無動靜。

「我不是在詐你。」穹蒼放大了聲音，配合吳鳴那渾厚的嗓子，摻雜了一些挑釁的意味，她說：「雖然現在有風，但還不至於將植物壓出那麼明顯的痕跡。我說的是距離我六公尺遠左右，藏在我目前正對位置的那個人。要麼你現在出來跟我好好談談，要麼我就直接回家了。」

見被她直接道破，黑暗中的人影終於從灌木叢後走了出來。

那是一個中年男人，身形很瘦，因為骨骼本身偏小，又穿著一件單薄的牛仔褲，兩條腿顯得跟竹竿似的，讓他看起來就像一隻猴子。他的脖子上掛著一臺相機，半張臉被鴨舌帽遮蓋，雖然看不清臉，但走路的姿勢非常特別。

穹蒼說：「你跟拍我。」

那人背部微微佝僂，一手捏著相機，一手插在口袋裡，沒有回答。

「你拍到什麼了？」穹蒼問：「你還想跟我跟多久？」

對方突然道：「八百萬。」

穹蒼不發一語，片刻後低下頭在手機上按動。

對面的人有些焦躁，伸長了腦袋往她這邊張望。

穹蒼的哂笑突然打破了寂靜：「精神病院的電話號碼是XXX，方向在迴轉後左轉。既然你有車，我就不送了。」

「我拍到了！」中年男人急促地說了一句，而後放緩語氣道：「你不想讓別人知道，你是一個變態吧？」

穹蒼無聲地笑了下，不僅沒有生氣，還朝他走近了一步。

「從概念的角度上來講，變態的意思是異於常態。我不知道你是在貶抑我，還是單純地說……我的與眾不同。」

穹蒼就是聽著這兩個字長大的，如果它值八百萬的話，她早就發財了。

「我拍到你穿女裝的樣子。很多。你每天都會去那個社區，換上女裝，扮成女人。不肯回家，也不生孩子。我連你換衣服的照片都有。」對方的聲音帶著一絲笑意，他舉著相機示意說：「你老婆懷疑你在外面包養女人，卻不知道你根本就不是男人。你不會是騙婚的吧？你喜歡男人？」

穹蒼嗤笑出聲：「別的不談，我只想先糾正你一點。異裝症、同性戀、性別障礙者，這三者之間是不一樣的。我還是第一次見到一句話混淆三個概念的人。你們做私家偵探的，不用多讀書嗎？」

「你還要不要照片啊？不要的話，我就拿去賣給別人了。」中年男人根本不理會，只是笑嘻嘻地問道：「像你們這種企業，淨值比……是淨值比吧？淨值比都很高吧？出點什麼負面新聞，股價會立刻下跌，別怪我沒提醒你。」

「不要。」穹蒼乾脆地回絕並轉身，興致缺缺道，「你如果還敢跟著我，我就報警了。」

對面的人愣了下，起先還保持著不屑站在原地，看她是真的要走，才慌了神，追上去喊道：「吳嗚，你瘋了？你真的敢報警？」

穹蒼再次停下，反問道：「我為什麼不敢報警？現在是你在勒索我，我有明確的證據，需要害怕的人是你。」

她拿出手機，示意自己剛才已經錄音了：「你知道勒索要判多少年嗎？金額多的十年起跳，並處罰金。一百萬到兩百萬已經很多了。你剛剛說的八百萬，遠超過這個數字。我隨便請個律師，都可以讓你把牢底坐穿，你自己考慮一下吧。」

中年男人叫道：「那所有人都會知道，你有異裝症！」

穹蒼不以為意地聳了下肩：「喜歡穿女裝怎麼了？你還喜歡偷拍呢。怎麼想都是你比較猥瑣。」

「你要是真的不害怕，你也不會特地買一棟那麼隱密的房子來做這些事。」中年男人說著，突然又有信心，得意道：「你平時上雜誌的時候是什麼形象，你敢曝光自己是個變態嗎？」

長影在夜空下踱步，皮鞋踏在水泥地上，發出沉悶的響動。

「我最討厭別人威脅我，還是因為這些無所謂的東西。」

穹蒼停在中年男人的面前，拉近與他的距離。通透的瞳孔鎖定對方的臉龐，眉毛高高挑起，以高傲的姿態俯視著他。

吳鳴或許會很害怕。他雖然從事著社會新興的行業，能夠把握輿論的熱度和討論度，但是他出生在貧窮的鄉下，受到家庭跟環境的影響，內心始終有著保守的道德觀。他無法接受自己的異裝症，有著強烈乃至敏感的自尊心。恐怕在他心裡，也認為那樣的行為是一種變態，否則他不必採用那麼隱祕的方法，連表達自己的喜好都如此的小心翼翼。

可是穹蒼在乎什麼？她需要煩惱的問題太多了，哪裡還有閒暇去關心別人喜歡什麼？異裝症誠然小眾，可它是什麼不可原諒的罪行嗎？吳鳴已經那麼努力想要隱瞞，非要將它從最隱祕的地方挖掘出來，又是什麼高明的手段嗎？

穹蒼坦蕩蕩道：「你忘了我是做什麼行業的？我是做網紅經濟的，我的團隊就是為了行銷知名網紅賺取流量。你知道現在有多少網紅，都是走男扮女裝的路線？他們有討論度，受歡迎，和娛樂扯上關係，沒有人會覺得他們是變態。你曝光出去，我可以順勢說這是我們公司的下一項策畫，這難道是什麼稀奇的事嗎？倒是非常感謝你替我宣傳。如果到時候我們的股價上漲，我可以發一封感謝信給你們老闆。對了，你在哪家公司上班？」

穹蒼抬手，用食指將他的帽子往上頂，露出他的額頭。

「浪費我的時間。」穹蒼陰惻惻道：「我已經記住你的長相了，給你最後一次機會，滾！」

中年男人打了個寒顫，終於回神。他一面後退，一面低語道：「你會後悔的，這可是你自己選的！」

他飛也似地回到車上，關上車門，疾馳而去。

直播間的觀眾看著夜色裡模糊的人影，發出一聲聲意義不明的感嘆。

『我以為這個人就是范淮……』

『大神剛才那個眼神嚇到我了，但是好帥！我什麼時候才能像她一樣當機立斷！』

『所以那兩天跟蹤吳鳴的人，居然是李毓佳找的私家偵探，而不是范淮？這私家偵探有沒有職業道德啊，居然還想兩頭通吃，真不要臉。』

『憑吳鳴的性格，肯定會選擇跟對方交涉吧？可是他後來又報警了，是不是惹怒對方被報復了？』

『想不到吳鳴的人設居然會走到必死局，而且我看媒體說他死得很慘，繼續押李毓佳。』

『看似發生了很多事，但其實遊戲時間才過了不到一天而已。隔壁直播間裡的人，今天只做了兩件事，大掃除跟去醫院體檢。』

穹蒼回到別墅的時候，賀泱雲還在翻找角落裡的東西。

客廳裡的櫃子被他翻得亂七八糟，地上散落著各種東西。瓶瓶罐罐的藥品、名片、宣傳單、看病的收據，幾乎都是李毓佳這幾年艱苦備孕的證明。

穹蒼選了個乾淨的地方落腳，問道：「你在幹嘛呢？」

賀泱雲抬起頭：「妳怎麼這麼晚才回來？」

「遇到跟蹤吳鳴的人了。」穹蒼脫下外套，掛在一旁的椅背上，「是李毓佳僱用的私家偵探。」

「哦。」賀泱雲說著，在地上摸索了一會兒，抽出一份僱傭合約，說：「是這個吧？」

穹蒼道：「大概吧。他之後可能會找你匯報，別給錢。他居然想坑我，真不要臉。」

賀泱雲聽見她被坑，反而有點高興：「這種通常都已經付過訂金了，不給尾款他們也不虧。」

穹蒼在沙發的角落坐下，問道：「找到什麼了嗎？需要幫忙嗎？」

「都沒什麼有用的。」賀泱雲粗暴地把那些東西裝回櫃子裡，站起來說：「就算有線索……我也不能告訴妳。」

穹蒼笑道：「好，畢竟這是沒有斷……」奶的優秀男人。

賀決雲一喝：「停！」

穹蒼遺憾道：「哦。」

賀決雲見她還算聽話，緩下表情說：「我先回臥室了，晚上妳自己安排。」

穹蒼：「嗯。我也可以先陪你一起……」

「好了！」賀決雲再次喝斥，這次是真的激動了，臉色還微微泛紅，「妳知道有多少觀眾在看妳嗎？」

穹蒼：「……」這麼危險的嗎？

她只是想說，陪他去臥室找找線索而已。

在她還沒反應過來的時候，賀決雲已經踩著拖鞋奔上樓。

在沒有重要劇情的情況下，夜晚很快過去。穹蒼才剛把凌亂的櫃子整理到一半，窗外已經是一片明亮。

突然，門口傳來一陣短促的敲門聲，打斷了穹蒼的動作。她低頭掃了時間一眼，早上七點二十三分。

外面的人喊道：「兒子啊，快開門，我是媽媽呀！」

第十四章　大義滅親

穹蒼過去將門打開，就見一位中年女士站在外面。

她身材偏胖，中式旗袍外還穿著一件紅色的披肩，及肩的頭髮也染成了紅色，並燙得微捲。手上拎了個皮製的紅色手提包，口紅跟指甲同樣擦得深紅。

實不相瞞，穹蒼的眼睛猝不及防被閃了一下。

人物旁邊有一行小小的字體解釋：『周琅秀，母親，五十九歲。』

周琅秀還保持著用力拍門的姿勢，生生卡在半空，險些打到她的臉。

仔細一看，她的五官確實與吳鳴有兩分相似。只是那兩分相似的五官長在女人的臉上，過於男性化了。

「怎麼現在才來開門？傻站著幹什麼？吃過早餐了嗎？」周琅秀不等穹蒼招呼，用手虛推她一下，便立刻衝進客廳。等看見滿地狼藉，頓時放聲尖叫道：「怎麼回事？怎麼把客廳搞得一團亂？為什麼是你在收拾？李毓佳呢？啊？李毓佳！真是個光吃飯不幹活的婆娘！人呢！」

穹蒼還沒來得及開口解釋，周琅秀已經獨自完成猜測到扣黑鍋的全過程，罵罵咧咧地找人出來算帳。

「李毓佳！」雖說周琅秀體型龐大，但身體靈活，腳步一刻都沒停過，將手提包甩下後，又跑到樓梯口，扯著嗓子大喊道：「李毓佳！妳給我下來！」

到目前為止，穹蒼完全沒辦法插入半句話。她也放棄出聲，不遠不近地跟在她身後，看看她到底想做什麼。

賀泱雲帶著茫然的神色從房間走出來，停在二樓的扶手邊朝下看去。

看見他如此閒適又不嚴肅的模樣，周琅秀明顯更生氣了，臉上的皺褶都擠在了一起，一根手指用力指著，刻薄罵道：「妳到現在都還沒起床啊？這都幾點了？我的天啊，妳居然還在睡覺？家裡亂成這樣子，妳怎麼好意思睡懶覺？清潔工一請假，妳就把這裡弄成狗窩了，是不是？妳怎麼做人家老婆的？我們阿鳴還要上班，都起得比妳早，妳看看妳自己，一天天的都在幹什麼！」

她語速極快，中氣十足，賀泱雲整個被她罵傻了，都沒反應過來。

雖然他曾耳聞，也有幸見識，但從未親身經歷過這種陣仗。

於是賀泱雲歪過腦袋，看向穹蒼，試圖朝她求助。

所以說，一個優秀的男人，怎麼可以漠視自己對象如此無辜可憐的眼神？

穹蒼緩緩道：「媽……妳怎麼一大早就過來了？」

「我要帶她去看醫生啊，我早就跟她說過了，有人介紹了一個很厲害的醫生，太晚去的話連號碼牌都拿不到。我讓她六點就過來找我，結果呢？她居然在睡懶覺！我託了一大圈關係就是為了她，她就這個態度？」周琅秀的嘴一開，如同關不上的水龍頭，「早知道要娶她這麼一個麻煩，我當初就不同意你們結婚了！」

賀泱雲聽了半晌，總算聽明白了，這是要帶他去婦產科吧？

去他媽的！

賀決雲身形猛地後退一步，腿部肌肉緊繃起來，表明自己寧願玉石俱焚的決心。

穹蒼說：「他不去醫院。」

周琅秀急道：「為什麼不去醫院？她生得出來嗎？生不出來就得去醫院！七年啊，我就是在鄉下養隻狗，都能多代祖孫同堂了！連孩子都不會生，我還能讓她過清淨日子？李毓佳，妳給我下來！」

賀決雲的臉整個沉了下去，而穹蒼的臉色比賀決雲還要黑。

從上到下，乃至每一個毛孔，都感覺到被冒犯。

穹蒼說：「生不出來就別生了，我還沒見過誰非得拿自己跟畜生比。」

周琅秀叫道：「你在想什麼？不能生孩子的話，那還叫女人嗎？那你娶她幹什麼！」

這句話真是得罪了無數人，讓人無名心生火大。

直播間的留言區閃過無數髒話，一時間被各種星號代替。

賀決雲反被她氣笑了，深了深呼吸，偏偏找不到罵人的詞，最後只冒出一句：「妳話說得可真難聽。穹……吳鳴，快管管妳媽！」

周琅秀踩著樓梯小跑上去，一邊逼近賀決雲，一邊叫囂道：「難聽怎麼了？妳要是再生不出來，我的話就不只是難聽了。七年，我給過妳一次又一次的機會，妳連顆蛋都生不出來，還敢管我？妳信不信我讓吳鳴跟妳離婚！」

賀決雲面部肌肉一陣抽搐，最後咧開嘴，露出一口森森白牙，獰笑道：「我今天死都不會去的，妳給我過來啊。」

兩人在樓梯盡頭的走道裡對上。

周琅秀高舉起手，正要上前，還沒發力，脖子後面的衣領突然一緊，感覺被人掐住了命運的咽喉。

她回過頭，就見自己的兒子一臉寒氣地揪住她的衣服，把她往旁邊一撞。

「哎呀哎呀……」周琅秀趔趄了一下，一直靠到牆才穩住腳步。她左手按住並沒有被撞疼的手臂，抬起頭震驚道：「阿嗚，你幹什麼啊！」

穹蒼下巴一點，示意道：「想教訓她？」

周琅秀睜大眼睛道：「難道不能嗎？」

穹蒼大步走向周琅秀，高大的身軀投下一道剪影，將人困在狹小的角落裡。

「對，不能。」穹蒼冷冽道：「講白點，妳的媳婦跟妳是兩個人，這難道是她欠妳的？還是妳養她了？她尊重妳，是給十二年國民基本教育一點面子。妳得寸進尺，那就是暴力合作。妳有種就試試看，看我會不會放縱妳。」

周琅秀被她的氣勢壓得動彈不得，終於意識到自己的兒子與往日不同。她不安地縮起脖子，目光不斷轉動，想要尋求幫助。忽然瞥見賀決雲站在後頭看好戲，一副恍然大悟的樣子道：「她是不是背地裡挑唆你了？阿嗚，弄清楚一點，我是你媽，我在幫你！

難道你的腦子糊塗了？不想要孩子嗎？」

「如果不會生孩子的女人不叫女人，那麼不會生孩子的男人，是不是就不叫男人了？不會做人的話，基本上連人都不是了。」穹蒼說：「既然人都不做了，還要生什麼孩子？」

周琅秀不敢相信，聲音尖細地叫道：「你居然跟她聯合起來對付我？」

穹蒼嗤笑：「不用聯合，妳要是還敢，我一個人對付妳也可以。」

周琅秀：「你……你瘋啦？」

穹蒼：「我向來只逼瘋別人。」

賀決雲正站在後頭偷笑，穹蒼轉過身抓住他的手腕，帶著他往樓下走。

賀決雲順從地跟著她走了兩步，心裡還挺高興。走到半路的時候回過神來，覺得哪裡不對，掙扎著要把自己的手抽出來。

「妳是想黑我，還是想讓我請妳吃飯？」賀決雲壓低聲音說：「我告訴妳，不要太入戲！不要太入戲！」

穹蒼無語道：「我沒有。」

周琅秀看著兩人竊竊私語的背影，回想起吳鳴曾經對自己的信賴與尊重，內心感到極大的落差，無法接受。那難以轉化的情緒，瞬間成了對賀決雲的怨恨，讓她大腦失控。

她大吼一聲，朝賀決雲衝過去。

賀決雲聽到動靜後回頭，就見那位老太太不要命似地撞向他。

家裡的樓梯本來就不寬敞，兩個人並排走已經是極限，眼看那紅色的身影飛撲而來，賀決雲下意識貼著欄杆閃避。

他的下盤很穩，絕對不會因為這輕易的一推就受到動搖。但他現在的身分是李毓佳，一個缺乏運動、常年吃藥，面黃肌瘦的中年女人。

衝撞之下，他甚至還沒回過神，半邊身體就越出了扶手外。

穹蒼呼吸一窒，伸長手臂想要抓住他，卻抓住了越位而來的周琅秀。

這位老太太爆發之下的身體素質十分驚人，被穹蒼拽住一隻手，還不甘心地給賀決雲補上一拳。

賀決雲直接從扶手外翻了下去。

一聲重物落地的巨響，然後是壓抑著的痛苦呻吟。

賀決雲的視覺瞬間陷入一片黑暗，四肢蜷縮，無法起身。

穹蒼快速跑下去，單手托住他的脖子將他抱起來，枕在膝蓋上，問道：「賀決雲？你沒事吧？」

賀決雲閉著眼睛、抽著冷氣。等過了系統提示的劇痛期，才得以開口說話，搖頭說：「沒事。」

他摔下來的地方其實只有不到一公尺的高度，看落地姿勢，也避開了比較危險的位置。而且客廳裡鋪著厚重的毛毯。雖然痛，但至少沒摔出大礙。

穹蒼抬頭瞪向樓梯上的周琅秀，那位老太太此刻也後怕起來，不住搖著頭往後退，不敢靠近他們，嘴裡還喃喃道：「就這麼點高度，人是摔不壞的。我以前從窗臺上摔下去也沒什麼事，人哪有那麼嬌貴。」

賀決雲不想理她，擺手道：「沒事，我先起來。」

穹蒼以為他真的沒事，掐住他的腋下想要扶他起來，結果才剛支起半身，賀決雲喉頭一滾，嘴裡嘔出一口鮮血，將穹蒼的衣服濺成暗紅色。

穹蒼渾身打了個哆嗦，差點將手鬆開，周琅秀也被嚇得叫了一聲。

「你……你……你內傷了？」穹蒼伸手去按他的腹部，「這是摔斷肋骨了？」

「內傷個屁。」賀決雲氣虛道：「這擺明是舊病復發，胃裡湧出來的血。」

穹蒼：「什麼舊病？」

「我怎麼知道！」賀決雲急道。

穹蒼禁錮住他的手腳，讓他不要亂動，說：「先去醫院。」

穹蒼準備將人扶到車上，又想起自己不會開車，低頭問道：「你能自己開車去醫院嗎？」

賀決雲倒吸一口氣，譴責地看向她。

這個人還有心嗎？

穹蒼識趣地騰出一隻手去摸手機：「好吧，我還是先幫你叫個救護車，你堅持一下。」

周琅秀在這時跟下來說：「她說了，是她自己有病，她本來就有病，不關我的事，別說是我推她——」

穹蒼危險地打斷她的話：「妳說夠了沒？」

周琅秀嘴唇翕動，安分了沒一會兒，那點微弱的愧疚感就被憤怒代替。長久以來，身為家長的絕對權威讓她理直氣壯起來，倔強地叫道：「我說得沒錯啊！你就這麼跟我說話？你還記不記得我是你媽？你長本事了是不是？」

「不——」穹蒼剛想開口，卻聽見手機裡傳來接通的提示聲，聲音一轉，說道：「喂，一一九，我們家有個人大吐血了……是大吐血不是大出血，我也是第一次在電視劇外見到，地址是XXX……」

穹蒼用腳將大門重重關上，又從口袋裡摸出鑰匙，塞進地毯下。

社區附近就有一家醫院，兩人在門口等了沒多久，就被急忙趕過來的醫生運上救護車。

周琅秀一直待在屋裡沒出來，在賀決雲被運上去的時候，躲在窗簾後面偷看，一句關心的話都沒說過。

「這是怎麼搞的啊？」醫生拉緊手套，讓賀決雲躺平。

穹蒼表情陰沉，比了個手勢，讓賀決雲自己闡述傷情，拿出手機撥打了報警電話。

「喂，一一〇。」穹蒼將另一隻手安撫地搭在賀決雲的肩膀上，縱然內心憤怒，語氣依舊平緩，「我有個親戚來我家裡找碴，把我老婆推下樓梯，摔成重傷，我可以報警嗎？」

救護車裡詭異地安靜下來，幾人都豎著耳朵，聽她這邊的動靜。

可惜話筒裡的聲音很模糊，無法辨別對方究竟說了什麼。

穹蒼快速說了個地址，說：「你們快來，她現在還在家，我把鑰匙放在地毯下面了，一摸就能找到。」

『是哪一位親戚？』接線員問道：『妳現在也在家裡嗎？』

「那個親戚是我媽。」穹蒼用平靜的語調說著石破天驚的話，「我先去醫院，你們幫她做個思想教育吧。不接受和解，讓她在警局裡多待幾天，感受一下暴力的後果。等驗傷單出來後，我再拿去給你們。如果構成輕傷，需要走刑事流程，也請按照規矩辦事。」

對面的人驚了下，再三求證道：『妳認真的啊？』

穹蒼說：「認真的，就這樣吧，麻煩了。」

正在幫賀決雲檢查肋骨的醫生，在不知不覺間停下了手裡的動作，用一種極為複雜的眼神看著她。

「幹什麼？不能大義滅親嗎？」穹蒼面不改色地收起手機，把賀決雲披散到地上的頭髮撈起來，讓他躺好不要扭動。

「故意傷害就是犯法，誰也不能仗著是一家人就行使暴力。既然她堅定地認為自己是對的，不跟你講道理，那就只能走法律了。」穹蒼說：「要是永遠都不痛不癢，她下次還敢，而且得寸進尺，誰都不是活該受她欺負。」

護理師忍不住應了一句：「對！」

賀決雲恍惚道：「還能報警啊？」

「為什麼不能？」穹蒼問：「難道你在結婚的時候簽了賣身契？」

賀決雲很理智，心想我什麼時候結婚了？

「小夥子覺悟很高啊，就是……挺厲害的。」醫生也說不出自己的評價，問道，「你們結婚多久了？」

穹蒼：「七年了。」

賀決雲特別想跳過這個話題。

醫生奇怪道：「都已經七年了，關係一直都這麼不好嗎？」

「嗯。」穹蒼說：「都是我縱容的。我和稀泥，我拉偏架，我覺得煩，所以不想管，讓妻子受委屈去尊重長輩。連我都不是真的對他好，家長就更不用說了。每次都搞得自己好像很難做的樣子，其實就是沒有同理心又臭不要臉，像我這樣的男人，不是好東西。」

醫生跟護理師都被她忽然的深刻自省說愣了。

穹蒼低頭看了賀決雲一眼，問道：「你記住了嗎？這樣的都不是男人。」

賀決雲：「……」

直播間的網友被這操作笑彎了腰。

『Q哥，欲言又止，太難了。』

『Q哥這次應該深刻體會到了做女人的苦。』

『大神：我絕對不是在暗諷，我只是在自我反思。』

『某些人在家的時候，各種不可一世、趾高氣昂，找藉口壓迫女性，欺負弱小。但實際上也知道，這塊遮羞布不能扯，在公眾面前一個屁都不敢放。』

『大神：沒錯，我的確不是男人。』

從救護車在醫院停下後，穹蒼的手機就一直響個不停。

她拿出來看了號碼一眼，發現上面顯示著「媽媽」。

醫生跟護理師不停用餘光瞥她。結合之前的電話，他們完全能猜到這位來電人是誰。他們也很想見識一下傳說中的修羅場是如何平息的。

但穹蒼就是穹蒼，註定要讓他們失望了。她面不改色地把手機調成靜音，配合醫生送賀決雲去照X光，然後去櫃檯繳費，全程看不出半點慌亂，堪稱從容不迫。

等把賀決雲安頓好，手上沒有瑣事，她才找了個安靜的位置坐下，接通電話。訊號才剛連上，對面就傳來一陣鬼哭狼嚎似的叫聲，從那抑揚頓挫的聲音裡，足以想像出手機對面那人的狀態。

周琅秀被她晾了那麼久，已經從最初的瘋狂轉至崩潰，如今聽見她的聲音，不見憤怒，只剩下抓住救命稻草似的慶幸。

她卑微地懇求自己最信任的兒子，朝她呼救：『兒子啊！有一群騙子來到家裡，也不知道他們是從哪裡拿到鑰匙的，直接衝進門要抓我，還假裝自己是警察，你快點回來啊！救命啊！報警，他們要抓我！他們要害死我！』

穹蒼等她說完，才平靜地說：「我報警了。他們就是我叫的警察，建議妳配合調查，襲警也是犯法。」

『你……你報警？』對面的周琅秀直接愣住，然後歇斯底里地吼叫道：『天底下從來沒有兒子會報警抓他母親的！吳鳴，你瘋了嗎？我是你媽啊！』

穹蒼直接掛斷電話，把號碼封鎖，然後起身走去病房。

賀決雲不用真的接受全身體檢，畢竟那樣太不人道了。他只需要躺在床上，等待遊戲時間過去，然後拿到李毓佳曾經在醫院做過的體檢資料即可。

但在這期間，他也只能躺在床上，哪裡都不能去。

穹蒼進到病房的時候，賀決雲睜大雙眼，一臉了無生趣地看著天花板。

原本應該是一款刺激的凶案解析遊戲，卻被他玩成了放置遊戲，想想也挺慘澹的，都不知道該怎麼安慰。

穹蒼勾了張椅子，在他身邊坐下，問道：「要花多久的時間？」

賀決雲看了提示一眼，道：「起碼到下午吧。」

穹蒼：「周琅秀應該已經被警方帶走了，我回家拿點換洗的衣服和零食給你，如何？」

賀決雲抬起頭，總算有了點生氣，補充道：「還有書或者電腦，謝謝。」

穹蒼：「好。」

賀決雲遲疑了下，又說：「妳不用陪著我吧？妳不去找線索嗎？」

「不急，現在也沒有方向，還找什麼線索？」穹蒼安撫著他。

到目前為止，她最懷疑的凶手就是李毓佳。正好先看著她，看看她下一步會怎麼做。

穹蒼回到別墅的時候，家裡一片狼藉，地上是各種被砸碎的擺設品。

花瓶、瓷器、電器，連掛在牆上的畫都被摘下來踩了兩腳，牆上還有各種劃痕，靠近門口的位置糊著一團看不清的腳印，可見當時戰況激烈。

以吳鳴的性格來看，他肯定不會在自己的家裡放便宜貨，周琅秀這一發瘋，真是讓他損失慘重。

員警在餐桌上留了個聯絡方式，希望她有空能來處理一下。

穹蒼看著那行字，莫名覺得好笑。然後繞過地上的殘骸，一路來到了二樓。

她在門口停頓了下，目光完整地掃過一圈，然後才走進去。

賀決雲出來得急，身上沒帶手機，東西被他放在靠牆的床頭櫃上。

穹蒼走過去拿起來，嘗試解開他的密碼，結果連續兩次都失敗。她不做遲疑，把手機放進口袋裡，等找到機會再進行解鎖。

隨後，穹蒼走到了更衣室前面。

賀決雲在別墅裡待了整整一天，總不可能都在睡覺。那麼大的別墅裡，肯定藏有不少線索，可穹蒼回來後，他卻沒有給出任何有用的資訊，說明他發現的細節很可能對他自己不利。

而穹蒼回來的時候，他第一個反應是離開客廳回到臥室，且拒絕穹蒼入內。所以那些東西多半被他藏在房間裡。

穹蒼伸手摸了摸每一個衣服的口袋。

據說，男人藏私房錢的技巧可以很高超，是在多年遊擊戰役中摸索出的高明策略。但賀決雲是個沒經驗的傢伙，對穹蒼也沒多大的戒心，大概只會粗淺地把東西藏在表面看不見的地方。

穹蒼虛偽地嘆了口氣。

這也不能怪她。男人不狠，地位不穩。

直播間的觀眾看她忙了好一會兒，一直在衣櫃裡徘徊，卻沒整理東西，終於後知後覺地明白她的用意，一時間內心沉痛不已。

『前一秒還在誇大神是個好男人，女人比男人更疼女人。我錯了。原來都是國家保護級戲精，失敬，失敬（抱拳.jpg）。』

『說好的相信Q哥，背地裡就是回來翻人家的罪證？』

『這架勢好像在翻私房錢。』

『可憐Q哥，太過單純，毫無警戒，還在醫院對大神感激涕零，我好同情他。』

『男人的嘴，騙人的鬼。連穿上男人的軀殼都受到了這樣的詛咒，可怕。』

『真是人心險惡啊……』

『故意放Q哥一個人在醫院，然後自己回來收割一波，還能賺盡好感，這個男人真是太狠了。』

第十五章　第一次失敗

在觀眾瘋狂吐槽的時候，穹蒼的手突然頓了下，然後從一件大衣內側的口袋裡，摸出一張折疊過的紙。

那分明是幾張剪裁過的報紙，大小不一，按照時間順序，粗糙地對折在一起。

穹蒼打開，將它們排列出來。

從最初寥寥無幾的一句話，到後來占據整個版面的報導分析，以及最後轟轟烈烈的全民批判——這份資料講述了一名殺人犯刑滿獲釋後，重新墮落的全過程。

雖然范淮的名字被用化名代替，但新聞內容是直接截取現實中媒體報導出的文本，只要看過就能清楚猜到是誰。

只是，他們為什麼要搜集范淮的新聞？

是吳鳴在關注范淮，還是李毓佳在關注范淮？就目前看來，范淮出獄後並沒有參與他們的生活，反而是他們在主動了解這個人。

東西一被搜出來，直播間裡的人齊齊抽了口涼氣。

他們都快忘了這個被他們口誅筆伐、認定是罪魁禍首的嫌疑犯了。他全程神隱，沒想到在劇情進入後半段的時候，會以這種方式出現。

穹蒼看完後，把東西原封不動地放回口袋裡，當作沒有發現，繼續搜尋剩下的地方。

可惜賀決雲還是挺機智的，並沒有將所有線索都放在同一個位置。其餘的口袋非常乾淨，穹蒼什麼都沒摸出來。

她單膝跪到地上，改而將底部的抽屜一一抽出，將手伸進去，在四壁與地上摸索。

搜索到第三個抽屜的時候，竟然真的發現內壁的某個位置貼著一份文件。

根據賀決雲藏東西的隱祕程度，可以推斷出這份文件的重要性。

他的想法有時候很好猜。

沒想到他居然是走傻白甜路線的人。穹蒼心下如此感慨。

她小心的將文件袋的繩子解開，抽出裡面的單據。裡面分明是一份確診報告單。

穹蒼看著下方的ＨＩＶ陽性診斷結果，抬手按住了眼皮。

雖然吳鳴不喜歡李毓佳，且家庭關係極其惡劣，但他並沒有什麼不良的男女關係。

或者說，穹蒼懷疑，吳鳴其實沒有作案能力。

他的生活軌跡簡單透明，唯一的隱祕金屋，藏的是自己的女裝，而裡面沒有其他人生活的跡象。那麼，他就沒有感染ＨＩＶ的途徑，也不可能將症狀傳給其他人。

這份報告上寫的是李毓佳的名字，時間在三個月以前。

真正出軌的人應該是她。

她難以忍受吳鳴對她的冷落，也難以忍受周琅秀對她身心的惡意詆毀，在巨大的壓力之下，她迫切地想要一個孩子，於是尋求了特殊途徑，沒想到不幸接踵而來，出現了意外，將她推入另一個深淵。

……女人不狠，地位也不穩。

不知道吳鳴安全嗎？

穹蒼挑了挑眉毛，以表示自己的震驚，臉部的肌肉卻沒有給出過於強烈的變動，依舊一派風輕雲淡，讓觀眾看得一愣一愣。

直播間的留言早就被某個沒水準的感嘆詞洗版，大家都沒想到，剛剛還那麼和諧的夫妻關係，會在短時間內崩塌成這個樣子。

『我再也不要相信愛情了。』

『別搜了，別搜了（抱頭尖叫 .jpg）。』

『我什麼時候才能學會大神這種高人式的面癱？』

『事情發展到這個地步，沒有一個戲精是無辜的！全都超會演！』

穹蒼再次把東西放回原位，站起身，在房間裡走了一圈。

窗戶緊閉，窗簾垂落在地上，東西擺放得井然有序。

穹蒼回頭看了門口一眼，又再次看向屋內。

從穹蒼進入遊戲開始，就沒有清潔工出現。根據周琅秀的臺詞，是因為他們一直合作的清潔工有事請假了，導致別墅需要李毓佳幫忙清理。

昨天賀決雲下來將客廳翻得一團亂，也沒說要幫忙歸位，畢竟他不是真正的家庭主婦，不太習慣做家事。但這間臥室卻整理得很乾淨，彷彿賀決雲在房間裡翻找證據的時候，沒有弄亂任何的地方。

穹蒼用手指在地上抹了一把，確認地板上沒有沉積過多的灰塵，應該是不久前才剛打掃過。

賀泱雲把自己關在臥室的那一晚，花費大把功夫清理了這間房間。有趣。

他是想要清理掉什麼？

穹蒼勾起淺笑，轉身走去隔壁的廁所。白色燈光亮起，照亮裡面所有的器具。

穹蒼從櫃子的下方，撿起一條被丟棄的抹布。

這本來應該是一條白色的抹布，由於賀泱雲的不當使用，顏色已經變得斑駁。

穹蒼把它提到洗手臺上，在水裡展開，小心洗去沾在上面的灰塵，查看布匹上留下的使用痕跡。

在抹布右上角的位置，有一小團暗紅色的汙漬，像是血跡。至於是不是，需要用專業的試劑檢驗後才能確定。

穹蒼用手比了比。

汙漬範圍不大，也就拇指大小。應該是某個角落的殘留血漬被賀泱雲看見，就被順手清理了。

穹蒼回到臥室後趴在地上，往各個角落張望。

賀泱雲果然沒有仔細打掃，床底下的灰塵都還在。

被家具遮擋的位置應該是直男的清潔盲區。

穹蒼拿手電筒往底下一照，用衣服在床底下掃出一小塊染血的玻璃碎片。而玻璃的周圍還有一些細小的碎片，在手電筒下反著微弱的光。

這應該是某樣東西碎裂後飛進床底，沒有被打掃乾淨。

看來李毓佳和吳鳴在不久前因為某件事發生爭吵，最終演變成鬥毆。

穹蒼摸了摸自己的全身。

男女有明顯的力量差異，何況李毓佳身體虛弱。吳鳴身上沒有明顯外傷，所以受傷的人是李毓佳。

今天賀決雲突然吐血，是不是跟上次的舊傷有關？

穹蒼在地上躺了會兒，用手擋住頭頂的光線，細細捋著腦海中的線索。片刻後從地上坐起，在房間裡進行二次搜索。

這次沒有多餘的證據了。

穹蒼去倉庫翻出一個黑色的行李箱，隨意拿了幾件衣服，塞了點毛巾跟漱洗用品後準備去醫院。

感謝賀決雲親情提供的證據，真是辛苦他了。

勝利會記住他的。

這段遊戲時間過得很快，穹蒼回到醫院的時候，已經是下午三點，賀決雲正在睡覺。呼吸平穩，看起來是躺久後真的睡著了。

穹蒼默默拿出李毓佳的手機，拆下她的手機殼，在床邊坐下。

沒過多久，賀決雲睜開眼睛，在床上動了一下，聲線低沉地問道：「妳回來了啊？」

「是啊。」穹蒼稍稍移開手機的位置，對著他的臉拍了一下，說：「我不知道你想穿女裝還是男裝，所以都帶了一些。全都是我精心挑選的，你應該會喜歡。」

「啊？」賀決雲說：「在醫院不是應該穿病服嗎？」

穹蒼說：「出院的時候穿啊。」

賀決雲不以為意：「副本都要結束了，還穿什麼穿？」

穹蒼一臉認真地說：「能讓你高興就行，副本什麼的不重要。」

賀決雲被她這句話嚇了一跳，起了一身的雞皮疙瘩。看著穹蒼的眼神逐漸帶上擔憂，怕這個女人太入戲，把什麼事情都當真了。

她為什麼能演霸道總裁演得那麼上癮？她還記得自己是個女的嗎？

「時間差不多了，我去幫你拿X光片，你再睡一會兒吧。」穹蒼拍拍他的肩膀，露出溫和的笑容，「東西都在行李箱裡了，我把電腦也帶來了，不想睡的話就起來玩一會兒。」

賀決雲問：「妳有把我的手機帶來嗎？」

穹蒼：「應該有，我也沒注意。你自己看看，我順便去買點吃的給你。」

賀決雲被她突然的體貼弄得有些慚愧，單純善良的他有些心虛道：「妳不需要這麼照顧我，這只是設定而已，妳去忙妳的就好了。二十六號已經快結束了，妳的時間已經不多。」

「等你檢查報告出來了再說，放你一個人躺著多無聊？」穹蒼不容置疑地說，「別擔心，我有分寸。」

她說著走出病房，關上門之後，方向一轉，握著手機去了隔壁的休息室。

房間裡賀決雲兩眼放空，許久後對著半空重重地嘆了口氣。

『不知道該同情Q哥還是怎麼樣……突然有點想笑。』

『大神沒有心。』

『渣男啊！這就是渣男啊！可是這樣的渣男，你能不心動嗎？不！』

『Q哥千萬別看直播重播，會哭的。』

『雖說這個遊戲裡有過各種騙術，但被成功騙到心的……Q哥好慘啊。』

穹蒼坐在休息室裡，快速將李毓佳的通訊軟體翻看了一遍，可惜沒有太大的收穫。

賀決雲都將它們刪除了。

由於不知道劇情會如何發展，穹蒼也無法準確判斷資訊的有效性。她乾脆把李毓佳最近的通話記錄，以及通訊軟體上的相關好友ＩＤ一一記下，然後抓緊時間去四樓拿X光片。

報告早就被放在窗口，穹蒼抽出寫著李毓佳名字的資料袋，送去給主治醫生查看。那位還算年輕的醫生對著X光片翻來覆去地研究了數遍，表情越發凝重，吩咐道：「你再帶病人去做一次檢查吧，繳完費後拿著單子去找站在門口的那個護理師，她會告訴你要去哪裡拍X光片。」

穹蒼入戲地表現了自己的關心，問道：「怎麼了嗎？是有什麼問題？」醫生只是含糊道：「等結果出來了再說，現在還不確定。病人和家屬都不要太緊張，也許不是什麼大事。去吧。」

穹蒼接過病歷，禮貌地向他道謝。

於是，賀決雲在醫院睡眠的時間又被拉長了。

他是在翻行李箱的時候驚聞這個噩耗的。

當時他的視線中閃現一道亮眼的紅光，緊接著右上角的系統時間迅速往上跳了一階，讓他差點崩潰。

賀決雲站起來，憤憤地將手裡的衣服砸到地上。

他受不了這個委屈！

沒過多久，穹蒼回來。她神色自如地把資料袋放到桌上，看著渾身散發著自閉氣質的同伴，無辜問道：「怎麼了？」

「為什麼！」賀決雲心態崩潰，指著腕上的手錶叫道：「我的檢查時間直接跳到了明天下午，我還要繼續在這裡躺一天！這個副本是強制掛機模式嗎？這是在故意整我吧？」

「醫生看了X光片，覺得有點問題，又去找了幾個同事一起研究了下，然後決定讓你再做一個檢查。」穹蒼遺憾道：「我拉著他問了很久，他也沒告訴我為什麼。你知道李毓佳有什麼嚴重的病史嗎？」

賀決雲乾巴巴地說：「我不知道，沒發現。」

「沒事的。我留下陪你說說話吧，免得你無聊。」穹蒼在床邊坐下，極盡耐心地說：「我看這個副本應該不難，出場人物也不多。要麼後面還有關鍵劇情，要麼凶手就在這幾個人之間。我們慢慢討論一下，不急。」

被她安慰，賀決雲心底那種不自在的感覺又冒了出來。

任何男人被這樣對待，應該都難以保持常態。雖然直男的反應遲鈍了點，可並不是什麼都不懂。

他很想看穿穹蒼在想什麼，別說現在是在遊戲裡，就算是現實，他也很難看穿這個女人。明明在開場的時候，她還是一個神經病，現在卻突然轉變人設成了暖男，你說誰能猜得到？

既然穹蒼已經表現得那麼豁達，他也不能再發脾氣。賀決雲在屋裡走了一圈，問道：「對了，我的手機呢？我剛剛沒找到。」

穹蒼說：「我記得我有拿。」

穹蒼兩手往口袋裡一插，奇怪地低下頭，從裡面摸出兩部手機。

「嗯？」

賀決雲馬上道：「有裝手機殼的是我的。」

穹蒼順勢把手機遞過去。

賀決雲點開螢幕，發現通知欄有幾則未讀通知，說明穹蒼應該沒解鎖過他的手機。他暗中鬆了口氣，抬起頭說：「昨天那個私家偵探又傳了訊息給我。」

穹蒼冷笑道：「賊心不死，膽子夠大。他說了什麼？」

賀決雲往下翻了翻，看完訊息，解釋道：「他傳了一組照片給我。」

他拿著手機走到穹蒼身邊，彎下腰與她肩並肩，然後把螢幕湊過去。

穹蒼聞到了他身上淡淡的藥味，將視線轉過去，落在照片上。

從角度來看，這些照片明顯是從遠處偷拍的。那個偵探應該是在吳鳴對面的建築內，租了同一層樓的房間用來偷拍。

前三張照片分別是吳鳴進入社區、走進住處的大廳、穿著男裝站在窗戶邊。最後一張則是一個女人的剪影。

前三張照片都很清晰，只有最後一張照片的人影被窗簾遮住了，拍到的也只是背面。它清晰表述了兩個資訊：他們在同一個地方、這是一個女人。

有了先入為主的觀念，看到照片的人，很難不相信這兩人之間有著不純潔的關係。

而且那位偵探也在照片的最後給出結論，說吳鳴確實在外包養了一個女人，讓李毓佳快點支付尾款，他會給出原版照片。

穹蒼看著最後一行文字，忍不住笑了出來。

賀決雲收回手機，問道：「吳鳴出軌的這個女人很可疑嗎？」

「應該沒什麼可疑的地方。」穹蒼馬上板起臉說：「她在最近這段時間離開了，沒有作案的空檔。」

賀決雲沒有起疑，只應了一聲：「哦。」

沒過多久，穹蒼的手機也響了起來，聯絡她的正是昨天那個偵探。

『我已經把照片給你老婆了，你知道了吧？』

『昨天的事情你再想想，別後悔。』

『如果事情曝光的話，大家都沒好處。又逢離婚，又有醜聞，你的公司還能繼續經營下去嗎？網紅也是需要口碑的吧？』

穹蒼把手機給賀決雲看，坦蕩地說：「你看，這個人胃口真大，還想吃兩家飯，夢做得挺美的。」

賀決雲順著話題說：「看來是他激怒了李毓佳。李毓佳被周琅秀推進醫院，正好查出不明病因，又在這時候收到了丈夫出軌的證據，連續幾個重大打擊，情緒很可能會失控。」

穹蒼贊同，同時將畫面截圖下來，熟練地打電話報警，控訴那位偵探對她進行勒索。能看住一個是一個。現在周琅秀和私家偵探都交給警方管控，唯一一個既有作案動機又有作案時間的人，就是李毓佳。

想到這裡，穹蒼跟接線員彙報的聲音停頓了下，目光溫柔地看向賀決雲。

賀決雲被她刺激得打了個哆嗦，小聲道：「妳……」

穹蒼做了個噤聲的手勢，賀決雲欲言又止地咽下話頭。

一直等穹蒼把電話打完，賀決雲才忍不住提醒道：「妳不覺得李毓佳就是凶手嗎？很可能是李毓佳拿著照片去找吳鳴對峙時，在爭吵中不小心把他殺死了。妳不會猜不到吧？」

穹蒼悠悠道：「從男女的體型差異來看，應該不太可能。」

「關鍵不是蓄意或無意，而是在面對一個重要嫌疑犯的時候，妳身為受害人的扮演者，應該保持足夠的戒心。妳現在在幹什麼？妳為什麼要對我這麼坦誠？這局我們不一定是隊友，也有可能是敵人。妳到底知不知道三天副本的規則？」賀決雲因為著急，語速有點快，成串的問題一股腦地問了出來，他心裡哭笑不得，表情卻很嚴肅道，「妳感化不了凶手的，三天沒這個設定。要殺妳的人，註定還是會殺妳，角色如果偏離劇本，只能算OOC[3]。」

雖然賀決雲是監察員，但主要任務是觀察新手玩家在遊戲中的精神狀態跟查案手段，以免過於真實的場景模擬對玩家及觀眾造成不良的心理影響。但這並不代表他值得玩家依靠。如果他被分配到了角色劇本，就要按照劇本身分參與遊戲。

譬如他第一局的身分是「緝凶者」，可以幫助穹蒼搜集線索。

而這一局，他推測自己的身分很可能是「凶手」，那就只能站在穹蒼的對立面。等待〈謀殺之夜〉副本開啟後，系統下發完整劇本，他才能確定自己是不是真正的凶手。

穹蒼收起手機，雙眼清澈，卻含著讓人看不清的深意，她嘴角噙笑，說道：「沒關係，我知道。」但是我不改。

賀決雲被她噎了一口，無奈搖頭道：「算了，我真是搞不懂妳。」

直播間裡的觀眾頓時情緒高漲。

『隔壁副本的玩家都已經掰了，這兩個人居然還在談情說愛？』

『呸！渣男！』

3 OOC：Out Of Character的縮寫，角色做出不符合原著作品設定的行為。

『我知道，Q哥現在一定有人生三大錯覺之一……』

『是我的錯覺嗎？我覺得這次的凶案現場還原不了，要直接進入偵破環節了。』

賀決雲跟穹蒼沒話聊，乾脆躺到床上，翹著腿開始玩手機。

出乎意料的是，穹蒼那種性格的人，居然在他沉默之後，開始主動找他聊天。她問：「你很了解三天嗎？你在三天工作多久了？」

賀決雲愣了下，才回：「挺久了。」

穹蒼又問：「三天的薪水高嗎？」

「還……還可以吧？」賀決雲說：「福利滿好的，就算嗆老闆也不會被開除。平時加班，薪水也有雙倍，不過我們通常不加班。如果工作量變大，會直接招聘新人。」

穹蒼：「難怪你身上有種金錢的芬芳。」

賀決雲：「……」錢包有種涼涼的感覺。

「沒什麼。」穹蒼控制好態度，又問：「你有什麼興趣和愛好嗎？」

賀決雲遲疑了下，才說：「看書、玩遊戲、做考察？妳問這個幹什麼？」

穹蒼評價道：「普普通通。」

「不然呢？」賀決雲盤腿坐起來，好笑道：「在危險的邊緣大鵬展翅，感受腳踩生命警戒線的刺激？」

穹蒼聳肩：「但是你不可否認，許多富二代因為金錢充裕，娛樂需求被拉高，需要從不同管道來滿足自己的精神。」

「我不是。」賀決雲從根本上進行否認，「我不是富二代。」他應該是富N代了。

此時外面的天已經黑了。護理師進來幫賀決雲量體溫，然後調好房間的溫度，帶上門出去。

賀決雲的頭髮散下來垂在旁邊，讓他很不舒服。他去找人要了髮圈，熟練地將頭髮綁起。

穹蒼拿起蘋果開始削皮，見狀問道：「你女朋友教你的？」

「什麼？」賀決雲說：「不好意思，我沒有女朋友。」

穹蒼受之有愧：「你不用因為你沒有女朋友，就對我感到抱歉，畢竟我不是你的長輩。」

賀決雲細品這句話，不是滋味，說：「我道歉只是因為不能告訴妳具體細節，而不是妳說的這個原因。」

穹蒼：「我沒有想要探究具體細節。」

「呵呵。」賀決雲：「妳真有趣。」

穹蒼手上的刀片驀地一歪，長長的果皮斷裂，掉到地上。

她意味深長道：「你以後可能會為你今天說過的這句話感到後悔。」

賀決雲：「為什麼？」

穹蒼道：「凡是說過我有趣的人，都不是什麼好人。」

賀決雲自信地笑了下：「放心吧，像我這樣的人，是不可能做得了壞人的。」

穹蒼以笑容作為回應，並將削完皮的蘋果遞給他。

賀決雲瞇起眼睛，抗拒地將蘋果接過來，總有一種「這蘋果有毒」的錯覺。

穹蒼把手擦乾淨，從行李箱裡拿出一本書，在膝蓋上鋪平，極其紳士地笑道：「我念點故事給你聽吧，你好好睡一會兒。」

賀決雲全身酥麻：靠！太恐怖了！

因為沒有在醫院裡觸發重要劇情，遊戲時間快速流動。

第二天下午，李毓佳的病歷報告終於出來了。

胃癌中期。

拿到報告的賀決雲久久沉默，已經不知道該怎麼形容這詭譎的命運。

而此時距離二十八號的〈謀殺之夜〉開啟，只剩不到半天的時間，身為關鍵人物的兩位，卻依舊百無聊賴地坐在醫院裡，沒有嗅到任何危險的氣息。

當時間越來越少，兩人都開始察覺到不對勁。這歲月靜好的氣氛，顯然跟《凶案解析》這個副本的風格不搭。

「我明天就要死了，」穹蒼的語氣平靜得像是在囑託遺言，「為什麼暴風雨前的最後一天，會這麼無波無瀾呢？」

賀決雲也很平靜，畢竟他的角色同樣命不久矣。

兩個將死之人在病房裡面面相覷。

「你不是很了解三天嗎？」穹蒼說：「我只是一個新人。三天的規則講得很粗糙，我沒看懂。沒有後續劇情出現的時候會怎麼樣？」

賀決雲低聲嘀咕道：「會不會還有另一個玩家？」

穹蒼眨了下眼。

賀決雲想想覺得挺有可能：「我們躲到醫院來了，他沒探索出劇情，導致我們這邊什麼都沒摸到。以致於二十六號到二十七號這段時間的進度完全空白。」

穹蒼心底有了一種不祥的預感。

應證似的，三天的系統跳出一個紅框提示：

因一名玩家未探索出主要劇情，一名主要玩家嚴重OOC，劇情脫離劇本，〈謀殺之夜〉副本未能成功開啟。遊戲時間撥動至三月一日早上八點。「受害人：吳鳴」死亡。非正常資料已修正。

穹蒼：「……嗯？」她難得露出一絲困惑的表情：「所以……我就這麼死了？」

賀決雲：「哎喲？」

穹蒼：「你笑到嘴巴都要裂開了。」

賀決雲伸手抹了把臉，努力克制道：「沒有。」

穹蒼耿耿於懷：「那個人到底是誰？明明是他探索失敗，為什麼死的卻是我？」

賀決雲不得不提醒她：「主要是還有一個嚴重的OOC。」

以吳鳴跟李毓佳的關係，他絕不可能在醫院陪同李毓佳，甚至還會站在周琅秀那邊。劇情從這裡開始出現了大幅的偏差，他們無法預測陷入極端情況下的三人，會做出什麼樣的舉動。

穹蒼以為看住三個可疑人士就能確認凶手，卻影響了角色的行動軌跡，同樣會導致證據缺失。而她現在還無法明確指證誰是真正的凶手。

「我死了。」穹蒼淡淡道：「因為關心你才死的。」

賀決雲指責道：「妳不要胡說。」

穹蒼的畫面已經整個暗了下來，視線中賀決雲的面部也變得霧濛濛的。

她抬起手，準備抱憾按下退出，三天卻再次彈出一個提示框：

〔因ID：QC1361玩家，個人線索探索度超過80%，是否在清除相關記憶資料後，重新投放至副本？〕

〔新副本身分：緝凶者〕

〔副本時間：三月一日，早上八點〕

〔你接到轄區的報案電話，火速率領偵查人員前往案發現場……點擊查看身分詳情。〕

穹蒼緩緩扭過頭，望向賀決雲。

賀決雲不安道：「幹什麼？」

穹蒼：「呵。」

第十六章　模仿犯

直播間裡的觀眾，在看見三天面板出現變化的那一刻，激動地從床上跳了起來。深夜的環境讓他們不敢放肆，只能選擇在留言區發出一聲聲嚎叫。贊助和點讚的圖示洗滿了整個留言區。

『我以為她死了，結果猝不及防的一招穢土轉生。』

『等於重新登入吧，一切從零開始？他們大概追不上隔壁的進度了，遺憾。』

『不，準確來說，這應該是借屍還魂。』

『啊？就一會兒沒看，怎麼世界都變了？』

『大神把三個嫌疑犯壓下去了，兩個被送進了警局，一個守在醫院裡親自監視，導致謀殺劇情進行不下去，被三天系統強制修正資料。遊戲直接跳到二階段，重新開始了。』

『大神：是不是玩不起？我只是個新人罷了。』

『對不起，我錯了，但是站在Q哥的角度想想，這是一段什麼劇情？你終究逃不過我的手掌心，就算我死了也不行。』

穹蒼佇立在落地窗前，目光落在精緻修葺過的花園裡。刺眼的陽光照進她的眼睛，帶來微微的澀意。等涼風從玻璃窗的縫隙間穿過，打在她的臉上，她才稍稍動了下手臂。

她身後的技術偵查人員見她一直站著發呆，走過來問道：「老大，你怎麼了？」

穹蒼抬手按住太陽穴兩側，感覺頭部的經脈隱隱作痛。她閉上眼睛，吐出口氣，說：「好累，明明遊戲才剛開始，卻有種熬夜熬了一整晚的感覺。」

「昨天又熬夜了吧？還讓我們回去好好休息，結果你自己都沒做到。」年輕男人捏著手裡的證物袋，遺憾道：「今天又是個大案子，最近大概都沒辦法休息囉。」

穹蒼轉過身，看向不遠處正面躺在地上的男性屍體。

那人穿著一件白色襯衫，此時衣服已經被剪開，露出裡面密集的傷口。如此猙獰的刀傷，地上卻只留下了少量的暗黑色血液，周圍則噴濺了不少細小的肉末。

他的屍體已經經過馬賽克處理，穹蒼只能看見一個白色的人偶和一串文字描述，並沒有那麼強烈的視覺衝擊。三天系統不可能讓玩家直面過度血腥的場面，在直播間裡，觀眾甚至連白色人偶都看不見，只有一個寡淡的火柴人。

系統用輔助線的方式，在人偶各處標示出屍體所受刀傷跟寬度。一行小字漂浮在旁邊，又快速消失。

『死者：吳鳴。死亡時間：凌晨一點至兩點。』

穹蒼朝著吳鳴的屍體走過去，蹲在法醫旁邊。那位中年男人稍稍歪過頭，讓出一點位置講解給她聽。

「詳細死因還需等待解剖才能確認，但這些傷口都是死者死後留下的。有多少道，我還沒算清楚。」法醫指向幾個部位示意給她看，說：「死者身上的刀傷凌亂錯落，大部分集中在腹部跟手臂。刀口不平整，刀鋒也不鋒利。像手肘這個位置，從傷口的截面來看，凶手多次以相似角度進行剁砍，然後用力拉鋸，留下了一道非常深的傷口。」

正在記錄的員警突然說：「這得多恨啊？彷彿挫骨揚灰似的，不至於吧？」

法醫換了個半蹲的姿勢放鬆肌肉，聞言道：「凶手可能是對死者抱有強烈的恨意，所以在他身上留下那麼多殘忍的傷口用以洩憤。但也有可能……」

穹蒼接過他的話，說：「也有可能，凶手原本是想要分屍轉移視線，結果錯估分屍的難度，對人體關節不夠了解，最後造成了這樣的局面。」

法醫點頭。

「啊？」年輕員警說：「這聽起來就像是一場沒有做足準備的激情犯案。可是，凶手在吳鳴的身邊刻意留下了指向性的紙條，這種舉動又感覺像是一場早有預謀的復仇。或者說是……汙衊？」

另一名警察將相機裡的照片往前翻，一面說：「凶手在破壞屍體的時候，死者應該還沒出現屍僵，屍體被擺出了特定的姿勢。當時死者右手握著一把西式菜刀，那把菜刀就是造成他身上各種傷口的凶器，他把菜刀對準了自己的腹部，且在半公尺遠的位置留下了一張紙條。這些細節都跟之前幾起案件相似。另外，我們剛剛確認過了，死者吳鳴，也是當年指證寧冬冬的證人之一。」

寧冬冬，就是范淮在這個副本中的化名。

穹蒼沉默著，沒有出聲。

「唉，這都已經是第四個人了，不知道什麼時候才能結束。再不抓到凶手，感覺媒體都要拿我們點燈祭天了。」員警懊喪了一句，說：「不過，昨天我們有兩位兄弟一直守在寧冬冬樓下，確認他自始至終都沒有離開過自己的住處，所以這次的凶手絕對不是他。難道是模仿犯？」

另一位現場勘查人員走過來說：「凶手明顯是故意把場景布置成這個樣子，想偽裝成跟前三起案件相關連的謀殺案。但兩者的感覺很不一樣。一個精細，一個粗糙。完全不像是同一個凶手所為。」

他歪過頭細看地上的屍體，說：「如果非要說全是模仿的……裡面又有那麼一點味道是模仿不出來的。有些細節我們還沒對外公布過，它卻奇怪地對上了。這不是普通的模仿犯能做出來的吧？」

「也有對不上的。」年輕員警說：「我們沒有對外公布紙條上的內容。前三位死者手上拿著的紙條，寫的是『謊言』二字，而吳鳴這張紙條上寫的是一句話。」

穹蒼說：「拿給我看看。」

年輕員警：「好的，我去找劉哥拿。」

「應該跟前三起案件不同。雖然看起來有點相似，但作案水準完全不一樣。前三起案件的現場都打掃得很乾淨，這次卻留下了很多線索。」

眾人循聲望去，鑑識科人員提著箱子走過來道：「這次的凶手作案並不謹慎，或者說不夠專業。他從後面的花園翻進來，鞋底踩到了泥土，進屋後沒有脫鞋，留下了大片鞋印。後來他應該發現了，試圖擦拭，但因為心急沒有擦拭乾淨。我們在現場提取到了一個完整的腳印。跟死者家裡的所有鞋子做過比對，確認沒有吻合的尺碼，應該是凶手的。」

年輕員警拿著一個裝著紙條的證物袋回來，激動猜測道：「會不會是寧冬冬知道自己被監視，抽不開身，於是買凶殺人，讓對方偽造成一樁類似的凶殺案件，來轉移我們的注意？」

穹蒼接過他遞來的證物袋，隔著塑膠袋捏了下裡面單薄的紙張。

袋子裡放著一張用紅筆書寫的紙條，頂部沾了一點血跡，落款的位置按了吳鳴的手印。

紙上寫的話是：『我將刀尖對準了別人，並深深刺了下去。』

穹蒼仔細看過後，將東西交還給那名員警。年輕員警問：「老大，你說，這句話是什麼意思啊？字面上的意思？他的這個第一人稱『我』，到底是指凶手，還是死者啊？」

穹蒼掀起眼皮從他臉上晃了一圈，又再次垂下視線。

年輕員警得不到回應，依舊說個不停：「老大，你今天怎麼一直不說話啊？你平常話不是挺多的嗎？」

穹蒼問：「死者家屬呢？」

年輕員警抬手一指：「李毓佳？她正在院子裡，被嚇到了，王姐在幫她錄詳細口供。」

穹蒼順著方向望去，正好看見了安裝在牆角的監視器，問道：「監視器畫面調出來了嗎？有拍到什麼嗎？」

年輕員警說：「調出來了，我拿給你看。」

他準備轉身離開，穹蒼又開口道：「交給你一個任務。」

他馬上折回來：「你說你說！」

「既然凶手想把案子嫁禍給寧冬冬，那麼他留下的這張紙條，以及現場給出的線索，很可能不是隨便寫寫的。」穹蒼費力多解釋了一句，說：「你去幫我查一下，時間在十年前，寧冬冬那起凶殺案件發生前後，地點在案發現場附近。當時警局裡有沒有接過跟持刀傷害有關的報案記錄。」

年輕員警點頭：「好。」

穹蒼坐進車裡，手裡拿著平板。她調整了下姿勢，把平板夾到椅背上，雙手環胸觀看上面的影片。

螢幕裡正播放著吳鳴別墅中安裝的幾個監視器裡，儲存的最後一段影片。

二十八號晚上十點多，吳鳴從外面回來。看他當時通紅的臉色與趔趄的腳步，他晚上應該喝了不少酒。

吳鳴進門的動靜影響了屋裡的另一人，很快，李毓佳從二樓的臥室走了出來。

李毓佳看見他，尖聲叫了出來。她罵道：『吳鳴，你還有沒有一點良心！』

吳鳴瞥了她一眼，沒有回應，醉醺醺地往樓上走。

李毓佳繼續罵，只是咒罵的聲音裡除了憤怒以外，還混合著沙啞的哭腔。

她罵吳鳴忘恩負義，還提到了他的母親和醫院，到最後甚至說要報警。

吳鳴全程沒有理會她，上了樓梯後，直接從她身邊走過，進了臥室。

李毓佳緊跟著進去，並將門用力一甩。

那木門的隔音效果很好。

穹蒼將背景聲音開到最大，但臥室附近沒有安裝監視器，沒能清楚收到聲音，無法得知他們兩人之間爭吵了什麼。

大概過了十五分鐘，李毓佳倉皇地推開門衝了出來。她拎起沙發上的手提包，連鞋子都沒穿好，直接出了門。

別墅裡一片安靜。

穹蒼把監視器畫面快轉。

又過了二十分鐘左右，吳鳴捂著腦袋，從臥室走出來。

穹蒼坐直身體，她還以為這位朋友已經死了。

吳鳴的情況很不好，過了半個小時都沒能讓他酒醒。他走在樓梯間的時候差點摔了一跤，好在及時蹲下身才穩住身形。

吳鳴順著姿勢，在樓梯上蹲了許久，然後邁著沉重的步伐走去廚房。

穹蒼切換了監視器畫面。

吳鳴進了廚房後，從冰箱裡拿出一瓶紅酒，繼續喝了起來。

喝到神智迷糊的時候，吳鳴開始大哭。他雙手抱住頭，嘴裡發出一陣無意義的呻吟，似乎很痛苦。

隨後他拿起手機，似乎是想搜尋什麼。可能是因為看不清楚，他惱怒地把手機砸到了地上。

在畫面時間跳到十二點半的時候，吳鳴起身。他糊著一臉的淚漬，主動切斷了監視器的電源。

最關鍵的畫面就這樣沒了。

穹蒼：「……」

她要這監視器有何用？

『如果我沒記錯的話，大神曾經賦予厚望的監視器……她信誓旦旦地說肯定能留下證據的。』

『我靠，從緝凶者的角度來看，這個案子這麼迷惑嗎？』

『我真以為李毓佳就是凶手啊，結果偵破階段開場就被否認了？百分之八十的線索探索度，不應該有那麼大的出入才對。』

『這樣看來，這個凶手模仿得並不高明。媒體當時還說一模一樣，說范淮在死前跟蹤過死者，但警方不作為，結果跟蹤吳鳴的根本不是范淮。』

『好奇問一下，有現代科技的幫助，大神需要用幾天的時間，才能找回之前的線索？怎麼感覺這個角度更難了？』

『大神是不是要去審問Q哥了啊？』

在觀眾瘋狂猜測的時候，穹蒼已經下了警車，走向別墅附近的一座涼亭。

這個地方很安靜，旁邊就是一片景觀湖，女警正與李毓佳坐在長凳上，小聲地說話。

穹蒼踏上石階，對著那張跟監視器畫面裡相同的面容，疏離又禮貌地說了一聲：「李女士，你好。」

面前的人頭髮枯黃，但梳理得整齊。聽見聲音後抬起頭，露出一張憔悴的臉。

兩人視線在空中交會，「李毓佳」看清是她，嘴角抽了抽，露出一絲壓抑不住的情緒波動。

穹蒼被莫名的熟悉感擊中，在他臉上打量許久，最後試探性地叫了聲：「Q哥。」

賀決雲一臉冷漠，假裝聽不懂。

穹蒼低下頭悶聲笑了出來。

賀決雲再也無法保持面上的平靜，恨恨咬牙，雙頰肌肉繃緊。

為什麼他要被嘲笑兩次？啊？為什麼！

「妳到底問不問啊？」賀決雲不耐道：「妳別忘了自己的身分。妳工作那麼不嚴肅，對得起妳肩膀上的那枚徽章嗎？妳還算什麼警察？」

穹蒼止了笑，單邊眉毛上挑，不明白他為何反應那麼大。

賀決雲陰沉著臉催促道：「好好問話，快點。」

「好吧。」穹蒼咳了聲，在他旁邊坐下。隔著人朝對面的女警比了個手勢。那女警意會，主動離開，留下單獨說話的機會給他們。

女警一走，賀決雲明顯消極怠工，連豪門怨婦的角色都不想演了，大喇喇地靠在椅子上，示意穹蒼趕快問話。

穹蒼笑了一下，有模有樣地掏出一本本子和一支筆，翻到中間的空白頁，說：「我看了一下你們家安裝監視器的位置，拍攝範圍很廣。大部分的空間都拍到了，有幾個甚至對著廁所和臥室的門口。一般人家裡不養寵物又沒孩子的話，應該不會裝那麼多個監視器吧？」

賀決雲說：「因為媒體狂轟亂炸，不停報導范……寧冬冬出獄尋仇的事情。吳鳴當年也是證人之一，他覺得很害怕，所以經常疑神疑鬼。正好最近他感覺到自己被人跟蹤，就在家裡安裝了監視器，好歹能讓自己安心一點。」

穹蒼問：「你看過監視器畫面了嗎？」

「沒有，我剛回來。回來後就發現吳鳴已經死了，所以報警。」賀決雲說：「警方不到十分鐘就出警完畢，我沒有時間查看監視器畫面。」

穹蒼點頭，盯著他的臉問：「那天晚上，你們發生了激烈的爭吵。」

賀決雲神情淡漠道：「是的，後來我衝出家門。」

穹蒼：「去了哪裡？」

「我朋友家裡，妳可以去問。」賀決雲說：「如果妳不相信我朋友的證詞，妳可以查看車上的定位記錄，或是查看道路的監視器畫面，因為我是自己開車過去的。」

穹蒼兩指夾著筆，在本子上不斷戳動。

「你們兩個為了什麼爭吵？」

「說籠統一點，叫家長裡短。可是在某些人眼裡，也許只是牢騷。」賀決雲諷刺地哼笑了聲，「他現在已經死了，我也不怕告訴妳，反正你們能查得到。他們母子都沒什麼良心。吳鳴從一個默默無聞、毫無基礎的鄉下小子，變成全市最有潛力的創業青年，飛黃騰達了，是我支持他的。呵呵，他剛發跡，整個人就變了，後來更變本加厲……也可能只是露出本性而已。」

賀決雲說著，一直試圖保持冷漠的臉上，還是出現了凶狠的怨毒：「前兩天，他母親周琅秀直接把我從樓梯上推下去，我痛得在地上痛哭，他們卻連救護車都不幫我叫。是我自己爬上樓，拿起手機撥打急救電話。他們兩個全程只是冷眼看著我，妳能想像那種眼神嗎？妳能想像那兩個是什麼東西嗎？」

穹蒼配合著他：「確實想像不到。」

賀決雲又瞪了她一眼，繼續說：「事後，他們兩個甚至沒去醫院看過我。他們可能巴不得我死了。在這個家裡，我沒有得到過任何尊重。我生氣，跟他發生爭吵，這很正常吧？」

穹蒼說：「家事不便評價。我們會去醫院調妳的就診記錄，確認詳細情況的。」

賀決雲問：「還有什麼要問的嗎？」

穹蒼闔上筆記本，將它放回衣服中：「我剛剛在屋裡看見了很多藥物。」

「是我的。」賀決雲說：「我本來以為幫他生個孩子，能改善我們之間的關係。我想跟他走得更遠，沒想到是我天真了。」

穹蒼意味深長：「哦……」

賀決雲撇撇嘴，補充道：「這些都是本人的證詞，不是我自己發揮的。」

穹蒼點頭：「我明白、我明白。」

賀決雲：「嗯。」

穹蒼看了他半晌，又問：「你現在這樣的態度，是因為演技太差，還是李毓佳真的毫不掩飾她對吳鳴的憎恨？」

「妳懷疑我的演技？」賀泱雲勃然大怒，比失去「老公」還要激動。他身體前傾壓向穹蒼，惡狠狠道：「就妳還敢懷疑我的演技？妳知道什麼叫人設，什麼叫OOC嗎？」

「我知道，沒別的意思。」穹蒼按著他的肩膀，示意他冷靜，「我其實是想問，李毓佳對吳鳴究竟是什麼樣的感情？」

賀泱雲唇角緊繃，顯然不能釋懷，最後卻垂下視線，平淡地說了句：「愛過。但我們之間沒有感情了。」

穹蒼被他的高超演技影響，竟然有種感同身受的悵然。她拍著賀泱雲的肩膀安慰道：「不要為了一個渣男改變初心，他不值得。」

賀泱雲用一種極為複雜的眼神看著她，然後發出一聲強烈不屑的咋舌。

直播間的觀眾捧腹大笑。

『我就站在你面前，你看我有幾分像渣男？這一對越看越上癮。』

『嘖嘖，好一個渣男。大神，妳的溫柔呢？』

『男人，翻臉，無情。』

『大神的自省，總是這麼深刻到位。』

『Q哥演技很可以，我都要入戲了。』

『眾所周知，凶案解析的玩家不一定是個好的小五郎，但一定是個好戲精。』

等穹蒼問得差不多的時候，別墅門口傳來一陣吵鬧聲。像是一位中年女士正扯著嗓子痛苦咆哮。

穹蒼連忙起身走過去，發現是死者家屬——周琅秀。

周琅秀站在靠近門口的馬路上，用力拽住一名員警，不顧對方的反抗，將對方的衣服用力扯下。

一大群早起圍聚過來的住戶正站在封鎖線外，有些人還穿著睡衣，舉著手機朝他們這邊一頓猛拍。

「我的兒子，他怎麼會死得那麼慘啊？一定是那個寧冬冬，你們警察為什麼還不去抓他！他都殺了三個人了，你們警察還要包庇他！你們想幹什麼呀！他到底是什麼來頭？」

周琅秀哭得妝容都花了，眼睛下面流著兩條黑色的淚漬，原本梳得整齊的紅色捲髮也被揉得亂糟糟的。

她一大早就打扮好，氣勢洶洶地趕來別墅，原本是想看看李毓佳的情況，敲打她一頓，讓她別出去亂說。卻沒想到，沒看到李毓佳，反倒看見了兒子的凶案現場。

她還沒看見屍體，因為員警不建議她看，怕畫面過於殘忍，會刺激到她。她聽完警察描述的傷口後，已經快要瘋魔了。

「把我兒子的命還來！」周琅秀只顧著朝警方發難，「必須要把人抓起來，我兒子不能死得那麼慘！」

那員警的衣服半掛在身上，脖頸處已經被衣領勒出一條深紅的痕跡，臉色也漲得通紅，不敢對她動手，只能耐心勸解道：「我們會查出凶手的，阿姨，請您冷靜一點。」

周琅秀嘶聲尖叫：「這叫我怎麼冷靜？你沒看見我兒子被人大卸八塊嗎？鄉親們，左右鄰居啊，你們評評理，我兒子被人大卸八塊了啊！這誰能冷靜？他是我身上掉下來的一塊肉，我命都要沒了！還不如是我死，那該死的寧冬冬啊，啊——」

她的叫嚷到後面變成了悲痛的哭腔，雙手依舊死死扒住員警的衣服，不讓他走。

穹蒼拉高封鎖線走進去，沒想到賀決雲跟在她身後走了進來。

周琅秀餘光看見自己的媳婦，哭聲一頓，表情變得凶狠。倒是不再揪著寧冬冬做凶手了，將炮口全轉向李毓佳。

「是不是她，是不是她殺了我兒子？警察同仁，我告訴你們，肯定是她。我兒子人很好，只有她每天盼著我兒子死。不久前，他們還狠狠吵了一架。呸！一個不入流的東西，當初騙著進了我們家的門，我兒子想離婚都離不掉。肯定是她。警察同仁，我舉證她！」

員警說：「我們正在勘查，請您先去旁邊休息一下。一旦查出結果，我們會第一時間告訴您，好嗎？」

周琅秀完全不聽：「我兒子才三十幾歲啊，他還那麼年輕，他就那麼走了，我這老太婆要怎麼活？快把她抓起來，就是她！」

賀決雲冷眼看著她撒潑。

穹蒼開口說：「凶手是不是她，是由證據決定的。我不建議您在公開場合下，隨意指認他人為殺人凶手。」

員警見穹蒼出面，跟看到恩人似地喊道：「老大，怎麼辦啊？要不你來接洽一下死者家屬吧？」

一聽有位階更高的警察，周琅秀立刻鬆手，朝著穹蒼跑過來。

穹蒼先一步按住她的雙手，以防她衝撞到自己身上，說：「我理解妳的悲痛，但妳如果過於激動，只會影響到我們的調查進度。有什麼線索，請跟我們的同事去旁邊做口供記錄。我們也希望能盡快抓出真凶。請妳配合。」

周琅秀抽噎著發出一陣顫音。

眼見她冷靜下來，賀決雲火上澆油似地開口道：「如果沒什麼事的話我先走了。我約了律師，還有別的事情。」

周琅秀狠瞪著她，鼻間哼出粗氣，還能聽見她後牙槽用力摩擦的聲響。

穹蒼說：「稍等一下。」

她向自己的同事求證道：「核實過李毓佳的不在場證明了嗎？」

一道女聲在無線電裡響起：『我剛才聯絡了李毓佳說的那位朋友，也聯絡了那邊社區的管理員，確認李毓佳說的是真的。凌晨一點左右的時候，她的車進入社區門口，車牌跟臉都拍得很清楚。因為時間太晚，管理員也還記得她。按照兩地距離和吳鳴的死亡時間來推算，她不可能會是凶手。」

穹蒼：「好的。」她轉身對賀決雲說：「你可以走了。但請你保持手機暢通，我們可能會隨時聯絡你。」

賀決雲點頭，轉過身之後，挑釁地向周琅秀勾了勾唇角，讓原本就不太冷靜的周女士直接進入狂暴模式，隨後獨自風輕雲淡地離去。

穹蒼：「……」這個男人以前是這樣的嗎？

周琅秀見人真的離開，躺倒在地上不依不饒地叫嚷。沒一會兒爬起來，說要去聯絡媒體，要曝光他們。

年輕員警經驗少，沒見過這樣的場面，眼眶發熱，急得想向她跪下。

「你先安撫她一下，別讓她破壞現場的物證。照片隨便拍，但是把門關上。」穹蒼拍了拍那個可憐小員警的肩膀，無視他痛苦的眼神，對所有人道：「其他有空的人先過來開個會。沒空的也報一下走訪情況。」

五分鐘後，穹蒼再次坐進狹小的車廂裡，聽著同事在無線電裡彙報。

『我們走訪附近的居民，他們對吳鳴的印象還不錯。覺得他溫和有禮，很好說話。畢竟他是做網紅經濟的，平時很注意自己的形象，沒聽說過得罪什麼人。昨天晚上，左右兩戶人家都說沒聽見什麼可疑的動靜。我們還詢問了社區裡部分住戶的不在場證明，不過因為是深夜，大部分的居民都在睡覺，沒有明確的證據。』

『我覺得李毓佳很可疑，她應該是最有動機的人。但是她表現得太坦然了，我向她問口供的時候，她絲毫不掩飾自己對吳鳴母子的憎恨，一般人都會刻意掩飾一下的。』

『可是她沒有作案時間啊。』

『她有那麼一個婆婆，想掩飾也掩飾不了啊，還不如坦率一點。』

『那會不會是她買凶殺人呢？門鎖沒有撬動的痕跡。要麼是凶手拿著鑰匙，要麼是吳鳴主動開門。』

『監視器畫面顯示是吳鳴自己關掉的，他為什麼要突然關掉監視器？』

穹蒼問：「社區的監視器呢？」

『昨天管理員值班的時候睡著了。但是根據監視器畫面來看，在昨天晚上一點多的時候，有一個戴著帽子的男人從社區門口遛了進去，不知道是來找誰的。深夜來訪，這人很不對勁。但是周琅秀跟李毓佳看完照片，都說不認識。』

他們也有一些慶幸，吳鳴的死亡時間是在深夜，這段時間出入人口少，容易排查監視器畫面，一些違和的細節也會被清晰地暴露出來。

穹蒼問：「比對過照片了嗎？」

『很遺憾，監視器沒有拍到他的臉。』

「唉……」

『他應該是開車來的，我們正在找交通隊的同事，拿附近街道的監視器畫面，看看有沒有收穫。』

『眼睛又要瞎掉了。』

穹蒼說：「把截圖給我。」

很快，穹蒼收到了一張男人的截圖。照片是從他身後拍下的。

那個男人很瘦，雖然被鴨舌帽遮住臉龐，但身材以及走路的姿勢很有特點。如果是認識他的人，光憑這個背影，應該也能猜到他是誰。

穹蒼直接將照片轉傳給賀決雲。

賀決雲很快回覆道：『不認識。』

穹蒼：『我建議你說實話。雖然這個監視器沒拍到他的臉，但附近馬路上有監視器，我們肯定能查出來，只是時間早晚的問題。如果被我們發現，你明知道卻裝作不知道，在阻礙調查的話，我不介意將這件事情告訴周琅秀。』

穹蒼：『我可以請你來警局接受調查，然後請周琅秀一起過來。』

穹蒼：『你仔細想想。』

好惡毒的威脅！

賀決雲簡直不敢相信這個人二十分鐘之前，還在對他說著安慰的話。

味，所以讓他幫我進行跟蹤調查。』

虛偽。

沒有心。

賀決雲：『趙燁，一個私家偵探。我覺得吳鳴很奇怪，身上經常帶著不同的香水味，所以讓他幫我進行跟蹤調查。』

穹蒼：『手機號碼，公司地址。』

賀決雲將資訊打出來，不太情願地傳送過來。

穹蒼：『謝謝配合，祝您心情愉快哦。』

賀決雲用力「呸」了一口。

臭不要臉。

穹蒼將那位偵探的資訊告訴自己的同事，交流頻道裡頓時傳來眾人激動不已的聲音。

『不會吧，那麼快？老大你怎麼知道的？你之前就認識他？』

『老大簡直是神人啊！』

『那就不用去翻監視器畫面了？隊長你果然是我的偶像！』

穹蒼謙虛道：「哪裡哪裡，知交遍天下罷了。」

眾人繼續客套地吹捧。穹蒼點了幾位同事過去請趙燁回來做調查。

——《案件現場直播01　模仿犯的真相》完——

——敬請期待《案件現場直播02　喋血與伸冤》——

高寶書版集團
gobooks.com.tw

YS 036
案件現場直播 01 模仿犯的真相

作　　者　退　戈
特約編輯　畦榮安
責任編輯　吳培禎
封面設計　單　宇
內頁排版　賴姵均
企　　劃　何嘉雯

發 行 人　朱凱蕾
出　　版　英屬維京群島商高寶國際有限公司台灣分公司
　　　　　Global Group Holdings, Ltd.
地　　址　台北市內湖區洲子街88號3樓
網　　址　gobooks.com.tw
電　　話　(02) 27992788
電　　郵　readers@gobooks.com.tw（讀者服務部）
傳　　真　出版部(02) 27990909　行銷部 (02) 27993088
郵政劃撥　19394552
戶　　名　英屬維京群島商高寶國際有限公司台灣分公司
發　　行　英屬維京群島商高寶國際有限公司台灣分公司
法律顧問　永然聯合法律事務所
初　　版　2024年08月

本著作物《案件現場直播》由北京晉江原創網絡科技有限公司授權出版。

國家圖書館出版品預行編目(CIP)資料

案件現場直播. 1, 模仿犯的真相/退戈著. -- 初版. -- 臺北市：英屬維京群島商高寶國際有限公司臺灣分公司, 2024.08
　冊；　公分. --

ISBN 978-626-402-048-0(平裝)

857.7　　113011418